소중한 경험

소중한 경험

김 형 경

독서 성장
에 세 이

사람풍경

| Prologue |

특별하고 소중했던 경험에 대한 이야기

성인이 된 후 내게 한 가지 재능이 있다는 사실을 알아차렸다. 타인으로 하여금 그들의 내밀한 이야기를 털어놓게 만드는 힘이었다. 배후에 어떤 작용이 있는지 알 수 없지만, 누군가와 마주 앉아 대화를 시작하면 상대방은 무심결에 지난 삶의 이야기를 풀어놓곤 했다. 어둡고 축축하고 얼룩덜룩하여 마음 깊은 곳에 억눌러 둔 비밀 같은 것이었다. 무장해제당한 듯 내밀한 이야기를 털어놓고 나서 그들은 한순간 정신을 차린 듯 말했다. "아니, 내가 왜 이 이야기를 하고 있지?"

놀라기는 나도 마찬가지였다. 이야기 들을 때 벌써 "아니, 이 사람은 어쩌자고 이런 이야기를 하는 거지?" 싶었다. 타인의 비밀을 알게 된 자의 숙명이 두려웠고, 비밀을 지켜야 하는 부담감이 무거웠다. 하지만 곧 내게 또 한 가지 재능이 있다는 사실을 알아차렸다. 망각의 능력이었다. 어떤 이야기를 듣든 자리를 털고 일어나는 순간 모든 내용이 허공으로 흩어졌다. 남다른 망각 기능은 타인의 이야기를 유도하는 재능에 포함된 옵션 같았다.

소설가라는 직업으로 살게 된 후 그런 일은 더욱 자주 일어났다. 책을 읽은 이들은 내게 무언가를 말하고 싶어지는 모양이었다. 그들은 독자라는 이름으로 장편소설 분량의 자기 이야기를 써 보내거나, 다급하게 만날 것을 요청해 자기 이야기를 들어달라고 했다. "내 이야기를 소설로 써봐."라는 허두로 삶의 이야기를 털어놓는 이는 더 많았다. 그제야 짐작되는 사실이 하나 있었다. 타인의 이야기를 들어주는 기능은 작가로서의 삶에 포함된 옵션이 아닌가 하는 것.

내게 이야기를 털어놓을 때 그들이 원하는 것은 자기를 좀 알아봐 달라는 것이었다. 지나온 힘든 시간들을 위로받고, 그럼에도 잘해왔음을 인정받고 싶어 했다. 앞으로도 잘해나갈 수 있을 거라는 지지의 언어를 듣고 싶어 했다. 그동안 타인의 이야기를 들어온 경험들에서 건진 최종 진실은 이것이다. 모든 이들이 자기 이야기를 토로할 준비가 되어 있다는 것. 내게 타인의 속내를 털어놓게 하는 재능이 있었던 게 아니라 누구나 자기 이야기를 들어줄 한 사람을 간절히 찾고 있다는 것.

이 책은 '타인들의 이야기를 들어준 시간과 공간들에 대한 기록'이라고 요약할 수 있다. 그러한 시공간 경험을 '독서 모임'이라고 불렀다. 독서 모임에서 내 역할은 주로 이야기를 들어주는 것이었다. 내면을 비춰보는 데 도움이 될 만한 책을 소개하고, 모임에서 자기 이야기를 할 때 당사자가 알아차리지 못하는 더 깊은 마음을 읽어주었다. 두서없이 이야기를 털어놓을 때 방향을 안내하고, 주저앉아 포기하고 싶을 때 희망의 당근을 내밀었다. 이 책에 기록된 내용은 그러한 경험들의 적은 부분이다.

책은 다섯 장으로 구성되어 있다. 첫 장은 독서 모임을 만들고 이끄는 구체적인 방법들에 대한 내용이다. 독서 모임에 대해 알게 된 이들 중에는 동참을 원하거나 모임을 스스로 만들고 운영하는 법을 알고 싶어 했다. 개인적인 경험을 바탕으로, 시행착오를 통해 알아차린 노하우를 모두 기록해두었다. 뜻이 맞는 사람들과 자율적인 독서 모임을 꾸리고 싶어 하는 사람들이 참고할 수 있었으면 하는 마음을 담았다.

2, 3, 4장은 독서 모임에서 후배 여성들의 질문에 답했던 내용들이다. 그녀들은 자주 상상도 못한 질문들을 건네곤 했다. "생의 에너지는 어디서 나오나요?" "내면 아이는 몇 살인가요?" 그것은 변화와 성장을 꾀할 때 품게 되는 궁금증이었고, 나는 경험을 토대로 최선을 다해 답했다. 한 일간지에 원고를 쓰게 되었을 때 그동안 후배들에게 받은 질문들을 하나씩 주제로 사용했다. 그들이 독서 모임을 통해 성장해가는 이야기도 조금씩 담았다. 책에 수록된 글은 일간지에 발표했던 내용 그대로이다. 편의상 세 장으로 나누어 수록했지만 큰 틀에서는 한 가지 주제를 말하고 있다. 우리는 경험을 통해 성장한다는 것.

마지막 장은 독서 모임에서 읽었던 책들 목록이다. 그동안 독자를 만나는 자리마다 어김없이 책을 소개해 달라는 요청을 받곤 했다. 책을 읽으며 스스로를 보살피는 방법을 알고 싶어 하는 사람이 많았다. 독서 모임에서 책을 소개한 기준은 읽는 사람이 내면을 비춰보는 데 도움이 되는가 여부였다. 공감할 만한 치유 사례가 많은 책, 이론이 쉽고 친절하게 설명된 책을 골랐다. 소개된 순서에 따라 책을 읽어나가면 정신분석학과 심리학의 큰 얼개를 짚어볼 수 있도록 안내하고자 했다.

이 책에 수록된 내용은 10년 독서 모임 경험의 결과물이다. 독서 모임에서 구성원들과 나눈 이야기이며, 주고받은 질문과 답변이며, 그들로부터 촉발된 영감과 통찰 모음이다. 그들과 나눈 상호작용이 없었다면 이러한 책은 상상조차 할 수 없었을 것이다. 일간지에 글을 쓸 때도, 지금 책을 엮으면서도 여전히 조심하는 대목은 그들의 프라이버시를 침해하지 않았는가 하는 점이다. 나의 미욱함으로 인하여 그 대목에서 잘못한 점이 있다면 미리 사과의 말씀을 드린다. 만약 이 책이 지닌 미덕이 있다면 그것은 온전히 독서 모임에 동참했던 이들의 몫이다. 삶의 한 시기, 그토록 특별하고 소중한 경험을 할 수 있도록 해준 이들에게 깊은 감사의 마음을 전한다.

2015년 7월

김형경

Contents

Chapter 1
독서 모임, 둥글고 고요한 공간

Chapter 2
아픈 경험에서 배우기

Chapter 3
실패 경험에서 배우기

Chapter 4
타인의 경험에서 배우기

Chapter 5
우리가 읽은 책들

독서 모임, 둥글고 고요한 공간

독서 모임이란, 그 구성원들이 공통된 책을 읽고 만나
자기 이야기를 나누는 공간이다. 상처와 실패 이야기를 하며
자기를 깊이 이해할 수 있는 공간이고, 타인의 경험에서 배울 수 있는 공간이며,
구체적으로 치유와 성장을 경험할 수 있는 공간이다.
독서 모임의 둥글고 고요한 공간이 유익한 기능을 할 수 있으려면
염두에 두어야 할 몇 가지 실천 방법이 있다. 책을 읽을 때,
모임에서 이야기할 때, 타인의 이야기를 경청할 때,
평소와는 다른 태도를 지녀야 한다. 이 장에서는
개인적 경험과 시행착오를 통해 정리한,
독서 모임 만들고 꾸리는 방법을 상세히 소개한다.

【 Chapter 1 】

독서 모임은 어떻게 성장을 돕나

2004년 여름 처음 독서 모임을 꾸렸던 것으로 기억된다. 그때 어떤 경위로, 어떤 이유에서 후배 여성들과 책 읽고 이야기 나누는 모임을 시작했는지에 대해서는 심리 훈습 에세이 《만 가지 행동》에서 언급한 바 있다. 생을 통해 배우고 얻은 것들을 후배 여성들과 나누고 싶은 마음에서였고, 모임이 '중간 공간' 역할을 할 수 있기를 바랐다. 2012년 봄 《만 가지 행동》을 출간할 때까지 독서 모임은 세 개였고 인원은 스무 명 남짓이었다.

《만 가지 행동》이 출간되자 책을 읽은 독자 중 독서 모임에 동참하고 싶다는 뜻을 전해오는 이들이 있었다. 그들의 요청은 늘 절실해 보였고 내게는 외면하기 어려운 이유가 있었다. 당시 나는 심리 치료 마지막 과정인 훈습 단계에서 불교적 수행을 실천하고 있었다. 내가 선택한 수행 방법은 〈금강경〉 사경(寫經)이었는데 처음 시작할 때 "금강경을 백 번만 써보자." 하고 마음먹었다. 왜 사경이고 왜 100번인지를 설명할 수 없지만 직관적으로 그러한 선택을 했다.

〈금강경〉 사경을 시작한 이후 새롭고 낯선 경험들이 찾아왔다. 그것은 구체적으로 삶을 변화시키는 역동적인 것이었고, 좋은 일과 감당해야 하는 일들이 섞여 있었다. 수행을 통해 의식과 삶의 변화를 꾀하면 이전에 없던 사건들과 맞닥뜨리게 된다고 들어둔 바 있었기에 입을 꾹 다물고, 주먹을 꽉 쥐고, 묵묵히 그것들을 감당했다. 그렇게 감당해야 한다고 느꼈던 일들 중 하나가 독서 모임에 참석하고 싶어 하는 사람들의 요청이었다. 낯선 이들이 찾아와 "너의 시간과 에너지와 경험을 내게 공짜로 나누어달라."고 요구하는 일이 아무에게나 일어날 것 같지는 않았다. 일견 그것은 외부에서 오는 요청처럼 보였다. "금강경 수행을 한다고? 그럼 이 일을 감당해볼래?" 하는 것. 하지만 그것은 내면에서 선택한 실험인 듯도 했다. "내가 이 일을 감당할 수 있을까?" 하는.

그런 이유에서 2012년 여름 네 개의 독서 모임이 더 만들어졌다. 그 시점에서 9년간 지속해온 첫 모임을 마무리해, 독서 모임은 여섯 개로 꾸려졌다. 한 달에 한 번씩 모임을 가졌기에 내 입장에서 보면 주말마다 한두 번씩 만남들이 진행되는 셈이었다. 오후 두 시에 만나 저녁 여덟 시에 끝내기로 시간 약속이 되어 있었지만 모임은 밤 열 시나 열한 시를 넘기기 일쑤였다. 여덟 시간 이상 집중해서 에너지를 가동시키고 나면 이튿날 꼼짝도 하지 못한 채 쉬어야 했다. 인생의 절반쯤이 타인에게 양도되는 듯했지만 그때는 단 한 가지만 생각했다. 과연 이 일을 감당할 수 있는가.

독서 모임의 세 가지 원칙

내가 꾸렸던 독서 모임은 이전에 참고할 만한 모델이 있었던 것은 아니다. 책의 선정 기준도 외부에서 참고한 것은 없다. 온전히 개인적 경험에서 도출된 노하우만으로 진행되었고, 책 역시 나의 독서 경험을 바탕으로 선정했다. 독서 모임이 진행되는 과정에서 구성원들과 상호작용하면서 시행착오를 개선하고 효율적인 방법을 찾아내었다. 독서 모임을 시작할 때는 먼저 반드시 지켜야 하는 세 가지 원칙을 제시한다.

첫째, 자율성의 원칙이다. 나는 독서 모임 구성원들에게 아무것도 통제하거나 강요하지 않는다. 모임을 만들고자 한 이들도 그들이고, 모임을 이끌어가는 사람도, 책을 읽는 사람도, 책을 읽을 때 내면에서 올라오는 감정과 기억을 경험하고, 그 경험에 대해 이야기하는 사람도 그들 자신임을 반복해서 인지시킨다. 내가 하는 일은 책을 소개하고, 자기표현을 할 때 본인이 알아차리지 못하는 더 깊은 감정을 읽어주고, 어떤 행동을 할 때 그 배면에서 작동하는 숨은 욕구를 알아차리도록 돕는 것뿐이다.

모임 시간과 장소도 자율적으로 결정하고 선택하도록 한다. 물론 내가 가능한 날짜를 참고한다. 무엇보다 모임의 문이 항상 열려 있다고 말해준다. 모임에 나오거나 떠나는 모든 결정권이 당사자의 자유 의지에 달려 있다고. 이 모임에 참석하는 게 저마다의 삶에 유익하고 배울 만한 것이 있다고 느껴지면 참석하고, 공연한 시간 낭비로 느껴지면 오지 않아도 된다고 말한다. 그런 태도에 서운함을 느끼는 이들이 있는 게 당연하다. 무엇을 하라 마라 일일이 통제받던 경험을 사랑이라 여겨온 이들이 특히 그렇다.

둘째는 비밀의 원칙이다. 적어도 모임 초기에는, 자기 경험이 가장 아프고 부끄럽다고 여기는 단계에서는 모임에서 비밀이 보장된다는 조건이 중요하다. 그래야 불안감이나 박해감이 많은 사람도 조심스레 자기 이야기를 꺼내놓을 수 있다. 하지만 모임이 진행되면서 엄청난 비밀이었던 경험이 그다지 특별할 것 없는, 누구나 겪는 평범한 사건임을 깨닫는 때가 온다. 수치스러워 떠올릴 때마다 혼자 얼굴이 붉어지던 경험도 모임에서 털어놓고 나면 그다지 부끄러울 것도 없는 일임을 스스로 깨닫게 된다. 그런 지점에 이르러 자아가 보다 견고해질 때까지 비밀 유지는 중요한 조건이다.

셋째는 뗏목의 원칙이다. 독서 모임을 시작하면 그것을 친목 모임으로 여기며 어울려 놀고 여행할 계획을 세우는 이들이 있다. 대체 가정을 찾아낸 듯 의존성을 보이며 내게 잘 보이려 애쓰는 이도 있다. 하염없이 시간과 관심을 요구하고, 모임 바깥에서 특별한 관계를 맺고자 한다. 모임에서는 그런 욕구의 근원을 읽어주고 거듭 말해준다. 독서 모임은 강을 건너는 뗏목일 뿐이라고. 모임이 엄마도 아니고, 사랑을 주는 곳도 아니고, 생의 궁극적 목표도 아니라고. 강을 만났을 때 건너는 뗏목에 불과하다고. 이 작업을 통해 생의 특별한 강을 건너면 뗏목은 강가에 버리고 가야 한다고.

독서 모임을 이끌면서 내가 의도했던 것은 단 하나였다. 그들의 이야기를 들어주는 것, 그들 자신도 몰랐던 자기 마음을 알아차릴 수 있도록 도와주는 것. 모임에 오는 이들은 모두 자신이 생의 어느 지점에 멈춰 있다는 것을 알고 있었다. 그것이 마음의 문제라는 것도 감지하고 있었다. 독서 모임을 시작할 때 그들에게 모임에서 원하는 것이 무엇인지 언어로 직접 표현하도록 하는데 다들 뚜렷한 욕구와 목표를 인식하고 있었다. 내 입장에서는 늘 그 지점을 염두에 두었다. 독서 모임이 어떻게 구성원들에게 유익한 기능을 할 것인지.

공감과 지지의 중간 공간 역할

독서 모임은 우선 그 자체가 중간 공간의 역할을 한다. 내가 아무리 냉정하고 객관적인 태도를 유지해도 그들은 내게 초기 양육자 이미지를 투사하고, 모임에서 초기 양육 환경을 재경험한다. 그럴 때 그들의 감정이 초기에 고착되거나 파괴적으로 진행되지 않도록 안내했다. 초기에는 일관되게 지지해주는 시간과, 적절히 공감해주는 반향이 필요했다. 하지만 내가 아무것도 건네지 않을 때조차 그들은 모임에 소속되어 같은 공간에 앉아 있다는 사실만으로 편안한 유대감을 느끼는 듯했다.

함께 모임을 하는 이들과 무의식적 동일시가 이루어지면서 자기도 모르게 변화하는 모습도 보였다. 그렇지만 독서 모임은 적절한 시기에 의존성을 좌절시키는 역할도 해야 한다. 의존 욕구를 한두 번 허용한 다음 그런 소망을 직면하게 하고 그 이후부터는 좌절시킨다. 첫 번째 독서 모임은 두 달에 한 번씩 만나면서 9년간 지속되었는데 주로 자기표현과 지지 공감의 방법을 사용했다. 그랬더니 3년이 지나도록 별로 달라지는 모습이 보이지 않았다. 3년쯤 지나면서 내면을 꺼내어 아프게 직면시키기 시작했는데, 그때부터 감정이 역동적으로 표현되면서 변화가 일어났다. 그 경험을 참고하여 두 번째 팀부터는 더 빠른 시기부터 직면시키는 방법을 사용했다. 그 전에 내가 하는 일의 의미를 설명하고, 몹시 아프겠지만 그 정도를 감당할 만한 자아 강도는 지녔으리라 믿는다고 말했다. 일찍 직면시킬수록 변화와 회복이 빨랐다. 물론 완급을 조절하는 기교는 필요했다.

사람은 어떤 한 가지 감정으로 살아갈 수 없다. 공감은 좌절되고, 사랑은 이별을 수반하고, 희망은 실패를 품고 있다. 좋고 나쁨이 빛과 그림자로 함께하는데 이 모두를 끌어안을 수 있을 때 우리는 비로소 성장할 수 있는 것이다.

고통을 감당할 수 있는 공간

독서 모임에서 이야기할 때 처음에는 대부분 사회적 얼굴이나 이상화된 자기 이미지를 내보인다. 평소에 하던 대로 타인에게 사랑받을 수 있는 모습만 보여준다. 그 모임의 의미를 잘 아는 사람도 의식의 지하 1층 정도에 묻어둔 경험이나 감정들을 내놓는다. 불안, 금기, 보복 등이 두려워 말하지 못했던 이야기들은 여전히 할 수 없다고 느낀다. 하지만 누군가 처음으로 가장 아픈 이야기를 꺼내면, 그 이야기에 대해 공감하고 지지하는 태도를 경험하면, 비로소 그런 이야기를 해도 괜찮다는 사실을 받아들이게 된다.

그렇게 서로 눈치를 보아가며 더 깊은 곳에 묻힌 이야기를 나누고, 그런 이야기를 해도 안전하며, 이야기와 함께 경험하는 고통도 견딜 만하다는 것을 알게 된다. 그런 경험을 반복하면서 더 많은 용기를 내고, 더 큰 고통을 감당할 수 있는 힘을 얻는다. 고통을 감당할 수 있는 공간, 독서 모임은 그런 역할을 한다. 우리는 아프고 두려워서 마주 보지 못한 경험들을 내면에 숨겨놓고 있기 때문에 불안감을 느끼며 살아간다. 그것을 꺼내 보이는 고통을 감당할 수 있다면 그만한 용기를 얻는 셈이다. 가끔은 이렇게 말해준다. "억지로 말할 필요는 없다. 말할 수 있는 만큼만 이야기하면 된다. 점차 자아가 강해지고 모임에 대한 믿음이 생기면 저절로 더 깊은 곳으로 들어가 이야기할 수 있게 된다." 경험에 의하면, 생의 성패는 고통을 감당할 수 있는 능력에 달린 게 틀림없어 보인다.

실패를 털고 새롭게 시도할 수 있는 공간

독서 모임에서 아픈 경험을 이야기하는 것만큼 어려운 일은 실패와 좌절의 경험을 꺼내놓는 것이다. 까놓고 보면 우리의 삶은 거듭되는 좌절과 실패로 점철되어 있다. 많은 이들이 지나간 그 경험들에 매달려 자기 비하나 무력감, 두려움에 사로잡힌 채 살아간다. 그리하여 실천하지 못할까 두려워 계획을 세우지 않고, 실패할 것이 무서워 도전하지 않고, 실망할까 봐 두려워 기대조차 하지 않는다.

독서 모임에서 실패나 좌절의 경험을 꺼내놓고 이야기하는 일은 중요하다. 그것이 유별난 패배가 아니라 삶의 과정에서 누구나 겪는 일반적인 경험이라는 사실을 인식해나가게 된다. 타인들의 무수한 경험을 들으면 실패나 좌절이 삶의 중요한 일부라는 것을 받아들이게 된다. 나아가 실패 경험에서 배우고, 실패한 후에 새롭게 도전하고, 실망하면서도 거듭 손을 내미는 태도를 익히게 된다.

어떤 이는 독서 모임에 참석하면서도 거기서조차 실패할까 봐 두려워한다. 모임에서 아무것도 얻지 못할 것이라는 의심을 품은 채 아무것도 원하지 않는 태도를 취하기도 한다. 그럼에도 꾸준히 모임에 참석할 수만 있다면 그것은 곧 불안과 나르시시즘을 이겨내는 과정이 된다. 꾸준히 참석하는 그 노력만으로도 집중력이 생기고 자아가 강해진다. 마음속에 의심을 품은 채 꾸준히 모임에 참석했던 사람이 3년이 지나자 이렇게 말했다.

"왜 내게 이 모임이 필요한지 이제야 명확히 알게 됐어요."

물론 처음부터 자신이 모임에서 무엇을 원하는지 명확히 알고, 투자 시간 대비 효율성이 어느 정도인지 점검하는 사람도 있다. 하지만 대부분은 독서 모임에 큰 기대를 품거나, 아무것도 기대하지 않거나, 저마다 특별한 감정을 가지고 동참한다. 그 배면에는 이 모임에서조차 실패하는 게 아닐까 하는 불안감이 작용한다.

타인의 경험에서 배우는 공간

독서 모임에서 타인들의 이야기를 듣다 보면 자신이 얼마나 좁은 인식의 틀에 갇혀 있었는지 알게 된다. 성급한 일반화, 편견, 선입견 등으로 자기만의 감옥을 만들고 그것에 대한 확신을 붙잡고 살았음을 알게 된다. 성급한 일반화는 가장 대표적인 방어기제이다.

한 여성은 밤이 두려워 일몰 후에는 외출하지 않는 버릇이 있다. 그녀는 다른 사람도 밤을 무서워하지만 억지로 참으면서 외출한다고 믿고 있었다며 말끝에 "누구나 그런 거 아니에요?" 되물었다.

이는 사소한 사례이다. 어떤 이는 "내가 슬프다."라고 말하는 대신 "인생이 원래 슬픈 거야."라고 의연한 표정으로 말한다. "너와 헤어지기가 고통스럽다."고 말하는 대신 "인생이 원래 만나고 헤어지는 거지."라고 철학자처럼 말한다. "인간은 생각하는 갈대다."라는 명제도 실은 내면에 무수히 많은 생각이 나부껴서 갈피를 잡지 못했던 어느 철학자의 개인적 상념이 아닐까 생각해본 적이 있다.

독서 모임에서 이야기를 나누다 보면 자기 생각에 무수히 많은 오류가 있다는 것을 알아차리게 된다. 소중히 여겨온 삶의 가치들이 실은 잘못된 인식 위에 서 있다는 사실도 알아차리게 된다. 나는 원래 이런 사람이야, 나는 그런 일은 못해, 나는 그것을 받아들일 수 없어, 내 사전에 어떠어떠한 말은 없어 등등. 다양한 언어로 자기를 규정해놓고 그 틀에서 벗어나지 않으려고 안간힘을 써온 자기 모습을 타인에게 비추어 발견할 때 마주 보고 웃을 수 있게 된다.

성급한 일반화의 오류만큼 많이 보이는 현상은 "나만 그런가 봐." 하는 식의 자폐적 자기 인식이다. 나만 가장 아픈 삶을 살았고, 나만 가장 사랑받지 못했고, 내 불행이 가장 크다고 느끼는 이들이 있다. 그들도 모임에서 타인들의 이야기를 들으면 저절로 자폐적 인식에서 벗어나게 된다. 다른 사람이 꺼내놓는 삶의 이야기에서 사유의 외연을 넓히고, 타인의 경험에서 구체적인 삶의 지혜를 얻는다. 그것이 독서 모임이 가진 중요한 기능 중 하나였다.

독서 모임에 참석하는 이들이 생의 한 시기를 특별하게 보내듯, 그 기간은 내게도 그러했다. 하지만 2014년이 시작되었을 때, 도저히 모임을 지속할 수 없는 상태가 되었다. 일과를 처리할 시간이 절대적으로 부족했고, 강도 높은 노동 후유증이 신체에 나타나기 시작했다. 많은 고민 끝에 미안하다는 말과 함께 독서 모임을 계속할 수 없다는 뜻을 모두에게 전했다. 독서 모임을 6년쯤 지속해서 원하는 것을 충분히 받았다고 느끼는 사람들은 반발이 없었다. 3년쯤 지속한 모임에서는 서운함을 드러내면서 도서 목록을 요구했다. 자기들끼리 책을 읽으며 모임을 계속하겠다는 의지를 보였다. 1년 6개월 동안 진행해 상대적으로 공유 시간이 짧았던 모임에서는 서운함과 함께 분노를 표출하는 이도 있었다. 그 분노가 정당한 대상을 향한 게 아니라는 사실을 성찰하기에 1년 6개월로 부족한 사람도 있다는 뜻이다.

2014년 초에 독서 모임을 중단한 후 한 해 동안 여섯 개 모임을 한두 번 정도 더 만나는 경험이 있었다. 계속 의존성을 표출하거나 질문거리를 갖고 찾아오는 이들을 개인적으로 만나기도 하고, 그들끼리 꾸리는 모임에 동석하기도 하고, 개인적인 일로 모이는 자리에 뒤풀이처럼 참석해 근황을 듣기도 했다. 그들은 어떻게 생각했을지 모르지만 나로서는 그 1년을 서서히 밟아가는 에필로그 같은 과정이라 여겼다. 모임 중단에 대해 분노했던 이가 자신의 분노가 정당하지 않은 것임을 알아차리는 시간, 극심한 의존성을 보였던 이가 온전히 자립했음을 확인하는 시간이었다. 그해 말, 혼자서도 계속 책을 읽겠다면서 도서 목록을 원했던 이들에게 정리한 목록을 보내주었다. 그렇게 내 삶의 특별하고 소중했던 경험이 지나갔다. 사족을 붙이자면, 〈금강경〉 100번 사경은 2013년 4월에 끝났다. 가득 채워서 3년이 소요되었다. 그 기간 동안 삶에서 많은 것들이 달라졌고, 그럼에도 모든 것이 그대로이다.

성찰하는 책 읽기

10년 전쯤, 《사람풍경》을 처음 출간했을 때 그 책을 읽은 사람들이 보이는 독후감이 재미있었다. 그 책은 각 꼭지마다 한 가지 감정을 주제로 잡아, 내 사례 하나, 타인의 사례 하나, 두 가지씩 이야기를 담고 있다. 타인의 사례는 주로 외국 여행길에 경험한 먼 곳 사람들의 것을 사용했다.

책을 읽은 후 사람들의 반응에는 세 종류가 있었다. 어떤 사람은 그 책을 오직 저자의 이야기로만 읽었다. 독후감은 이랬다. "김형경이 참 불쌍하다는 생각이 들었다." 그런 이는 자기 내면 감정을 전혀 들여다볼 줄 모르는 사람이었다. 다른 독후감은 이런 것이었다. "이 책을 읽으니 그 속에 내 주변 사람들이 다 있더라. 그 안에 있는 얘기가 내 친구 누구랑, 우리 언니랑 똑같았다." 그렇게 말하는 이는 내면 감정을 느낄 수는 있는 사람이다. 하지만 그것을 자기 것으로 인정하는 게 아니라 외부의 타인에게 투사하는 사람이다. 그들은 책을 사서 친구나 언니에게 선물하곤 했다. 감정 투사가 타인을 통제하려는 행동으로 표현되는 셈이다. 또 한 종류의 독후감은 이런 것이다. "그 책을 읽었더니 모두 내 이야기더라. 마음이 아프더라." 그런 이는 내면 감정을 잘 느끼고 자기 성찰도 잘되는 사람이다.

사실 인간은 누구나 똑같은 감정 요소들을 가지고 있다. 인체가 저마다 다른 외형을 띠고 있어도 수분, 단백질, 지방, 무기질 등 동일한 성분으로 구성되어 있듯이 마음도 마찬가지이다. 감정 요소들은 동일한데 저마다 다른 환경에서 살아가기 위해 어떤 감정은 숨기고 어떤 감정은 발달시키면서 특유의 성격이라는 것을 갖게 된다. 성격은 타고나는 게 아니라 생애 초기에 만들어 가진 생존법인 셈이다.

독서 모임에서 책을 읽을 때 가장 중요한 기능이 바로 자기 성찰 능력이다. 책을 읽으며 "아, 이게 모두 내 이야기구나." 느낄 수 있는 태도이다. 성찰은 말 그대로 자신을 되돌아보는 일이다. 독서라는 자기 마음의 거울을 통해 자신을 살필 수 있는 사람만이 타인을 바라볼 수 있는 시선을 갖게 된다.

힐링 픽션의 기능 이해하기

……………………독서 모임 구성원 중 고등학교 국어 선생님인 여성이 있었다. 그녀는 학생들이 "입시 준비도 바쁜데 왜 소설을 읽어야 하죠?" 하는 질문에 답하지 못했다. 그러고는 그 질문을 내게 전달했다. 나는 이렇게 대답했다.

"독서는 한 사람의 정신 영역을 풍부하게 만드는 가장 좋은 방법이다. 내면 공간에 경험, 지혜, 인물 들을 무수히 간직할 수 있는 방법이다. 또한 독서는 무의식적 심리 치유 작업을 돕는다."

인류는 이야기 속에 지혜를 담아 후대에 전승해왔다. 이야기를 많이 읽는다는 것은 이야기 속에 숨은 지혜를 얻는다는 뜻이다. 이야기와 함께 세상을 입체적으로 파악하고 다양한 삶의 문제에 대해 대응 능력을 갖는다는 뜻이다. 내면에 간직한 인물이 많다는 것은 그만큼 동일시할 대상이 많아 폭넓은 성장을 이룰 수 있다는 뜻이다. 무엇보다 이야기 속에는 사람의 마음을 치료하는 기능이 있다. 프로이트는 자신의 모든 저서를 스토리텔링 기법으로 저술했다. 마치 소설처럼. 융 학파 심리학자인 제임스 힐먼은 프로이트의 임상 보고서들을 '힐링 픽션(Healing Fiction)'이라고 명명했다. 실제로 프로이트는 임상 보고서에 '늑대 인간' '꼬마 한스' 등 소설 같은 제목을 붙였다.

브루노 베텔하임은 옛이야기가 수백 년 동안 여러 사람의 입을 거쳐 전승되면서 표층적 의미와 심층적 의미를 함께 지니게 되었다고 한다. 그리하여 옛이야기는 인간 심리의 여러 측면을 향해 호소할 수 있으며 어린이의 마음에까지 닿을 수 있는 방법으로 의미를 전달한다. 어린이는 옛이야기를 통해 무의식적으로 겪는 내적 갈등을 자각하고, 그것에 대해 일시적이면서도 영구적인 해결책을 얻게 된다. 세계의 모든 민담, 신화, 전설 들이 그 탄생에서부터 공동체 구성원의 정신적 성장, 고통으로부터의 치유, 삶의 기능 습득 등을 목적으로 만들어졌다.

최근에는 이야기가 본래부터 가지고 있던 기능 중 치유 영역이 세분화되어 이야기 치료, 독서 치료, 문학 치료 등의 개념이 만들어졌다. 자크 라캉은 플라톤의《향연》을 정신분석적 대화 치료의 근원으로 본다. 철학조차 정신분석학과 만나 철학 치료라는 개념을 만들어냈다. 모든 이야기는 힐링 효과가 있다. 옛이야기든, 꾸며낸 이야기든, 심리학 책 속에 기록된 사례 이야기이든.

공감하는 마음으로 읽기

…………………… 독서 모임에서 소개하는 책은 난이도가 다양하다. 쉬운 책이든 어려운 책이든 상관없이 책을 선택하는 기준은 읽는 사람이 공감할 만한 사례가 풍부한 책을 고른다는 점이다. 그리고 책 속 사례들에 공감하면서 읽을 것을 권유한다. 지식이나 이론을 습득하려 하지 말고, 책이 어렵다고 짜증 내지 말고, 우선은 책 속에 등장하는 치료 이야기에 집중해서 읽도록 한다. 치료 이야기를 많이 접하는 것, 그 이야기들에 공감하는 것이 무

엇보다 중요하다. 사례에 등장하는 인물들의 마음을 느껴보면서 그들의 고통과 치유 과정을 따라가 본다.

어려운 내용을 억지로 이해하려 애쓸 필요도 없다. 현재 상태에서 이해할 수 있는 만큼 이해하고 넘어가면 된다고 말해준다. 독서 모임이 진행되는 동안 이해력이 넓어지고 세상을 보는 관점에도 변화가 오면 나중에는 이전에 모르고 넘어갔던 내용이 저절로 이해되는 때가 온다. 시간이 지난 후 다시 읽어보면 이전에 이해했던 내용에 대해서도 더 깊은 의미가 알아차려지는 경험을 하게 된다. 그러니 책이 어렵다고, 책이 낯설다고 초조해할 필요가 없다. 학년 초에 새 교과서를 받으면 내용이 전혀 이해되지 않지만 학년 말이 되면 내용이 시시하게 느껴지는 것처럼, 독서 모임에서 책 읽기도 그런 경험과 다르지 않다.

내면을 비추어보는 책 읽기

책을 읽을 때 가장 유념해야 할 지점은 자기 내면을 비추어보며 읽는 것이다. 책의 내용들이 마음속에서 어떤 감정을 불러일으키는지 지속적으로 지켜보아야 한다. 그것이 마음을 책에 비추어보는 작업이다. 책을 읽다가 내면 감정이 움직이기 시작하면 까맣게 잊고 있었던 기억, 생각, 감정 들이 떠오르는 경우가 있다. 그러면 잠시 읽기를 중단하고 내면에서 떠오른 감정이나 기억을 따라간다. "이게 무슨 감정이지? 왜 불안하지?" 그렇게 감정을 더 깊이 느끼고 이해하려고 노력한다. 새롭게 찾아낸 기억과 연관된 더 많은 사실을 되살리기 위해 마음을 집중해본다. 그 기억 주변 풍광을 세밀하게 인화해가는 동안 아프거나 슬픈 감정이 따라오게 마련이다. 그렇더라도 도망치지 말고 그 기억과 감정 한가운데 머물러본다. 책을 읽는 가장 중요한 방법은 언제나 모든 의식을 자기 내면에 두는 것이다.

자기 성찰이란 자기의 감정, 생각, 행동을 현재 시점에서 알아차리는 일이다. 내면을 비추어보며 책을 읽을 때 책 속 사례, 설명 들이 마음에 일으키는 울림을 알아차리는 행위를 '성찰하는 책 읽기'라 명명했다. 심지어 책에서 아무런 느낌을 받지 못할 때조차 바로 그러한 자기 마음을 알아차린다. 책을 읽으며 촉발되는 감정, 반응 들을 알아차리고, 모임에서 이야기를 나누면서 촉발되는 내면의 움직임도 알아차린다. 그것이 몸에 배게 되면 일상 속에서도 그런 태도를 유지할 수 있다. 화가 날 때 무작정 화를 낼 게 아니라 행동을 잠시 멈추고 "지금 화가 나는구나." 하고 자기를 알아차리는 것이다. 그런 다음 "저 사람에게 화나는 내 마음은 무엇이지?" 하고 한 걸음 더 생각해본다. 꽃이 미워 보일 때도 "저 꽃이 밉다고 생각하는 내 마음은 무엇이지?" 더 깊이 생각해본다. 책을 읽다가 집어던지고 싶을 때도 "이 대목에서 책을 집어던지고 싶은 내 마음은 무엇이지?" 생각해본다. 그렇게 스스로를 알아차리고 그 이유를 내면에서 찾아내는 작업이 곧 자기 치유의 첫걸음이다.

패러다임이 전환되는 책 읽기

·························· 독서를 통해서 얻는 중요한 소득 중 하나는 패러다임의 전환이다. 지금까지 세상을 보던 관점에 어른스럽지 못한 요소가 있었음을 알아차리게 된다. 그동안 세상을 보던 관점이란 손쉽게 남을 비판하고, 문제가 생기면 타인을 탓하고, 자기가 원하는 것을 주지 않는다고 타인을 나쁜 사람 취급하고…… 그렇게 유아기에 만들어 가진 의존적 관점을 유지하고 있었음을 알게 된다는 뜻이다. 성인으로서의 내 삶은 내게 책임이 있고, 내가 만들어가는 내 몫이라는 사실을 받아들이는 순간부터 패러다임의 전환이 일어난다.

주체적으로 패러다임을 전환하면 외부로 향하던 관심, 감정, 에너지를 자기 자신을 향해 돌리게 된다. 물론 한 번의 통찰로 습관이 바뀌지는 않는다. 책을 읽으면서 거듭 그러한 사고방식의 전환을 연습한다. 게으른 동생을 판단하고 싶은 마음이 들면 내 인생을 열심히 사는 쪽으로 노력한다. 친구를 도와주고 싶다는 생각이 들면 지금 자신의 내면에서 타인의 도움을 원하는 영역이 무엇인지 알아차린다. 그런 과정을 익혀 자신의 삶을 스스로 돌보기 시작하면 세계관도 변화하고 삶도 달라진다.

독서를 통해 자기를 성찰한다는 것은 외부에 투사했던 모든 문제를 끌어와 자기가 끌어안는다는 뜻이다. "모두 내 문제구나." 진심으로 그렇게 인식하게 될 때 패러다임에 전환이 온다. 의존적 패러다임에서 주체적 패러다임으로 바뀌면 타인의 존재와 무

관한, 주체적인 삶을 의연하게 살아갈 수 있다. 아픈 자기 성찰이 나 전복적 패러다임의 전환이 일어나는 순간, 용기는 저절로 따라온다.

열린 마음으로 책 읽기

책을 소개할 때마다 그 책을 선정한 이유와 함께 반드시 열린 마음으로 읽을 것을 당부한다. 오래된 선입견, 심리 치료에 대한 편견, 책 내용을 의심하는 마음을 모두 내려놓고 내용 속으로 들어갈 것을 권한다. 판단하고 평가하는 마음이 있으면 책에 집중할 수 없고, 내용을 깊이 받아들이지 못하면 자기 성찰도 일어나지 않는다. 그렇게 당부하지만 열린 마음으로 책을 읽는 일이 말처럼 쉽지는 않아 보인다.

책을 소개하면 책 자체나, 일면식도 없는 외국 저자에게 감정을 투사하는 경우가 많다. 독서 모임에서 소개하는 책은 외국의 심리학, 정신분석학 전문가들이 자기 분야에서 20년 이상 연구 및 임상한 결과물이다. 그 나라에서 널리 읽힌 후 우리나라에 번역, 소개되었다. 그 분야의 고전이 되어 수십 년 읽혀온 책도 있다. 그럼에도 책 내용이 자신의 편견에 맞춤하지 않으면 의심한다. "이 책 내용이 맞는 거예요?"라고. 어떤 이는 "이 저자는 이상한 사람 같아요."라고 판단하고 어떤 이는 "이 저자는 정말 훌륭해요."라고 평가한다.

책 내용에 무의식을 자극당하면 미처 몰랐던 분노가 올라오기도 한다. 그때도 그 감정이 자기 것이라고 인식하지 못한 채 이상한 꼬투리를 잡아 책에게 화를 낸다. 이 책은 번역이 잘못된 것 같다는 둥, 표지가 촌스럽고 편집이 나쁘다는 둥 심지어 책이 시시하다거나, 재미가 하나도 없다고 화내는 사람도 있다. 저마다 내면 감정을 책과 저자에게 투사하는 행위이다. 독서 모임에서는 그런 말을 하는 사람에게 그 배면의 감정을 알아차리도록 이끈다. 사실 삶에서 만나는 타인이나 경험에 대해 판단이나 의심 없이 수용할 수 있는 사람은 많지 않다. 그런 사람이라면 치유 노력이 필요 없는 상태일 것이다.

난독증의 책 읽기

·············· 독서 모임에 참석하면서 책을 읽지 못하는 사람이 있을까 싶지만 실제로는 드물지 않다. 모임은 자율성에 맡기기 때문에 나는 책을 소개만 할 뿐 읽는지 읽지 않는지 묻지 않는다. 그럼에도 모임이 진행되면 책을 읽는 사람과 책을 읽지 않는 사람 사이에는 현격한 차이가 보인다. 책을 읽는 사람은 마음 작용이나 행동에 변화가 나타나는 반면 책을 읽지 않는 사람은 처음과 똑같은 자리에서 같은 말을 되풀이한다. 유난히 변화가 더딘 사람에게 이런저런 질문을 해보면 하나같이 책을 읽지 않는다는 사실이 드러난다.

책을 읽지 못하는 이유는 여러 가지이다. 난독증 때문에 아예 읽는 행위에 집중할 수 없다는 사람도 있다. 글자는 읽는데 내용이 이해되지 않는다는 사람도 있고, 내용은 이해되는데 마음으로 공감되지 않아 계속 읽을 의미를 못 느낀다는 사람도 있다. 어떤 이는 책을 조금만 읽어도 걷잡을 수 없이 졸음이 쏟아져서 중단하게 된다고 말한다. 실은 모두 내면의 불안감과 저항의 표현이다.

그럼에도, 그런 사람들도 독서 모임에 꾸준히 참석하는 일은 도움이 된다고 느낀다. 타인들의 이야기를 통해 책 내용을 이해하고, 타인들의 통찰에서 지혜를 배우고, 그 공간의 지지 기능에서 유익함을 얻는다. 실제로 그들도 더디지만 자신을 변화시켜 어느 순간 미뤄두었던 책 읽기를 시작하기도 한다.

자기표현 말하기

치유의 핵심은 자기표현이다. 사회적 개인으로 살아가는 동안 우리는 대체로 세상에 내보이고 싶은 페르소나, 이상화된 자기 모습을 연출하며 살아간다. 독서 모임은 사회적 얼굴을 하며 살아가는 우리가 외부로 내보이지 못했던 것들을 꺼내놓는 곳이다. 그래서 아프고 슬프고 지질한 이야기, 실패와 좌절의 경험을 주로 이야기한다.

독서 모임에 참석하는 이들이 처음부터 자기표현을 잘하는 것은 아니다. 일 년이 지나도록 자기 이야기를 한 마디도 꺼내놓지 않는 이도 있고, 친구 따라 모임에 참석했지만 원하는 것이 무엇인지 명확하지 않은 사람도 있다. 가장 어려운 점은 오래 사용해 온 페르소나를 벗는 일이다. 모임에서 말하는 방식도 그들의 생김이나 성격만큼 각양각색이다. 이를테면 책 내용을 일목요연하게 요약해와 세미나에서 발표하듯 말하는 사람이 있다. 책을 읽으면서 어떤 감정을 느꼈는지 물으면 내면이 정전된 것 같은 표정을 짓는다. 일상생활을 사건 파일 보고하듯 말하는 사람도 있다. 그 일을 겪을 때 어떤 느낌이 들었느냐고 물으면 언어가 중단된다. 침묵 속에서 골똘히 생각에 잠긴 모습을 보인다. 침묵의 시간이 지난 후 그동안 내면에서 어떤 것들이 지나갔느냐고 물으면 두 가지 답이 돌아온다. 많은 감정이 느껴졌지만 말해서는 안 될 것 같아 꾹 누르고 있었다는 경우, 아무리 감정을 느끼려 해도 아무것도 알아차릴 수 없었다고 말하는 사람. 책의 내용도, 구체적인 사건도 전하지 않은 채 불편한 감정에 대해서만 토로하는 사람도 있다. 어린아이들이 혼자 처리하지 못하는 감정을 엄마에게 쏟아내듯 모임에 와서 그런 감정을 풀어놓는다.

언어 외에도 감정이 표현되는 수단들이 있다. 말투는 감정이 표현되는 가장 대표적인 도구이다. 높고 큰 목소리로, 혼신의 에너지를 담아, 따발총을 쏘듯이 이야기를 쏟아내는 이가 있다. 그 사람 내면의 분노 같은 것이 음색을 타고 건너올 때면 명백한 에너지로 전달된다. 늘 가늘고 예민하게 떨리는 음색으로 작게 말하는 이도 있다. 불안감이 내면을 가득 채우고 있어 숨조차 조심해서

쉬는 듯 보인다. 무겁고 탁한 음색으로 느리게 말하는 사람도 있다. 우울한 상태가 오래되어 삶 전체가 어두운 곳에 정체된 듯 보인다. 혀짧배기소리로 아기처럼 말하는 이도, 그럴 필요가 없는데 애교를 부리는 이도 있다. 이들은 모두 의존성을 충족시키기 위해 그런 생존법을 선택한 것이다. 모임에서는 그들이 말투에 담아 전하는 감정, 태도에서 표현하는 감정 등을 모두 알아차리도록 한다. 그 감정들을 언어로 표현하도록 이끈다.

감정을 표현하는 말하기

독서 모임에서 이야기하기는 자기 생각, 감정, 욕구 등을 표현하는 것 역시 중요한 과정 중 하나이다. 평소에 늘 남의 이야기만 하고, 남의 시선만 의식하고, 남에게 인정받기 위해 살던 삶에서 관점을 바꾸어, 오직 자신만을 바라보기 시작해야 한다. 그중에서도 자신의 내면, 감정 생각 욕구 등을 알아차리고 표현하기 시작한다. 그러나 감정을 표현하기는커녕 감정을 느끼지도 못하는 이들이 있다.

그런 이들에게는 자기표현의 점진적 단계를 거치도록 안내한다. 혼자 글쓰기를 통해 자기 자신에게 표현하는 단계가 가장 처음이다. 그 방법은 뒤쪽 '자기분석 노트 쓰기'에 안내되어 있다. 자기에게 표현하기가 가능해지면 다음에는 타인에게 표현하기 단계를 밟는다. 믿을 만한 친구, 트라우마를 공유하는 자매 등이 말하기 좋은 대상이다. 자매끼리 가정에서의 트라우마를 이야기하다 보면 서로의 기억과 인식이 얼마나 다른지 알게 된다. 두 사람이 내면에 간직하고 있는 부모도 서로 다른 사람인 듯 차이가 크다. 자기 혼자 판단하지 않고 타인에게 표현하는 단계로 나아가면 혼자 글 쓸 때와는 다른 마음의 힘을 경험하게 된다. 그만큼 자아가 단단해졌다는 뜻이다.

독서 모임에서 여러 사람에게 자기 이야기를 하려면 앞의 두 단계를 거쳐야 한다. 집단에서 자기 이야기를 자연스럽게 꺼내놓을 수 있는 사람은 삶 속에서 앞의 단계들을 무의식적으로 이행해왔다는 뜻이다.

독서 모임에서 이야기를 꺼내지 못하는 사람 중에는 내게 따로 시간을 요청해서 자기 이야기를 하는 이도 있다. 그때도 말해준다. 지금 내게 한 이야기들을 그대로 친구들 앞에서도 말할 수 있어야 한다고. 그러면 대답한다. 아직 자신이 없다고. 알고 보면 다들 내면에서는 이해하고 있다. 자신들이 어떤 상태에 있고, 어떤 행동을 하고 있는지.

글쓰기로 자기 자신에게 표현하는 것, 믿을 만한 사람에게만 표현하는 것, 여러 사람 앞에서 표현하는 것, 그 모든 행위는 서로 다른 자아 강도를 필요로 한다. 반대로, 온 힘을 짜내서라도 그 작업을 통과할 수 있다면 뒤따르듯 마음이 한결 편안하고 강해지는 현상을 경험할 수 있다.

성찰한 것을 말하기

독서 모임에서 점진적으로 금지시키는 일이 남의 이야기하기이다. 처음에 모임을 갖고 이야기를 나누다 보면 평소에 친구들과 어울려 수다 떠는 방식으로 말하기 쉽다. 타인에 관한 뒷말 나누기, 떠도는 소문 전하기, 타인을 판단하고 평가하기, 미운 사람 욕하기 등등. 그동안 그런 식의 말하기가 왜 필요했는지 알아차리게 한 다음 적어도 모임 공간에서만은 그런 이야기를 하지 않도록 약속한다. 투사하지 않는 말하기는 중요하다. 투사나 방어의 언어만 사용하지 않아도 그 지점부터 마음과 삶이 놀랍게 달라진다.

하지만 처음부터 자기 성찰이 잘되고, 성찰한 것을 언어로 표현하는 일을 잘하는 사람은 드물다. 꾸준히 책을 읽으며 이야기를 나누다 보면 보통 1년쯤 지나 자기 성찰적으로 인식하고 표현하는 일이 익숙해진다. 물론 3년이 지나도록 모든 감정을 외부로 투사하면서 자기를 합리화하는 언어만 말하는 사람도 있다. 어떤 이는 5년쯤 지나서야 비로소 내면의 분노를 알아차리기도 한다.

글 쓰는 직업을 가진 이들이 자주 하는 이야기가 있다. 처음에는 자기 손으로 글을 쓰지만 나중에는 계획과는 다른 방향으로 글이 진행되면서 작품이 작가를 이끌어가는 지점과 만나게 된다고. 내면에 그런 것이 있는 줄도 몰랐던 감정, 상상력 등이 올라와 놀라게 된다고 한다. 작가들이 말하는 그 낯선 지점이 우리의 무의식 영역일 것이다. 글쓰기뿐 아니라 한 가지 일에 깊이 집중해본 사람은 누구나 그와 같은 무의식 영역을 만나는 경험을 한다.

독서 모임에서도 비슷한 작용이 일어나는 것을 목격한다. 처음에는 의식 차원에서 어렵게 내면 이야기를 꺼내지만 이야기하는 동안 더 깊은 내면으로 접근해간다. 말하면서 동시에 까맣게 잊고 있던 기억이 떠오르기도 하고, 미처 알아차리지 못했던 사건의 본질을 통찰해내기도 한다. "아, 지금 말하는 동안 떠오르는 기억이 있는데……."라거나, "말하고 나니 그 일이 내가 느꼈던 죄의식만큼 잘못한 건 아니라는 생각이 드네요."라고 편안해진 낯빛으로 말한다. 모임의 둥근 공간에 내면 성찰을 돕는 기능이 있다면 그것은 공간이 주는 안전하다는 느낌에서 비롯되는 게 아닐까 생각된다.

트라우마 말하기

…………… 자기를 표현하는 행위는 자기 성찰을 뚫고 들어가 더 깊은 곳에 억눌러놓은 뜨겁고 무거운 비밀 덩어리를 건드린다. 그 덩어리에 접근해 표현할 수 있으면 그것이 바로 치유 경험으로 전환된다. 하지만 그것과 만나는 일은 두렵고 아프다. 부끄러우면 부끄러운 대로, 아프면 아픈 대로, 솔직하게 있는 그대로 자신을 표현하기가 얼마나 어려운지 그 공간에서 알게 된다.

독서 모임에서 트라우마에 대해 말할 때 유익한 점이 몇 가지 있다. 우선은 그 상처를 이야기할 때 듣는 이들이 보내는 응원과 지지의 언어를 경험하게 된다. 세상의 판단과 손가락질을 두려워했던 마음이 녹아내리면서 무겁던 불안감이 가벼워진다. 또한, 자기만 가장 아프고 슬프고 고통스러운 상처를 가지고 있다고 느꼈던 마음이 사라진다. 타인들이 꺼내놓는 상처에 비해 자기 상처는 아무것도 아니라는 사실을 서로 확인한다. 누구나 마음속에 그런 종류의 상처가 있으며, 상처 따위야 우리 생에 아무런 영향을 미치지 않는다는 사실을 확인한다. 그 상태에 이르면 마음 깊은 곳에서 해방감 같은 것을 맛본다.

독서 모임에서 트라우마에 대해 이야기하는 이들에게 또한 그 상처를 그 직접적인 대상에게 말해보라고 제안한다. 오빠와 심하게 차별한 엄마에게 왜 그랬는지 물어보고, 지속적으로 성추행한 사촌오빠에게 왜 그랬는지 말해보라고 제안한다. 그것의 필요성을 이해하고 그대로 실천하는 사람은 또 한 단계 변화를 경험한다. 하지만 "어떻게 엄마에게 화를 내느냐."고 되묻거나, "다 지난 일을 이제 와서……."라고 말하는 사람은 그 자리에 머무르게 된다.

트라우마 경험을 가해자에게 직접 이야기하고 왜 그랬느냐고 물을 때 중요한 것은 상대의 반응이 아니다. 억압한 감정을 정당한 분노 대상에게 정당하게 표현할 수 있는가가 핵심이다. 사실 상처 자체보다는 상처를 준 대상에 대한 두려움에 여전히 짓눌려 있는 경우가 많기 때문이다. 그것을 해낼 수 있다면 그 경험을 통과할 수 있다는 뜻이 된다.

더 깊이 내려가는 말하기

……………………우리 마음은 여러 겹의 심층 구조를 가지고 있다. 맨 위에 있는 사회적 얼굴, 인정받고 싶은 얼굴을 걷어내고 그 아래의 것을 이야기한다고 해도 그 밑에서 다시 새로운 층의 마음을 발견한다. 자기표현을 하면 할수록 내면 감정이 한 겹씩 들추어지면서 더 깊은 내면으로 내려가는 것을 알아차릴 수 있다. 동일한 사건에 대해 이야기할 때도 매번 다른 감정이 느껴지고, 새로운 이해에 도달하는 것을 경험한다.

평소에도 사람들은 자기 마음이 지하 몇 층까지 켜켜이 쌓여 있음을 감지하고 있다. 일상생활을 할 때는 맨 위층의 감정만을 느끼거나 표현하지만 영화나 드라마를 볼 때 지하 2층이나 3층쯤의 감정과 닿게 된다. 현실의 일도 아니고, 자기 일도 아닌 드라마를 보면서 울고 화내는 이유는 드라마를 통해 더 깊은 감정과 닿았기 때문이다. 예술의 치유 작용은 그렇게 일어난다.

독서 모임에서 자기 이야기를 하는 이들도 어느 정도 자신을 표현해야 안전한지 계속 점검한다. 솔직하게 자기를 표현했을 때 비난받거나, 망신당하거나, 거부당한 경험들이 있기 때문이다. 그리하여 모임에서도 오래도록 거짓된 자기 모습을 꾸며 보이거나, 친구들 앞에 멋져 보이려고 한다. 허세는 남자들이 심하고, 여자들은 착하고 온순한 모습을 보이는 쪽에 치중한다. 진솔하게 내면을 표현할 때는 아프고 슬픈 감정들이 따라 나오고 그 감정이 주변으로 전해진다. 인정받기 위해, 자기 이미지를 강화하기 위해 말할 때는 감정 요소가 느껴지지 않는다. 그럴 때면 즉각 내면을 직면하도록 이끈다.

"지금 멋져 보이려고 과장되게 이야기하고 있는 거 알아요?"

자기를 과장되게 꾸며 보이는 것만큼 여성에게 흔한 말투가 자기 비하의 언어이다. 어떤 여성들은 버릇처럼 자기를 평가절하하는 말투를 사용한다. "내가 하는 일이 다 그렇지요, 뭐." "나는 그런 일 당해도 싸요." 그런 말투도 알아차리게 하고 그런 말을 하는 마음을 알아차리도록 한다.

자기표현 이야기를 할 때, 열 겹쯤 되는 마음의 지층 중에 자기가 어느 정도까지 내려갔는지 알아차릴 수 있으면 좋다. 그 깊이까지 내려가기도 어렵지만, 그곳에서 만난 감정을 진솔하게 표현하기도 어렵다. 매번, 더 깊은 곳으로 내려간다는 사실을 염두에 두고 있으면 좋다. 자신이 솔직하게 다 말하지 않았고, 여전히 숨겨둔 게 있다는 사실을 인식하면 자연스럽게 왜 그렇게 하는지 통찰이 따라온다. 자신을 과장하거나 미화할 때 무엇을 두려워하는지도.

지금 이곳에서 말하기

·················· 독서 모임에서 혼자만, 자기 이야기만 많이 말하려는 사람이 있다. 사람들이 자기에게 집중해주기를 바라고, 자기를 특별한 사람으로 대해주기를 바라면서, 자기 입장만을 하

염없이 늘어놓는 이도 있다. 엄마가 전폭적으로 돌봐주고 지켜봐 주고 들어주는 경험이 부족했던 이들이다. 그들에게는 모임 시간을 동등하게 할애하여 사용하는 일에 대해 설명해준다. 우리에게 주어진 시간이 여섯 시간이고, 참석 인원이 일곱 명이면 한 사람에게 할애되는 시간은 평균 50분 정도라는 것을 염두에 둘 줄 알아야 한다고. 그런 이야기를 해주면 대뜸 짜증이 돌아온다.

"아, 시간에 대해서까지 눈치를 봐야 해요?"

이런 반응은 성장기에 잘 돌봐주지 않는 엄마의 눈치를 무수히 봤다는 뜻이다.

독서 모임을 진행하면 시간과 공간 사용에 대해서도 다양한 감정이 촉발되는 것을 감지한다. 시간을 공평하게 사용하는 일이나, 공간 사용료를 공평하게 지불하는 일에 대해 부모로부터 받은 사랑의 질량에 대한 감정이 투사되어 나타난다. 공간을 빌려 쓰면서 대여료를 동등하게 낼 때 나 역시 공간 사용료를 지불했다. 그러자 누군가 불편한 감정을 이야기했다. "선생님한테는 돈을 받지 않아야 하지 않을까?" 하고. 그러자 다른 이가 반박했다. "아니지, 선생님이 돈을 더 많이 내야지."라고. 전자는 부모가 주는 보살핌에 대해 몹시도 고마워하도록 양육된 사람이고, 후자는 부모로부터 받은 것이 없다고 느끼면서 내게 시기심을 느끼는 사람이었다. 공간을 정할 때도 내가 접근하기 편한 장소를 선택하는 사람이 있고, 자기가 편한 곳을 고르는 사람이 있고, 구성원 모두 접근하기 쉬운 장소를 고르는 사람이 있다.

지금 이곳에서 말하기란 모임을 이끌어가는 과정에서 현장에서 촉발되는 감정들을 알아차리고 그 의미를 이해하는 작업을 말한다. 시간과 공간 사용에 대한 것뿐만 아니라 모임이 진행되는 동안 안내자에 대해, 동료에 대해 느껴지는 감정을 점검하고 표현하는 일이다. 지금 이곳의 이야기를 통해 내면으로 들어가는 길을 찾는다.

침묵하는 말하기

침묵도 자기표현의 한 방식이다. 모임에서 오랜 시간이 지나도록 자기 이야기를 꺼내놓지 못하는 이들도 있다. 그들에게는 "말하고 싶지 않으면 억지로 말할 필요는 없다. 대신 자신이 침묵하고 있다는 사실을 알아차리면 된다."라고 말해준다. 자기 이야기를 꺼내놓지 않더라도 그들은 타인의 이야기를 세세하게 듣고 있다. 말하지 않는다고 해서 표현하지 않는 것은 아니다.

침묵도 일종의 자기표현 방법이다. 침묵은 방어기제이고 수동공격 방식일 수도 있다. 침묵 속에는 분노의 감정이 있기도 하고 좌절의 느낌이 있기도 하다. 그것을 표출하지 않으려, 입을 열면 어떤 괴물이 튀어나올지 몰라 바닷속 같은 침묵 가운데 머문다. 침묵은 또한 우울증의 친구이다. 우울한 사람은 수다를 떨지 않는다.

침묵의 표현법을 사용하는 사람에게 얼마간 시간이 지난 다음

넌지시 물어본다. “왜 아무 이야기도 하지 않아요?” 어느 시점에 이르면 그들도 자연스럽게 속맘을 표현하기 시작한다. 왜 말하기 싫어하는지, ‘말하지 않기’라는 방식으로 세상과 관계를 맺어온 게 언제부터인지를. 모임에서는 모든 종류의 언어, 행동, 옷차림이 자기표현의 한 방식이라는 사실을 거듭 알아차리게 된다.

공감적 듣기 경험

✤

독서 모임에 참석하면 실제로 말하는 시간보다 듣는 시간이 더 많다. 구성원이 일곱 명이라면 7분의 1시간만큼 자기 이야기를 하고, 7분의 6시간은 타인의 이야기를 들어야 한다. 경청하는 시간을 어떻게 보내느냐 하는 것 역시 독서 모임에서 중요한 일이다. 다른 사람이 이야기할 때 자기 생각에 갇혀 있거나, 그의 이야기가 빨리 끝나기를 기다리거나, 타인의 이야기를 판단하고 평가하면서 짜증스러워하는 사람도 있다. 어떤 사람은 타인의 말을 자르면서 자기 방식의 충고나 조언을 내밀기도 한다.

그중에는 타인의 고통스러운 이야기를 외면하고 싶어 하는 사람도 있다. 자기 내면을 보는 데 익숙하지 않기 때문에 타인의 내면에 있는 아픈 이야기를 듣기 싫어한다. 타인의 고통스러운 이야기가 자기 내면의 아픈 영역을 자극하기 때문에 오히려 화를 낸다. 자기 고통을 볼 줄 모르면 타인의 고통을 이해하지 못하고, 자기 연민을 품어보지 않은 사람은 타인을 가엾게 여길 줄 모른다. 독서 모임에서 타인의 아픈 이야기를 들으면서 비웃음 비슷한 표정을 짓는 이도 있고, 모든 이들이 웃는 농담을 들으며 혼자 냉소적인 표정을 짓는 이도 있다. 타인의 이야기를 듣는다는 것은 그 속에 있는 경험과 감정을 공유한다는 뜻이다.

미국에서 베스트셀러가 되었다는 이유로 국내에 번역, 출간되지만 우리 독자에게 전혀 반응을 얻지 못하는 종류의 책이 있다. 한 개인이 고통스러운 경험에 대해 토로한 책들이다. 나는 이렇게 쇼핑 중독을 넘어섰다, 나는 남편과 사별한 후 이렇게 애도 기간을 보냈다, 나는 거짓 행복을 연출해온 결혼을 이렇게 끝냈다 등등. 그런 종류의 스토리텔링이 우리 독서 시장에서는 아무런 반응을 얻지 못한다. 우리가 자기 고통은 물론, 타인의 고통도 마주할 용기가 없기 때문이라 생각하고 있다. 마음의 힘이 약해 삶의 중요한 지점을 회피하고 있다는 뜻이다.

자기 경험을 이야기하는 과정에서 자폐적 안목을 벗어나게 되는 것처럼 타인들의 다양한 경험에 대해 듣다 보면 내면에 잘못 형성되어 있던 세계관도 바로잡힌다. 모든 타인의 삶에는 저마다의 진실이 있다는 사실도 알게 된다. 그러면 타인에 대해 함부로 판단하고 평가하던 행동이 저절로 중단된다. 경청을 통해 타인의 경험으로부터 무수히 많은 지혜를 배울 수 있다는 사실도 알게 된다. 모임에서 이야기를 들을 때, 그 시간이 유익하고 생산적인 경험이 되도록 하려면 잘 듣는 방법을 갖는 게 필요하다.

내면 목소리를 알아차리면서 듣기

타인의 이야기를 들을 때 우리는 가만히 이야기만 듣는 게 아니다. 타인의 이야기를 듣는 것과 동시에 내면에서 무수히 많은 감정들이 올라온다. 상대에 대해 판단과 평가를 내리고 싶어 한다. 그럴 때에도 책을 읽을 때처럼 내면에서 일어나는 감정들을 알아차리도록 노력한다. "내가 저 친구를 불쌍하게 여기는구나. 내게 그럴 자격이 있는가." 그렇게 내면을 성찰해간다. "저 친구 말투에 대해 짜증스러운 감정이 솟는구나. 왜 그럴까?" 그런 식으로 생각을 전개해본다.

그러면 자연스럽게 자기 성찰이 따라온다. "저 친구가 불쌍하다고 느끼는 마음이 실은 자기 연민이구나." "저 친구 얘기가 짜증스러운 이유는 말투 때문이 아니라 모든 사람들을 집중시키는 능력을 시기하는 마음이구나." 그런 식으로 타인의 이야기를 들으며 내면을 알아차리는 상태를 이어갈 수 있으면 좋다. 타인의 어리광부리는 듯한 말투가 싫기도 하고, 권위적인 말투가 거북하게 느껴지기도 하고, 상대방의 미숙함 때문에 화가 나기도 한다. 모임에서 누가 어떤 감정을 촉발시키든 그 모든 감정이 자기 것임을 분명하게 인식하고 있으면 된다. 모든 타인은 나를 비추는 거울일 뿐이다.

공감하는 마음으로 듣기

……………………정신분석을 듣기 예술이라고 표현한다. 어떻게 공감하고 집중해서 잘 들어주느냐에 따라 말하는 이가 받아들이는 인정 지지의 강도가 다르다. 잘 듣고 적절한 시기에 개입이나 직면하게 하는 기술을 통해 말하는 이의 마음을 적절히 변화시킨다. 세라피뿐 아니라 협상, 상담, 코칭, 연애에서조차 가장 먼저 해야 하는 일은 상대방의 말을 잘 듣는 일이다. 귀만 기울이는 경청이 아니라 상대방의 말에 마음으로 공감하면서 들어야 한다.

독서 모임에서 이야기를 들을 때도 말하기 어려워하는 사람, 말하다가 문득 눈물을 쏟는 사람의 마음에 집중하면서 그 감정과 정서를 느껴보려 노력한다. 냉소적이거나 분노에 차서 말하는 사람을 판단할 게 아니라 자신이라면 그와 같은 상황에서 어떻게 반응했을지 생각해본다. 공감 능력은 자기 마음을 알아차린 깊이만큼 만들어 가지게 된다. 자기 내면에 어떤 감정들이 있는지 알지 못하는 사람은 상대방의 마음에도 공감하기 어렵다. 공감 능력은 그러므로 자기 성찰 역량과 비례한다.

타인의 경험을 내면에 통합하기

· 불안과 저항을 이겨내고 자기 이야기를 하는 행위뿐 아니라 타인의 아픈 이야기를 듣고 내면으로 받아들일 수 있으면 서서히 생각과 인식에 변화가 온다. 다른 사람의 경험을 들으면서, 내면세계가 풍성해지는 것을 경험한다. 그중 하나가 서로서로 동일시를 통해 자각하지 못하는 채로 변화해가는 경험이다.

이야기는 그 자체가 치유 기능을 가진다고 앞서 말한 바 있다. 독서 모임에서 무수히 많은 타인들의 이야기를 듣는 것은 그대로 많은 치유 이야기를 접하는 일이 된다. 실제로 누구나의 삶만큼 풍요로운 도서관은 없다. 외면했던 경험도 읽고 서로 나누게 되면 우리가 성장할 수 있는 밑거름이 된다. 그렇게 내면에 간직된 경험들이 황금으로 변할 수 있다. 그렇게 모든 타인의 이야기가 '힐링 픽션'이며, 그것을 들으며 저절로 치유를 경험하게 된다. 모든 개인이 하나의 소우주이고, 모든 개인의 이야기가 저마다의 신화라는 사실을 이해하게 된다. 그것을 인식할 수 있을 때 모든 타인의 경험이 내 내면으로 통합된다.

타인의 삶을 소우주나 신화 이야기로 존중하는 방식이 몸에 배면 타인을 이해하는 패러다임이 새롭게 만들어진다. 타인과 관계 맺는 방식에도 변화가 찾아온다. 모든 인간에 대해 소중히 여기는 마음을 가질 수 있다면 그만큼 내면에 사랑이 풍부한 사람이 된다. 물론 그 사랑의 첫 번째 수혜자는 자기 자신이다.

벤치마킹하는 마음으로 듣기

독서 모임에서는 자신이 알던 것보다 많은 지식과 지혜를 얻어갈 수 있다. 타인의 이야기를 들으면서 "저 친구는 나와 같은 상황에서 나와 다르게 반응하는구나." 하는 사실을 알아차리게 된다. 자기는 분노를 표출했던 사안에 대해 다른 사람은 온유하게 대응하면서 괜찮다고 말하는 것을 들으면 충격에 가까운 자극을 받는다. 겉으로 표현하지는 않지만 침묵 속에서 자기와 다른 대응 방법과 그 결과에 대해 생각해보게 된다. 그런 시간이 지나고 나면 동일한 자극에 대해 다르게 반응하는 자신을 발견한다.

"나는 불안해서 멈춘 일 앞에서 저 친구는 스스럼없이 발을 내디디는구나. 저렇게 별일이 아니구나." 그런 식의 용기도 얻게 된다. 비슷한 경험에 대해서도 각자 수용하는 태도가 다르다는 것도 알게 된다. "저 친구가 경험을 이해하는 방식은 저렇구나, 나랑 다르긴 한데, 저 방식이 나아 보이는구나." 하는 것.

실제로 타인의 이야기를 벤치마킹하듯이 귀 기울이면 혼자만의 경험을 반추하면서 얻게 되는 통찰보다 훨씬 많은 것을 알게 된다. 모임 구성원이 일곱 명이라면 일곱 명의 스승을 갖는 셈이다. 타인의 이야기에서 삶에 필요한 지혜를 얻기도 하고, 그동안 몰랐던 이해에 도달할 수도 있다. 모든 타인이 한 가지 이상의 배울 점을 가지고 있다는 사실도 깨닫게 된다. 그것은 자연스럽게 타인들을 존중하는 관점을 몸에 배게 하는 방법이기도 하다.

긍정적 피드백을 연습하기

독서 모임에서 한 사람이 이야기를 끝내면 돌아가면서 그 말에 대한 피드백을 주고받는다. 그러면 똑같은 이야기를 들었음에도 사람마다 얼마나 다른 반응을 보이는지 즉각 확인할 수 있다. 이는 저마다의 내면에 서로 다른 콤플렉스, 가치관, 편견 등이 있기 때문이다. 우리가 타인에 대해 하는 이야기란 결국 투사일 뿐이라는 사실을 저절로, 거듭 확인하게 된다.

독서 모임 초기의 피드백은 대체로 투사이거나 편견인 경우가 많다. 원가족과의 관계에서 만들어진 성격과 생존법을 그대로 모임 구성원에게 사용한다. 부모가 투사되는 이에게 의존하기 위해 접근했다가 원하는 것을 얻지 못해 분노하고, 형제가 투사되는 이에게 걷잡을 수 없는 시기심을 느끼기도 한다. 투사를 거두어도 자기 성찰이 가능한 단계에서 나오는 피드백은 여전히 자기표현의 범주에 머문다. 타인의 이야기를 듣고, "저 얘기를 들으니 까맣게 잊었던 내 경험 하나가 떠오르는데……."라고 이야기하게 된다.

투사하기 단계, 자기 성찰 단계가 지나야 비로소 서로 인정하고 지지해주는 피드백을 할 수 있다. 인사처럼 겉치레로 말하는 습관적인 피드백이 아니라 상대방의 입장에 서서 그가 밟아온 삶의 과정에 박수를 보낼 수 있다. 그렇게 되기까지 시간이 좀 걸린다. 빠르면 1년, 늦으면 3, 4년쯤. 그럼에도 모임을 포기하지 않는다면 언젠가 마음의 힘이 강해지면서 진심으로 "저 친구의 삶이 참 훌륭하구나." 지지할 수 있는 지점에 다다르게 된다.

감정 역동 다루기

독서 모임이 시작되면 그 안에서 어마어마한 감정의 회오리가 일어나는 것을 목격하게 된다. 모임 내에서 누구를 향해 어떤 감정이 체험되든 생애 초기 가족에게서 느꼈던 감정이라는 사실을 인식하고 있어야 한다. "내가 아기였을 때 이런 감정을 경험했겠구나." 타인의 말이 아플 때는 "인정받지 못한 내면 아이가 이렇게 아파하는구나." 이해하면 된다.

개인 감정에만 집중하던 초기 정신분석학에는 자아 심리학, 자기 심리학 등이 있었다. 개인이 감정을 누군가를 향해 사용한다는 사실을 염두에 두었을 때 대상관계 이론이 등장했다. 생애 초기 부모와 나누었던 관계 맺기 방식이 성인이 된 후 친밀한 대상에게 그대로 적용된다.

세 사람 이상이 모이면 그때부터는 이전과 다른 감정 작용이 일어난다. 단둘이 있을 때는 다정하던 연인이, 친구나 선후배가 등장하면 전혀 다른 사람처럼 행동하는 경우가 있다. 대상관계 심리학과 집단 심리학의 차이는 바로 그 연인의 태도만큼 다르다. 그만큼 다른 역동이 일어난다.

심리 치료에서 집단이란 세 사람 이상의 모임을 말한다. 집단에서 일어나는 감정 역동은 초기 가족 안에서 부모, 형제 모두와 나누었던 감정 전체가 작동하여 활성화된다. 개인 상담을 할 때나, 친밀한 대상과 관계 맺을 때와는 전혀 다른 방식으로 작동한다. 한 사람의 상담가 앞에서는 자기 이야기를 잘 털어놓던 사람도 모임에서는 한 마디도 못하는 경우가 있다. 모임에서 그룹 전체를 휘젓고 통제하던 사람이 한 개인 앞에서는 자기 얘기를 꺼내지 못하기도 한다.

독서 모임에서는 초기 가족들 사이에서 느꼈던 모든 감정이 솟구쳐 오르며 경험된다. 어떤 것이든 모임 공간에서 작동하는 감정 역동은 일일이 자각되고 해석된다. 책을 읽고 이야기 나누는 행위의 첫 번째 목표가 내면 감정들을 알아차리고 소화시키는 일이기 때문이다.

안내자를 향한 감정 이해하기

독서 모임에 참석한 사람들은 일단 의존성을 기본적으로 장착하고 왔다는 사실부터 점검하게 된다. 모임에 가면 누군가 내 인생을 어떻게 해주겠지 하는 마음. 유아기에 엄마가 나를 편안하게, 배부르게, 기쁘게 해주기를 바랐던 것과 같은 기대를 품고 온다. 그것이 나쁘다는 뜻은 아니다. 사실 그것은 변화하고 성장하고 싶다는 소망이다.

하지만 의존성에서 출발했기 때문에 내게 의지하고 싶은 만큼 우선적으로 경험하는 감정은 분노이다. 특별한 관심을 주지 않는다고, 원하는 만큼 친절하게 대해주지 않는다고 분노한다. 박해감이 심한 사람은 내가 내미는 해석을 공격으로 느끼고, 나르시시즘을 넘어서지 못한 사람은 우월감을 유지하기 위해 내 말을 무시한다. 내가 장밋빛 정원을 약속한 적이 없는데도 그 모임이 꿈꾸던 파라다이스가 아니라는 이유로 실망한다. 그때마다 내 역할은 그들의 감정을 설명해주는 일이다. 그 감정은 본래 원가족의 부모에게 품었던 것이라고. 다음으로는 그 감정의 배면에 있는 욕구를 알아차리게 하고, 그 욕구를 좌절시키는 일을 한다.

"나는 여러분이 원하는 것을 주는 사람이 아니다. 엄마에게 못 받은 것을 내게 원하거나, 원하는 것을 주지 않는다고 화내는 것은 여러분 자유다. 하지만 그것을 주지 않는 것도 나의 자유다."

실은 자유가 아니라 내가 해야 하는 역할이다. 그들이 욕구를 좌절당할 때마다 화내는 것, 마침내 그 욕구를 포기하는 것까지를 모임에서 경험해야 한다. 하지만 말처럼 쉽지는 않다. 내게 유난히 친절하고 온순한 태도를 보이는 이에게 왜 그렇게까지 하느냐고 묻는 것만으로도 그들은 벌써 상처받은 모습이 된다. 잔소리를 사랑이라 여겨온 이들은 내가 아무런 통제 행위를 하지 않는 것에 대해서도 서운함을 느낀다.

내 역할 중 또 하나는 그들이 표출하는 감정들을 그냥 감당하는 일이다. 내게 느끼는 다채로운 감정들을 내면에서 경험하고 언어로 표현할 때까지 기다린다. 그러면 어느 날 이렇게 말한다. "지난 모임 이후 두 달 동안 선생님을 미워했어요. 오늘까지." 그처럼 분노를 언어로 표현할 수 있는 단계는 이미 성숙해졌다는 의미이다.

독서 모임 구성원들이 내게 분노나 시기심을 표출할 때 내게는 한 가지 원칙이 있었다. "내버려두기와 가만히 있기." 전이를 일으켜 내게 어떤 행동을 하든 내버려두고 가만히 있는다. 그러면 어느 순간 그동안 나를 향해 경험한 감정들을 편안한 마음으로 털어놓는다. 그런 감정을 표현해도 비난받거나 보복당하지 않는다는 사실을 경험하는 지점에 이르게 된다.

동료들을 향한 감정 이해하기

독서 모임에서는 내게 전이를 일으키는 것과 동일한 정도로 구성원 서로에게 격한 감정을 경험하곤 한다. 첫 독서 모임은 열 명이었는데 원래 그들끼리 친밀함을 나누던 사이였다. 하지만 독서 모임을 시작하자마자 무의식에 자리한 형제에 대한 감정을 서로에게 투사하면서 시기심과 불편함을 느끼기 시작했다. 내가 누구한테 더 많이 시간을 할애하는지, 누구한테 더 친절하게 대하는지 미묘하게 판단하곤 했다.

모임에서는 구성원 서로에게 어떤 감정을 느끼는지, 타인의 말이 내면에서 어떤 감정을 불러일으키는지 말하는 기회를 갖는다. 시기심, 분노, 의존성 들이 서로에게 어떻게 즉각 투사되는지 알아차리도록 한다. 그럼에도 모임 내 감정 역동은 예측할 수 없이 다채롭게 변화한다. 어떤 이들은 한동안 어울려 다니면서 친했던 것 같은데, 다음 모임에 보면 냉랭해져 있다. 또 다른 친구와 친밀한 관계를 맺는 듯하다가 포기하기도 한다. 그런 행동들이 어떤 감정 작용의 결과인지 알아차리면 그와 같은 체험들 속에서 자신을 너욱 명확하게 보게 된다.

인간은 늘 자기가 소화시키지 못하는 감정을 쏟아낼 대상을 필요로 한다. 엄마가 해주지 않는 시점부터 친구들을 향해 그 감정을 투사한다. 사춘기 집단에서는 구성원 모두가 내면의 불편한 감정을 쏟아내도 괜찮을 만한 사람을 찾아내 따돌리거나 괴롭힌다.

독서 모임에서도 그런 감정 작용이 일어난다. 구성원이 자연스럽게 두세 명의 집단으로 나뉘기도 하고, 약해 보이거나 내가 관심을 더 준다고 생각되는 사람을 은근히 소외시킨다. 집단은 한 명의 희생자를 만든다는 사실을 말해주고 그런 집단 역동을 읽어준다. 그런 다음 자기들의 감정이 어떻게 진행되는지 지켜보도록 한다. 나아가 상대방에게 긍정적 피드백을 해주듯이 구성원 서로에게 공감과 친절을 실천하는 연습을 하도록 한다. 그런 자질 역시 경험을 통해 배워야 하는 것이다.

저항과 지연 행동 이해하기

독서 모임이 시작되면 매번 누군가 처음으로 이야기를 꺼낼 때까지 지연 행동이 이어진다. 안부 주고받기, 외모 평가하기, 세상 돌아가는 이야기들을 나누며 시간을 끈다. 그럴 때 가만히 지켜보기도 하고, 한담을 끊고 마음 깊숙한 곳으로 질문을 들이밀기도 하고, 지질한 내 경험을 꺼내놓기도 한다. 막상 본론으로 들어간 후에도 가장 깊은 곳에 있는 트라우마나 핵심적인 삶의 문제에 접근하게 되면 다시 갈등을 겪는다. 그리하여 많은 이들이 모임을 끝낼 시간이 가까워졌을 때 폭탄 같은 것을 꺼내놓는다. 갑자기 분위기가 새롭게 세팅되면서 그때부터 진짜 이야기가 전개되기도 한다.

독서 모임이 시작된 후 한두 번 참석하다가 그만두는 이들도 있다. 그들 입장에서는 시간 대비 효율이 적다고 느껴서일 수도 있지만 그 역시 저항 때문이다. 그런 이들은 나르시시즘의 벽을 넘기 어려워한다. 내 쪽에서 내미는 해석을 수용하지 못해, 자신이 옳고 우월하고 잘해왔다는 이미지를 깨뜨리지 못해 모임을 중단한다. "흥, 자기가 뭘 안다고?"라고 말하기도 하고, "이 나이에 거기 가서

깨져야 하냐?"라고 말하기도 하면서. 물론 그들도 수용할 수 있도록 좀 더 섬세하게 모임을 이끌지 못한 내 부족함이 먼저이다.

독서 모임이 진행되면서 누구나 한두 번씩 저항의 시기를 맞는다. 조금씩 인식해 들어가던 무의식 영역에서 휘몰아치는 광풍 같은 감정과 맞닥뜨릴 때 모임에 나오지 않는다. 내게 화가 나서, 혹은 내게 분노를 표현하게 될까 봐 한동안 불참한다. 그런 다음 6개월 만에 나타나 6개월 내내 줄기차게 나를 미워했다고 말하는 사람도 있다. 1년 만에 모임에 나와 "불안 때문에 지난 1년의 시간을 낭비했다는 것을 알았다."고 말하기도 한다.

심하게 아픈 경험을 꺼내놓은 후 다음 모임에 빠지는 공식도 있다. 모임에 참석할 때마다 "끝까지 가볼 생각이다."라고 말하는 사람도 있다. 저항을 이겨내기 위해 스스로 다짐하는 언어로 들린다. "혼자 자립할 수 있는지 알아보기 위해 한동안 모임을 멀리했다."고 말하는 사람도 있다. 그 다양한 언어가 모두 저항의 일종이고, 변화의 증거이며, 꼭 필요한 일이다. 오히려 한 번도 빠지지 않고 모임에 개근하는 사람은 불안하고 의존적인 사람일 수 있다.

모임에서 감정 전염 이해하기

······················ 불교 수행자들이 처음 읽는 〈초발심자경문〉 첫 페이지, 첫 대목은 이런 내용이다.

"악우를 멀리하고 선지식을 가까이 하라."

처음에는 분별심을 경계하는 불가에서 무슨 차별적 발언인가 싶었다. 하지만 독서 모임을 하는 동안 그 말의 의미를 상세하게 느낄 수 있었다. 같은 공간에 오래 머무는 이들은 자기도 모르게 공간 내 누군가를 동일시하게 된다는 것을. 자기도 모르는 사이에 전이, 투사적 동일시 등의 작용이 일어나 생각과 감정에 변화가 온다는 것. "대중이 공부시켜준다."는 불교 수행의 관용구가 무슨 의미인지를.

독서 모임을 해보면 시기마다 특정 감정이 모임 공간 전체를 장악하는 듯할 때가 있다. 유난히 강한 감정을 표출하는 이가 있을 때는 그의 감정이 공간 전체를 누른다. 분노나 시기심, 우울함 같은 것이 공간 가득 퍼지면서 모든 사람에게 그런 감정을 퍼뜨린다. 윌프레드 비온이 제안한 '투사적 동일시' 혹은 감정의 전염이 모임 공간에서도 변함없이 작용하는 것을 체험하게 된다. 유난히 몸이 아픈 사람이 뒤늦게 합류했던 경우가 있었는데 그가 합류하자마자 구성원들에게 무기력한 현상이 나타났다. 말 그대로 몸이 천근만근 무겁고 만사가 귀찮은 증상 같은 것이었다.

독서 모임에서 감정 전염, 동일시 같은 것을 경험하면 일상생활에서 어떤 사람과 관계를 맺어야 하는지 알게 된다. 자연스레 파괴적이거나 소모적인 지난 관계들을 점검하게 된다. 새롭게 맺는 관계가 함께 성장할 수 있는 관계인지, 공감하고 배려할 수 있는 관계인지 점검하게 된다. 독서 모임은 삶 속에서 성숙한 관계를 맺도록 돕는 뗏목일 뿐이다.

실천을 통해 변화하기

통찰은 마술이 아니다, 라는 말을 자주 한다. 왜 책을 읽어도 마음이나 일상에 변화가 일어나지 않는지 묻는 이들이 있다. 자기 마음 깊은 곳을 이해했다고 해서 20, 30년 이상 사용해온 생존법이나 성격이 한순간에 바뀌지는 않는다. 책 몇 권 읽었다고 순식간에 마음의 불편이 사라지고 평화로운 날들이 도래하지도 않는다. 오히려 책을 읽는 그 순간부터 힘든 시간들을 통과해야 한다는 각오를 하는 게 좋다. 외면해두었던 자기 마음을 세밀하게 알아차리기 시작하면 부끄럽고 고통스러운 마음이 더 많이 생긴다.

내가 인생을 헛살았구나, 그 긴 생을 낭비했구나 생각되는 시점부터 불편이 시작된다.

자기 마음을 알게 되고, 타인과 관계 맺는 방식이나 집단에서의 자기 모습을 이해하게 되면 그다음에는 스스로 노력하는 과정이 필요하다. 만약 나쁜 남자와의 파괴적인 관계에 오래도록 끌려왔다면, 그 관계를 끊고 떠날 수 있어야 한다. 나쁜 남자처럼 매혹적으로 이끌리지 않더라도 건강하고 착한 남자를 만나 데이트를 해봐야 한다. 그 만남이 싱겁고 재미없게 느껴지더라도 이제부터는 그런 만남을 수용해야 한다. 여전히 독한 남자, 나쁜 남자에게 돌아가고 싶은 마음을 거듭 알아차리고 지켜보면서 매번 그 마음을 중단시켜야 한다. 다시는 그런 마음이 일어나지 않을 때까지.

통찰은 한순간, 저절로, 모든 것을 바꾸어주지는 않는다. 책을 읽고 깨달은 것, 모임에서 알게 된 것 등을 받아들여 실천하는 과정이 필요하다. 통찰하고 직면한 내용들을 현실에 적용하면서 지금까지와는 다른 선택을 하기 위해, 이전과는 다른 삶으로 들어가기 위해 자율적으로 노력하는 단계가 필요하다.

당분간 열심히 살지 않기

독서 모임에 참석하는 이들은 적극적으로 자기를 돌보고 삶을 개선하고자 노력한다. 그들의 특징은 무슨 일을 하든 대체로 성실히 한다는 점이다. 그동안 열심히 살아왔는데 왜 사는 게 이 모양인지 의문을 품기도 한다. 독서 모임을 하면서도 그동안 해온 것처럼 매사에 열성적으로 임한다. 그들에게 내가 처음으로 하는 주문은 "당분간 열심히 살지 말라."는 것이다. 그들이 여전히 유아기 생존법을 가지고 있기 때문이다.

의존성을 주요 생존법으로 삼았던 사람이 열심히 산다는 뜻은 늘 의존할 누군가를 찾아다니고, 의존하고자 하는 사람에게 자기 삶의 주도권을 양도한 후, 더 잘 의존하기 위해 그에게 헌신하는 것을 말한다. 그 과정에서 자신의 힘을 키울 기회를 잃고, 자신감과 자존감을 잃어간다. 동시에 헌신한 만큼 돌아오지 않는 보상에 대해 분노의 감정을 키우게 된다. 그런 이들은 의존성의 생존법을 알아차리고 개선할 때까지 열심히 살지 말아야 한다.

오이디푸스 단계를 잘 건너지 못해 경쟁자가 있는 대상을 향해 돌진하는 이에게도 열심히 살지 말 것을 당부한다. 그 상태에서 열심히 산다 함은 삼각형의 갈등 속으로 더 깊이 함몰되는 일이다. 경쟁자를 제치고 유부남을 빼앗아오는 소망을 향해 힘껏 내달리는 이들도 있다. 그들에게 제발 열심히 살지 말라고 말해준다. 지금의 삼각관계에서 빠져나온 후에도 내면에 응축된 신경증의 에너지를 알아차릴 때까지, 그 에너지가 풀려나갈 때까지 열심히 살지 말 것을 부탁한다. 그렇지 않으면 반복적으로 동일한 대상을 선택할 것이고, 온 힘을 다할수록 나쁜 결과를 만날 뿐이다.

나름대로 열심히 살았는데 왜 인생이 이 모양이지, 자문하는 이들은 대체로 잘못된 유아기 생존법의 문제를 가지고 있다. 그들에게 열심히 살지 말 것을 당부하면 "열심히 살지 않으려면 무엇을 해야 하나요?" "어떻게 해야 열심히 살지 않는 건가요?"라고 또 열심히 할 방법을 묻는다. 아무것도 하지 않고 그냥 지나가는 시간을 못 견디는 이들이 적지 않다.

타인을 변화시키려는 노력 포기하기

관계에서 상대방이 변화하기를 기대하는 사람이 의외로 많다. 엄마가 이렇게만 해주면 내가 더 잘할 텐데. 연인이 이것 한 가지만 고치면 더 좋은 관계를 맺을 수 있는데……. 그런 소망을 버리지 못한 채 상대방을 변화시키기 위해 헌신하거나 소리 지른다. 생의 생사여탈권이 모두 부모 손에 쥐여져 있었던 유아기의 생존법이다. 이제는 성인이 되었으며, 부모 도움 없이 스스로 인생을 살아갈 수 있다는 사실을 알아차리는 게 먼저이다. 그런 다음 상대방이 변화하기를 원하는 마음이 여전히 상대에게서 무엇인가를 받아내려는 의존성임을 알아차리고 그 마음을 포기한다.

독서 모임이 시작되면 포기해야 할 것들이 많다는 사실도 알게 된다. 덜 받았다고 생각되는 사랑을 포기한다. 처음부터 상대에게 없는 것을 기대했음을 알게 된다. 꼭 받아내고 싶은 사과도 포기한다. 상대방이 사과는커녕 잘못했다는 인식조차 하지 않음을 알게 된다. 오히려 자신은 타인에게 잘 사과하는 사람인지, 타인이 용서를 구할 때 잘 용서하는 사람인지 돌아본다. 행복한 가정에 대한 환상도 포기한다. 서른 살이 넘으면 유아기 소망을 버리고 자신이 스스로 행복한 가정을 꾸리도록 노력해야 한다는 사실을 이해한다. 타인을 변화시키려는 노력을 포기하는 순간 비로소 자립과 자율의 주체적 관점을 가질 수 있다.

내면 아이를 스스로 돌보기

독서 모임에서 첫 번째로 읽는 책은 '내면 아이'에 관한 것이다. 우리가 감정적으로 격하게 반응할 때 그것이 실은 무의식 혹은 내면 아이라는 사실을 알아차리는 것이 자신을 돌보는 출발점이기 때문이다. 사회생활을 하는 스물다섯 살짜리 성인 여성이 화난 게 아니라, 그녀 내면에 분노에 가득 찬 채 사랑받기를 원하는 대여섯 살짜리 아이가 있다는 사실을 인식한다. 내면 아이는 대체로 두려움에 움츠리고 있거나, 안전하게 보호해줄 사람을 간절히 원하는 상태이다. 격한 감정이 올라올 때마다 "아, 내 안의 어린아이가 화를 내는구나." 하고 자신과 감정을 분리해서 알아차린다.

그다음에는 성인인 자신이 내면의 어린아이를 돌보는 과정을 밟는다. 그 아이를 알아차리는 사람도, 그 아이가 원하는 것을 알아보는 사람도, 그 아이를 돌봐줄 수 있는 사람도 오직 본인뿐임을 깊이 이해한다. 그것이 마음을 돌보는 가장 중요한 지점이 된다. 내면 아이를 돌보는 법에 대해서는 소개하는 마지막 장에서 책에 잘 설명되어 있다.

한 여성은 내면 아이를 인식하던 시기에 마트에 갔는데 분유통에 시선이 닿는 순간 절박하게 분유가 먹고 싶었다. 이상하다고 느꼈지만 기어이 분유를 구입했고, 집에 도착하자마자 허겁지겁 분유를 퍼먹었다. 그러면서 알아차렸다. 아, 이것이 내면 아이가 원하는 것이구나.

내면 아이가 인식되고 경험되고 돌보아지면 더 이상 내면에서 결핍이나 분노의 감정이 느껴지지 않는 지점이 온다. 내면에 얼어붙어 있던 유아기 정서가 녹아 성인의 정서 속으로 통합되었다는 뜻이다.

성인 자아와 내면 아이가 분리되지 않은 상태에서는 자기의 생각과 감정을 알아차릴 수 없다. 내면 아이가 보살펴지지 않는 동안은 딱딱하고 긴장된 표정으로 타인의 친절이나 농담을 편히 받아들이지도 못한다.

독서 모임에서도 감탄사에 가까운 반응 언어만을 말하거나, 감각에서 느껴지는 불쾌감 같은 것만 표현할 수 있다. 실제로 모임마다 그런 사람이 한 명 이상 있었다. 그런 이들도 모임이 어느 정도 지나면 얼어붙은 내면이 녹아드는 모습을 보인다. 내면 아이의 화가 풀리는 것이 느껴질 정도로 얼굴 근육이 부드러워지며 이렇게 말하기도 한다.

"이제는 선생님 농담이 재미있어요."

삶 속에서 변화하기

유아기 생존법을 알아차리면 삶 속에서 적극적으로 그런 요소들을 개선해나간다. 여성들이 많이 가지고 있는 유아기 생존법은 '베이비 토크'이다. 아기처럼 어리광부리면서 혀짤배기소리로 말하는 방식, 혹은 투정부리는 아기처럼 징징거리는 말투를 쓰는 여성이 의외로 많다. 그런 사람에게 자기가 어떤 말투를 사용하는지 아느냐고 물으면 "저는 원래 말투가 이래요."라는 답이 돌아온다. 하지만 시간이 지나면 자연스럽게 서른다섯 살짜리 어른은 그런 말투를 사용하지 않는다는 사실을 알아차린다.

말투는 그대로 감정이 표현되는 방식이다. 아기 같은 말투뿐 아니라 공격적인 말투, 냉소적이거나 비아냥거리는 말투, 어리광부리고 몸을 비틀면서 말하기 등 사회적 지위나 나이에 걸맞지 않은 생존법을 가진 이들이 의외로 많다. 자기 삶의 모든 기준을 타인과 외부 시선에 두고 남의 눈을 예민하게 의식하는 사람이 있는가 하면, 남이 자신을 어떻게 보는지 관심 없을 뿐 아니라 타인의 말이라면 무조건 박해감을 느끼는 사람도 있다.

옷차림도 감정이 표현되는 중요한 도구이다. 오이디푸스기(期)를 잘 이행하지 못한 사람은 이성을 유혹하는 옷차림을 즐긴다. 노출이 심하거나 몸에 달라붙는 옷을 입는다. 내면에 불안과 위축감이 많은 이는 자신을 화려하게 꾸미는 데 공을 들인다. 멋진 옷차림을 한 채 화려한 액세서리로 치장한다. 자폐 성향이 있는 사람은 사회성이 없는 게 아닌가 싶을 정도로 자기 입장에서 편하다고 생각하는 옷만 입는다. 내면에 우울감이 가득한 사람은 어둡고 칙칙한 색깔 옷을 입고 꼭 그만큼 어두운 표정만을 짓는다.

처음에는 그토록 다양한 모습을 하고 있던 이들이 서서히 자기 모습을 객관적 시각으로 인식하는 지점이 온다. 그러면 서서히 옷차림과 태도가 변화한다. 유혹하기 위한 옷차림이 아닌 자기를 존중하는 옷차림을 하고, 과시하기 위한 옷차림이 아닌 자기 정체성이 드러나는 옷차림을 한다.

주체적으로 선택하고 결정하기

책을 읽어가면서 자신이 삶에서 범한 오류를 알아차리게 되면 왜 가학적인 남자에게 이끌렸는지, 왜 감정 노동이 심한 직종을 선택했는지 이해하게 된다. 그것을 이해하고도 그 현장을 떠나는 일은 쉽지 않다. 마음의 힘이 생길 때까지 더 기다려야 한다. 빠르면 1년, 늦으면 3년쯤 지나면서 구성원들은 자기 삶을 바꾸고자 노력하기 시작한다. 가장 먼저 갈등과 고통이 반복되는 환경을 벗어난다. 병리적 상호의존 상태에 있던 남자친구와 헤어지거나, 소모적인 직장에 사표를 내거나, 통제 심한 부모의 집을 떠나 자립한다.

꿈이나 직업을 새롭게 선택하려고 시도하는 사람도 있다. 자신에 대해 잘 알지 못한 상태로 세상에서 멋져 보이는 직업을 선택했다는 것, 성장기에 결핍감을 느꼈던 바로 그것을 지금 직업으로 삼고 있다는 것, 혹은 부모의 소망을 그대로 받아들여 직업으로 삼았다는 것. 그것을 알아차리면 왜 지금 하는 일이 적성에 맞지 않는지 이해된다.

자기 역량의 절반도 사용하지 않은 채 맥없이 살아가고 있다는 것도 깨닫는다. 자신에 대해 더 많이 알게 되고, 동시에 마음의 힘이 좀 더 견고해지면 스스로에게 질문하게 된다. 이제부터라도 어떤 인생을 살고 싶은지, 진짜 소망은 무엇인지, 10년 후에 어떤 삶을 살고 싶은지, 삶의 큰 틀을 짠다면 어떤 형상일지. 스스로에게 그런 질문을 던지면서 주체적으로 새로운 삶을 선택하게 된다.

새로운 관계 찾기

자신에 대한 인식이 달라지고, 소망과 결핍이 점검되고 나면 이전에 맺었던 관계들이 불편해지는 경험도 찾아온다. 예전에 어울렸던 친구들과 이전과 같은 방식으로 어울리는 일이 무의미하게 여겨진다. 그 행위에 깃든 파괴 성향이나 의존성이 환하게 보일 때마다 부끄러워지면서 관계에 변화가 찾아온다. 새로운 동일시 대상을 찾아 새로운 성장에 도전해보고 싶다는 의지가 생긴다. 동시에 지난 관계들을 포기하고 떠나는 행위에 대한 죄의식도 경험한다. 그 모든 감정들을 그저 경험하면서 묵묵히 나아간다.

독서 모임이 어느 정도 진행되면 한 달에 한 번씩 만나는 모임으로 부족하다고 느끼는 이들이 있다. 그런 이들은 적극적으로 다른 종류의 세라피를 병행하기도 한다. 심리 상담, 꿈 분석, 춤 세라피, 그림 치료, 인문학 강좌 등 저마다 마음이 끌리는 방법으로 자기를 돌보고자 노력한다. 중독에 가까운 의존성을 보이며 세라피 순례자가 되지만 않는다면 어떤 종류의 선택이든 당사자에게 옳은 일이다. 경험해보고 효과가 있으면 계속하고, 적합하지 않다 싶으면 시행착오에서 배우면 된다. 실은 그 행위에도 새로운 동일시 대상이나 '윈윈 관계'를 갖고 싶다는 욕구가 들어 있다.

자기분석 노트 쓰기

소설가로 살기 시작한 이후 20년 동안 독자의 편지를 많이 받았다. 내가 쓰는 글이 그래서인지, 혹은 내가 잘못된 이미지를 연출했는지, 독자들의 편지는 대체로 무엇인가를 하소연하는 내용이었다. 초기에는 손으로 쓴 편지를 받았는데 언제부터인가 전자메일로 편지가 온다. 전자메일로 오는 편지의 특성은 손으로 쓰는 편지보다 그 길이가 훨씬 길다는 점이다. 오래 독자의 편지를 받다 보니 그것들에 몇 가지 유형이 있다는 사실을 알게 되었다.

첫 번째 유형은 자기 이야기를 일방적으로 털어놓는 사람이다.

그들은 자기가 살아온 내력을 상세하게 나열하고, 지금 얼마나 힘든지 충분히 말한다. 어떤 이는 자신의 삶 전체를 기록한 파일을 첨부하여 보내기도 한다. 그런데 그런 이들의 공통점은 특별한 용건이 없다는 점이다. 처음에는 그런 유형의 편지를 받고 얼떨떨했다. 왜 이런 사사로운 이야기를 내게 털어놓는 거지? 대체 내게 원하는 게 뭐지? 그때는 나도 어려서, 그들이 원하는 것이 다만 자기 이야기를 하는 것, 그 이야기를 들어줄 상대가 되어주기를 바랄 뿐이라는 사실을 알지 못했다.

두 번째 유형은 자신을 노출하지 않은 채 질문만 하는 사람이다. 앞의 사람은 자기 이야기를 하는 만큼 자신이 어디에 사는 누구라는 것을 밝히는 예절이 기본적으로 이루어진다. 두 번째 유형은 자신을 극도로 숨긴 채 필요한 정보만 구하려 한다. 놀랍게도 그들이 구하려는 정보는 지극히 사적인 영역의 것들이고 가끔은 관음증적인 분위기가 전달되기도 한다.

세 번째 유형은 무조건 만나기를 청하는 사람이다. 간단하거나 상세한 자기소개 뒤에 만나서 할 얘기가 있다고 말한다. 미리 용건을 말해주면 만날 것인지 말 것인지 결정할 수 있을 텐데, 그런 정보가 없다. 실은 그런 이들 역시 직접 만나면 특별한 용건이 없는 경우가 대부분이다. 무의식적 의존성 때문에 내게 만남을 청했던 것이다. 그러고는 머릿속에 가득 환상을 이고 나타나 내가 자신의 기대와 다르다고 실망하거나, 기대했던 것을 주지 않는다고 화낸다.

네 번째 유형은 개중 합리적이다. 그들은 자신이 왜 불편한지 스스로 성찰할 수 있고, 내게 말을 거는 용건이 무엇인지도 정확하게 알고 있다. 어떠어떠한 문제로 불편을 겪으며, 해결하기 위해 어떤 노력을 해왔으며, 그래도 미진한 점이 있어서 물어볼 게 있다고 말한다. 내게 얼마간의 시간과 에너지를 나누어줄 수 있는지 타진한다.

여러 해에 걸친 경험상 나는 네 번째 유형에게만 답하게 되었다. 그들은 내 쪽에서 조금의 경험만 나누어주어도 삶에 큰 유익함을 얻을 수 있는 이들이다. 그 외의 부류는 너무 큰 것을 원하기 때문에 내가 감당할 수 있는 영역의 요구가 아니었다. 하지만 시간이 흐르면서 더 깊이 이해한 사실은 그들 모두가 글로써 자신을 표현하고 싶었구나 하는 사실이었다. 글을 읽는 사람이 누구든 상관없었고, 아무도 읽지 않아도 좋았다. 그저 글을 쓰는 그 순간의 경험이 그들에게 유익했겠구나 하는 것을 알게 되었다.

글을 쓴다는 것은 말하는 것과 다른 영역의 의식 경험이다. 그것은 의식의 몰입 상태나 마음의 깊이에서 차이가 난다. 이야기를 할 때는 의식의 가장 위층 혹은 그 바로 아래층에서 머물러도 소통이 가능하다. 하지만 글을 쓸 때는 최소한 의식의 지하 3층쯤으로 내려가서 출발한다. 글을 쓸수록 지하 4층, 5층으로 더 깊이 내려가는 작업이다. 경험이 의식을 거쳐 의미화된 다음에야 그것이 글로 표현될 수 있는데, 경험의 의미를 알아차리는 작업이 지하 3층 이하의 의식에서만 일어나기 때문이다. 논리를 전개하는 글뿐 아니라 감정을 표현하는 글조차 경험한 것에 대해 최소한 이름 붙일 수 있을 정도의 의미를 확보해야 글로 표현할 수 있다.

글을 쓴다는 것은 경험을 의식화하는 일이며, 삶을 더 깊이 경험하는 일이다. 무엇보다 경험 속에서 자기만의 지혜를 쌓아가는 일이다. 따라서 독서 모임을 하는 동시에 스스로 깨달아 알아차리게 된 것들의 목록을 만들어가는 일이 중요하다. 책에서 읽은 지식 말고, 모임에서 들은 지혜 말고, 스스로 알아차리는 소중한 통찰들이 생겨난다. 그것들을 기록하는 작업이 필요하다.

책을 읽으면서 떠오르는 기억, 감정들을 기록한다

마음을 치료하고 정체성을 회복하기 위해 자기 서사 쓰기를 제안한 사람은 미국의 사회학자 앤서니 기든스이다. 독서 모임에서 이야기하다 보면 자기 기억에 왜곡된 부분이 있었던 점을 알아차리게 된다. 혹은 부모의 입장에서 사건을 볼 줄 몰라 생긴 오해도 있다. 기본적으로 유아기 인식이 온전하지 않기 때문에 생기는 왜곡된 기억과 감정이 많다는 것도 알게 된다. 기억 속으로, 내면 속으로 들어가 성인의 시선으로 그 시절을 다시 관찰하면 비로소 잘못 이해하고 있던 대목이 보이기 시작한다. 그러면 이런 반응이 나온다.

"부모님이 나를 많이 사랑하셨구나. 그분들로서는 최선을 다했구나."

책을 읽고 이야기를 나누면서 내면을 새롭게 이해하기 시작하면 그전까지 알고 있던 것과는 다른 자기 서사가 전개된다. 그것들을 흘려보내지 말고 노트에 기록해둔다. 책을 읽으면서 기억해낸 사건과 통찰뿐 아니라 모임에서 알게 된 새로운 인식도 모두 기록해둔다. 새로운 관점으로 새롭게 이해하는 기억은 한 번으로 끝나는 게 아니라 거듭, 더 깊이, 더 새로운 의미를 보여줄 것이기 때문이다.

모임 공간에서 타인들이 이야기할 때 무언가를 열심히 기록하는 사람들이 많다. 그들은 타인의 이야기를 적은 게 아니라 타인들의 이야기에 자극받아 내면에서 터지듯 솟구치는 자기 감정이나 기억들을 메모한다. 혼자 있을 때는 잘 알지 못했던 세상이, 모호했던 기억이 타인들의 이야기를 들으면서 그 의미가 선명해지고 뚜렷하게 보이는 경험들을 기록하는 것이다. 물론 모임 구성원에게 일어나는 감정 역동에 대해서도 그 자리에서 바로 기록한다. 자기감정을 더욱 선명하게 이해하는 방법이다.

일상에서의 해석과 통찰을 기록한다

독서 모임을 시작한 후부터는 "경험을 의식화한다."는 개념도 알게 된다. 자기가 어떤 경험을 하고 있는지 늘 지켜보는 눈을 가지게 된다는 뜻이다. 아, 내가 지금 전화를 걸고 싶어 하는구나, 그런데 머뭇거리는구나, 거절당할까 봐 두려워하는구나 등 삶의 경험들이 모두 알아차려지고 인식되는 지점으로 가게 된다. 그러면 마구잡이로 치닫던 행동을 멈추고 자기 행동의 의미를 되돌아볼 수 있다. 일상 속에서 감정을 알아차리고 경험을 의식화할 수 있어야만 이전과 다른 선택을 할 수 있다. 다른 습관이 몸에 배게 해야만 삶이 변화된다.

경험의 의미를 알아차리지 못한 채 그냥 흘려보내는 일은 인생을 낭비하는 것과 같다. 이 경험에 무슨 의미가 있는지, 이 행동의 목적은 무엇인지, 예전의 태도와 어떤 차이가 있는지, 동시대 문화와 어떤 변별점을 가지는지, 자기 경험을 인식하고 그 의미를 파악할 수 있어야 한다. 일상에서 그 의미를 길어내고, 기록해나간다.

일상에서의 통찰을 기록하는 내용 중에는 꿈 일기를 쓰는 것도 포함된다. 독서 모임을 시작하면 꿈이 많아지거나 생생해지는 것을 경험하게 된다. 무의식은 꿈을 통해 자주 표현되고, 융 학파 분석심리학은 꿈 분석을 주요 치료 도구로 삼는다. 독서 모임에서 읽은 책 중에는 융 학파 꿈 분석에 대한 책이 포함되어 있다. 그 책들은 모임에서 책을 대여섯 권쯤 읽은 후 소개된다. 그때부터 꿈을 기록하고 분석하는 노트를 쓴다. 꿈을 그냥 잃어버려도 꿈꾸는 행위 자체가 이미 무의식을 표현하는 효과가 있기 때문에 나쁠 것은 없다. 그렇지만 꿈 내용을 통찰할 수 있으면 경험을 의식화하는 작업처럼 삶이 풍부해지는 효과가 있다.

치유 글쓰기를 병행한다

독서 모임에서 자기 이야기를 못 하는 사람, 이야기하는 시간이 턱없이 부족하다고 느끼는 사람들은 자기 자신에 대해 글을 써보는 시간을 갖는다. 글을 쓴다는 것은 회피해온 내면의 기억과 감정들을 꺼내 자기 자신에게 표현하는 과정이다. 무엇을 써야 할지 모르겠다면 컴퓨터에 잠금장치를 하고 가장 아픈 기억, 가장 큰 상처였던 이야기부터 쓴다.

자기 치유 글쓰기에는 네 단계가 있다. 자기 상처나 외상 경험에 대해 쓰는 '트라우마 글쓰기(Write Your Trauma)' 조차 생각보다 쉽지 않다. 외면하기만 해온 상처이기 때문에 너무 아파서, 눈물이 흘러서 못 쓰겠다고 말한다. 그때는 울면서, 눈물 흘리면서 쓰는 게 치유의 방법이다. 눈물이 나오기 때문에 쓸 수 없는 게 아니라 그 고통과 슬픔을 뚫고나갈 수 없어 중단하는 것이다. 그럴 때 계속해서 쓸 수만 있어도 그 지점을 돌파할 수 있다.

'부정적인 감정에 대해 쓰기(Write Your Negative Feeling)'는 트라우마보다는 덜 아프다. 아무에게도 표현하지 못한 부정적인 감정을 글로 쏟아내는 일이기 때문에 카타르시스 기능도 있다. 사회화된 개인이 표현하거나 행동으로 옮기지 않는 많은 감정이 모조리 솟아오른다. "누군가 죽어버렸으면 좋겠다." 같은 감정들이다. 일단 표현하기 시작하면 별의별 말들이 다 나온다. 칼날, 도끼, 가시덤불, 분리수거 쓰레기장 같은 것들. 그 모든 것을 솔직하게, 남김없이 표현한다. 컴퓨터에 잠금장치를 해두었기 때문에 아무도 보지 않는다는 전제가 있다. 그리고 본인도 다시 읽어보지 않는다. 다시 읽지 않는다고 결심해야 모든 것을 쓸 수 있다.

그렇게 일정한 시간마다 자기감정을 1개월에서 3개월 정도 표현하고 나면 마음에 용기와 자신감이 생긴다. 그때쯤 맨 처음에 썼던 글을 펼쳐본다. 그러면 슬그머니 웃음 짓게 된다. 키보드가 부서질 정도로 화내면서 썼던 글들이, 몇 주만 지나도 웃을 수 있을 정도로 다른 마음자리로 이동한 것을 알게 된다.

자기 역사 쓰기에 도전한다

트라우마나 부정적인 감정 다음에 쓰는 것이 '자기 역사 쓰기(Write Your History)'이다. 자기 역사 쓰기는 삼대, 삼차원에서 써야 한다. 삼대는 조부모, 부모, 자기 역사를 말한다. 선조들에 대해 이해하는 행위는 자신을 이해하는 첫걸음이다. 부모가 해결하지 못한 심리적 문제들을 자녀가 물려받는다는 심리학 가족 체계 이론을 염두에 두면 자신을 이해하기 위해 반드시 이행해야 하는 일이 삼대에 걸친 가족사 이해이다.

자기 역사 쓰기는 또한 삼차원에서 이행되어야 한다. 개인사, 가족사, 사회사를 의미한다. 조부모나 부모가 특별한 성향과 성격을 지녔다면 그 원인이 되는 사회적 환경의 작용이 있었다는 것을 의미한다. 우리나라처럼 격변하는 현대사를 지낸 경우에는 모든 가족 내에 역사 사회적 환경 때문에 떠안게 된 트라우마가 존재한다. 그들이 살았던 삶의 환경을 이해하는 일은 선조들의 삶을 이해하는 길인 동시에 자기 내면의 심리적 문제를 해결하는 길이 된다. 나아가 자기 정체성을 새롭게 형성하는 방법이기도 하다.

마지막으로 '비전에 대해 글쓰기(Write Your Vision)'를 한다. 새로운 미래를 꿈꾸고 그 내용을 글로 써보는 일은 삶의 새로운 동력을 확보하는 방법이 된다. "목적지가 있기 때문에 기차가 달린다."는 말이 있다. 독서 모임을 통해 내면의 결핍감을 해소하고, 유아기 생존법을 버리고 나면 한순간 "이제 어떻게 살아야 하지?" 하는 의문과 맞닥뜨리게 된다. 삶이 텅 빈 듯 느껴지는 바로 그때 필요한 것이 새로운 비전이다. 새로운 꿈을 꾸고, 어떤 일을 할 때 에너지가 솟는지 알아내고, 궁극적으로 어떤 삶을 살고 싶은지 상상해본다. 그 모든 것을 글로 표현하면서 새 목표에서 새 에너지가 생기는 것을 경험한다.

독서 모임 만드는 방법

최근까지도 내가 독서 모임을 한다는 사실을 알게 된 이들 중 "독서 모임에 참석할 수 있는가?" 요청하는 이들이 있다. 일단 결성된 모임은 새 식구를 받아들이지 않는 닫힌 체계이므로 불가능하다고 답하면 다시 묻는다. "새로운 모임을 만들어 시작할 계획은 없는가?" 지금 꾸려나가는 모임만으로도 힘이 부치는 상태라고 답하면 다시 묻는다. "독서 모임을 만들고 이끌어나가는 방법을 알려줄 수는 없는가?" 이 꼭지는 그 질문에 대한 답이며, 다음 항목들은 그동안 받아온 구체적인 질문에 대한 답이다.

어떤 사람들과 모임을 만들까

내가 꾸린 독서 모임은 여러 색깔이었다. 정서적으로 동질감을 느낄 만한 동년배 모임과 동질감을 찾기 어려우면서 세대차, 경험 차이가 많이 나는 모임이 있었다. 각 모임은 공정하게 일장일단이 있었다.

첫 모임의 장점은 자기표현이 쉽고 공감과 동일시가 잘 일어난다는 점이다. 단점은 억압된 감정들이 솟아나와 작동하기 시작하면 서로 시기심과 경쟁심을 투사하는 대상이 되어 그 감정을 넘어설 때까지 냉랭한 분위기가 오래 지속된다는 점이다.

두 번째 모임의 장점은 다양한 연령대의 인물들이 다채로운 감정 역동을 작동시킨다는 점이다. 모임 안에 엄마나 아빠 이미지, 형제자매 모습을 연상시키는 이들이 존재하기 때문에 다양한 감정들이 투사된다. 단점이라면 낯선 이들이 서로를 신뢰하게 될 때까지 내면을 표현하는 데 시간이 걸린다는 점이다.

책을 읽고 이야기를 나누며 마음을 보살피는 작업을 하기로 했을 때, 어떤 사람들과 하는 게 좋을까. 그 질문에 대한 답은 없다. 비슷한 정서를 공유하는 사람과 만나든, 나이와 직업이 엇비슷한 사람과 만나든 막상 독서 모임을 시작하고 자기를 성찰하며 타인과 감정을 나누다 보면, 내가 알고 있다고 생각했던 타인에 대한 감정이 변화하고, 서로 알지 못했던 새로운 감정과 맞닥뜨리게 되는 경우가 허다하다. 다만 어떤 사람들로 구성되든 모임 구성원들에게 투사되는 자기 마음을 잘 알아차리는 게 중요하다.

독서 모임은 몇 명이 적당할까

……………………… 독서 모임 구성원 수는 여섯, 일곱 명 안팎이 적당하다고 느껴졌다. 그 정도의 인원은 초기 가족 구성원의 숫자와 비슷하다고 알려져 있다. 부모와 서너 명의 자녀가 심리 역동을 나누었던 초기 경험이 독서 모임 속에서 촉발되어 나온다. 함께 모여 앉은 사람들 속에 엄마 같은 사람도 있고 아빠 같은 사람도 있다. 형제자매에 대한 감정들도 고스란히 경험된다. 아, 이 모임에 내 온 가족이 다 있구나 알아차리게 되면 무의식에 고루 닿았다고 볼 수 있다.

상담 심리학의 집단 치료도 그 정도 인원으로 꾸린다고 알고 있다. 그보다 숫자가 많으면 모임 결속력이나 현장에서의 집중도가 떨어졌다. 그보다 적은 인원에서는 다채로운 감정 역동을 경험하기 부족해 보였다.

어떤 책을 읽을 것인가

………………… 그동안 독자들과 만나는 자리에 가면 늘 책을 소개해달라는 요청을 받았다. 어떤 책을 읽으면 마음을 돌보는 데 도움이 될까요? 많은 이들이 마음을 돌보고 싶어 하고, 그 작업에 도움이 될 만한 도구를 갖고 싶어 한다고 느꼈다. 사실 대부분의 예술 작품은 상처 입은 자들의 무의식적 자기 치유 작업이고, 그런 예술 작품은 향유하는 이들에게 치유 효과를 선사한다. 그런

작품 속에는 공감, 지지, 세계관 확장 등의 효과가 들어 있다.

하지만 독서 모임에서는 특별히 심리학, 정신분석학 분야의 책들만 집중해서 읽었다. 그중에서도 공감할 만한 사례가 많고, 자기 성찰에 자극받을 수 있는 책을 골랐다. 타인의 치료 과정을 볼 수 있는 책, 그 과정을 따라가면서 이전에 미처 몰랐던 자기감정을 알아차릴 수 있는 책을 소개했다. 그 분야의 이론이나 기법을 얼마간 이해하는 것이 자기를 돌보는 데 도움이 된다고 믿었다. 그것은 내가 공감과 흥분 속에서 읽었던 책들이다. 독서 모임에서 읽은 책들 목록은 마지막 장에 소개되어 있다.

얼마나 자주 만나는 게 좋은가

첫 독서 모임은 두 권의 책을 읽고 두 달에 한 번씩 만났다. 그 모임에는 지방에 사는 친구들이 많아서 여건상 그렇게 했다. 두 번째 모임은 서울과 근교에 거주하는 이들이어서 한 권의 책을 읽고 한 달에 한 번씩 만나는 방식으로 바꾸었다. 두 달에 한 번 만나는 모임은 만날 때마다 저항을 이겨내는 시간이 많이 필요했다. 한 달에 한 번 만나는 방식은 자기 성찰 작업을 중단 없이 이어갈 수 있는 듯 보였다.

유난히 열정적인 모임이 한 달 간격이 멀다면서 두 주일에 한 번씩 만나자고 제안한 적이 있었다. 그것은 일상생활을 저해할 만큼 시간이 촉박해 보여 세 주에 한 번 만나자고 제안했는데 막상

해보니 그 정도 시간 간격도 일상과 함께 영위하기에 빠듯했다. 책을 제대로 읽지 못하는 상황도 생겼다. 사실 그들이 원하는 것은 '만남'이었고 내가 원했던 것은 '책 읽기'였다. 날마다 꾸려야 하는 삶에서 틈 내어 책을 읽고, 책에서 이해한 내용을 성찰하는 시간까지 감안한다면 독서 모임은 한 달에 한 번 간격으로 하는 게 적합해 보였다.

어느 정도 시간을 사용하는가

시간 사용에 대해서는 큰 틀만 알려준 뒤 자율적으로 선택하도록 맡겼다. 저녁 여섯 시에 만나 밤 아홉 시까지 독서 모임을 하기로 정한 경우가 있었다. 오후 세 시에 만나 저녁 여덟 시까지 하기로 한 모임도 있었다. 오후 두 시에 만나 밤 아홉 시까지 이야기하는 모임도 있었다. 그들의 상황과 조건에 맞춰 정해진 시간이었지만 구성원이 저마다 40분 내지 50분 정도 시간을 사용하도록 규모를 정했다.

저녁 여섯 시부터 밤 아홉 시까지 하기로 한 모임은 인원이 네 명이었다. 하지만 제때 끝나는 경우가 없었다. 저항의 시간을 보내고, 갈등을 이겨낸 후 마칠 시간이 되어서야 폭탄 같은 이야기를 꺼내놓곤 했기 때문이다. 그때부터 더 깊고 본격적인 이야기가 전개되면 자정 가까워 다급하게 자리를 터는 경우가 많았다. 머뭇거리는 시간까지 모두 독서 모임에 필요한 시간이라고 본다.

모임 장소는 어떻게 정하나

·····················독서 모임 공간 역시 자기를 표현하는 데 미묘한 영향을 미친다.

첫 번째와 두 번째 모임은 내 거처에서 모임을 가졌는데 그들은 전이의 감정을 온몸 가득 품고 왔다. 집으로 들어서면서 "선생님이 우리를 위해 맛있는 거 준비했나 보다."라고 말할 정도였다. 공간이 편안해 내면으로 들어가는 일은 잘되었으나 그 공간과 나를 향한 전이 문제는 해결하기 어려울 정도로 격렬했다. 나도 뒤늦게 공간 제공에 깃든 무의식을 알아차렸다.

제3의 공간으로 장소를 옮기기로 하고 그 일 전체를 구성원들의 자율에 맡겼다. 동등하게 회비를 내 장소를 대여하고 간식을 준비하도록 했다. 시중에는 스터디나 세미나용으로 공간을 빌려주는 업소가 많았고 내면에 집중할 수 있는 분위기도 잘 갖추어져 있었다. 하지만 늘 공간에 대한 불평들이 나왔는데, 그것은 순전히 내 공간을 포기해야 하는 데 대한 불만처럼 들렸다.

장소 선정의 방식에서도 당사자의 마음이 읽힌다. 어떤 모임은 자기네들이 편한 곳으로 정하고, 어떤 모임은 내가 접근하기 편한 곳으로 정한다. 어떤 모임은 돈을 아끼느라 환경을 포기하고, 어떤 모임은 안락함을 확보하기 위해 돈을 지불한다. 독서 모임의 공간을 정하는 것 역시 구성원들의 감정이 작용하는 현상이므로 그런 모든 선택과 결정의 배경에 있는 마음을 모임에서 다루면 된다.

반드시 모임이 필요한가

…………………… 혼자 책을 읽고 자신을 변화시켜나갈 수도 있지 않은가 하는 질문이다. 번거롭게 꼭 누군가와 함께 모여서 이야기를 나누어야 하는가. 그런 의문을 품는 이들도 있다. 혼자 책 읽고 성찰하면서 삶을 개선해나갈 수 있는 사람도 없지 않다. 하지만 독서 모임을 한 번만 해보면 왜 여러 사람과 이야기를 나누는 모임이 필요한지 금세 알게 된다. 자기 세계에 갇혀 "나만 이상한 사람인가 봐." 하는 생각에 사로잡혀 있거나, 자기의 특수한 상황을 일반화시켜 "누구나 그럴 거야." 하는 생각을 품은 이들이 많다. 그들은 모임에서 타인의 이야기를 듣는 행위만으로도 새로운 인식에 도달한다. 무엇보다 모임에서 타인의 경험으로부터 배우는 것들이 많다. 혼자 책 읽고 자기를 알아가는 과정이 자기 심리학이라면, 모임에서 이야기 나누는 과정은 대상관계 심리학, 집단 심리학의 단계만큼 차이 나는 경험이 된다.

안내자 없이도 모임이 가능한가

…………………………… 책을 안 읽는 것보다는 백 배 나을 것이다. 비슷한 정서를 공유하는 사람끼리 책을 읽고 이야기를 나누면 그 자체가 중간 공간이 된다. 타인의 관점을 통합할 수 있어 자연스럽게 인간엔 대한 이해의 폭이 넓어진다. 하지만 서로 자기 연민을 투사하며 위로하고 지지하는 단계에만 머물 위험이 있다.

안내자 없이 뜻이 맞는 사람끼리 3년쯤 독서 모임을 지속한 경우가 있었다. 한 가지 책을 읽고 그것을 주제로 이야기 나누는 작업을 오래 했는데, 그 모임 구성원이 《만 가지 행동》을 읽은 후 나를 찾아왔다. 자기네 모임에 한 번 참석해달라고. 내가 모임에 개입한 후 이런 피드백이 나왔다. "굉장히 많은 시간을 낭비한 것 같은 생각이 든다."

사실 낭비는 아니었을 것이다. 이전 모임은 그대로 그들에게 필요한 정서적 기능을 했을 것이다. 하지만 모임의 틀과 방향을 잡아주고, 더 깊은 마음에 닿도록 이끌어주는 사람이 있다면 더 나을 것이다. 관건은 안내자가 있든 없든, 어느 정도 자기 내면을 성찰할 수 있느냐에 달려 있다고 생각된다. 치유 사례가 많은 심리학 책을 읽으면 자기 성찰이 더 잘될 수 있고, 안내자 없이도 모임을 지속할 수 있을 것이다.

독서 모임은 언제 끝내나

정신분석적 심리 치료에서 장기 치료는 6년에서 7년 정도를 잡는다. 아이가 태어나 첫 3년까지는 자아가 만들어지고 자기 개념을 갖게 되고, 그 이후 3년 동안은 관계 맺기를 배운다. 그런 다음 아이는 초등학교에 들어가 사회생활을 시작한다. 성격의 변화까지 꾀하는 장기 치료는 6, 7년 정도를 예상하고 진행된다.

처음 3년 동안은 눈에 보이는 구체적 변화가 일어나지 않을 수도 있다. 주로 내면에서 작용하는 변화에 치중한다. 그렇지만 3년쯤 지나면 삶에, 선택에 크고 작은 변화가 보이기 시작한다. 그 작업을 통해서 일어날 수 있는 변화는 6, 7년 정도면 모두 이루어지는 듯해 보인다.

예외적으로 9년 지속된 독서 모임은 6년이 지난 후부터 제자리걸음을 했다. 내면에서 전혀 새로운 변화가 일어나지 않았지만 친목 모임처럼 습관적으로 그 틀을 유지했다. 하지만 모두 자기들이 같은 자리에 머문다는 것을 알고 있었다. 더 나아가고 싶은 지점이 있지만 그 틀로서는 한계가 있다는 것도 알고 있었다.

변화가 나타나려면 어느 정도 시간이 필요한가

독서 모임을 통해 삶이 구체적으로 변하는가. 그 변화의 폭은 어느 정도이며, 그렇게 되기까지 어느 정도 시간이 필요한가 하는 질문을 많이 받는다. 변화의 진행과 전개 과정에는 개인차가 많다. 초기 양육 환경, 본인의 잠재력, 변화를 촉진시키는 주변 환경, 변화가 필요하다고 느끼는 절박함 그 모든 것들이 변수로 작용한다. 어떤 사람은 삶 전체를 새롭게 만들고, 어떤 사람은 제자리에 머물면서 고작 자기 내면을 들여다볼 수 있을 정도만 변한다.

어쨌든 책을 읽고 이야기를 나누기 시작하면 다채로운 감정 역동을 보인다. 그때부터 변화가 시작되는 셈이다. 이전과 다르게 생각하기 시작하면서 빠른 경우에는 1년 내에 마음의 변화를 맞이하여 지연시켜왔던 삶의 중요한 문제에 결단을 내리기도 한다. 1, 2년 동안 삶에 구체적인 변화 없이 내면 감정을 알아차리고, 이해하고, 보살피는 시간들을 보내는 경우가 보통이다. 그런 시간이 지난 다음에야 삶을 개선하려는 의지가 나타난다.

변화가 더딘 사람도 3년쯤 지나면 마음의 힘을 많이 갖게 된다. 겉으로는 고요한 시간을 보내는 듯해도 내면에서는 깨지고 아파하고 재편성하는 시간이 지나는 셈이다. 이들은 한순간 휘몰아치듯 변화하는 모습을 보이기도 한다. 모든 이들에게 공통적으로 나타나는 변화는 다들 얼굴 표정이 온유하고 아름다워진다는 것이다.

아픈 경험에서 배우기

많은 이들이 고통스러운 경험을
내면 깊숙이 억눌러놓고 회피한 채 살아간다.
독서 모임에서는 바로 그 아픈 경험들을 꺼내어 이야기한다.
아무에게도 털어놓지 못했던 아픈 경험을 눈물 흘리며 고백하고 나면
그런 이야기를 해도 괜찮다는 사실부터 알게 된다.
그것이 수치스럽거나 죄의식을 느낄 일이 아니며,
누구도 자신을 비난하거나 손가락질하지 않는다는 사실을 경험하게 된다.
그 경험이 자신에게만 일어나는 특별한 경험이 아니라는 것도 알게 된다.
자기의 아픈 이야기를 들으며 함께 눈물 흘리는 사람이 있다는 가슴 뭉클한 경험도 하게 된다.
그 모든 경험들이 모여당사자의 마음을 어루만지고 단단하게 해준다.

【 Chapter 2 】

내 인생은 왜 힘든가요?

✤

그 후배 여성은 무슨 일이든 열심히 하는 사람이다. 가만히 앉아 있어도 두 주먹을 불끈 쥔 채 "열심히 하겠습니다!" 외치는 듯 보인다. 온몸의 근육은 긴장되어 있고, 목소리는 무엇인가를 주장하듯 힘이 실려 있다. 실제로 일을 맡으면 몸을 사리지 않고 최선을 다하며, 임무를 완수한 후에는 미진함을 느끼며 안타까워한다. 자주 근육통에 시달리면서 그 문제를 해결하기 위해 또다시 최선을 다한다. 그렇게 혼신의 힘을 기울이듯 살다가 한 번씩 신체 에너지가 방전되는 상황을 맞는다. 그때마다 스스로에게 묻곤 한다.

내 인생은 왜 이렇게 힘들까? 그녀는 소개팅으로 만난 남자와 대화하는 일에도 온 힘을 기울여 남자가 부담스러워하며 뒷걸음치게 만들었다.

삶이 힘들다고 호소하는 젊은이들을 드물지 않게 만난다. 그런 이들은 부모 마음에 들기 위해 지나치게 애써야 했던 성장기를 보낸 경우가 많다. 엄마의 집안일을 거들고, 아버지를 대신해 가정을 짊어지려 하고, 돈을 벌어 부모님을 호강시켜드리겠다고 다짐한다. 그런 이들의 내면에는 자기가 가정에 필요한 존재인지, 부모에게 사랑받을 만한 자격이 있는지 의심하는 마음이 있다. 부모가 주는 사랑이 불공정하고, 이해할 수 없는 조건에 좌우된다고 느끼기 때문에 사랑받는 자식이 되기 위해 애쓴다. 그들은 성인이 된 후에도 직장이나 친밀한 관계에서 자기 존재를 증명하기 위해 남다른 노력을 기울인다. 남들과 똑같은 일을 하면서도 두세 배쯤 많은 심신의 에너지를 소모하는 셈이다.

삶이 힘들다고 느껴진다는 것은 생의 목표가 잘못되어 있다는 의미이다. 사실 우리가 성장하면서 품는 꿈의 성격은 둘 중 한 가지일 것이다. 부모의 소망을 그대로 수용한 것이거나, 결핍되어 있다고 느꼈던 것을 성취하고자 하는 마음이다. 타인의 사랑을 받고자 하는 욕구, 콤플렉스를 만회하려는 의지가 그대로 꿈이 되기도 한다. 불행한 것은 외부 조건에 의해 만들어진 삶의 목표는 아무리 성취해도 만족감을 주지 못한다는 점이다. 가끔 생의 목표를 성취한 후 슬럼프에 빠지는 사람들을 목격한다. 그들은 일시적으로 꿈이 없어졌기 때문에 방향을 잃은 게 아니라 마음 깊은 곳에서 실망했기 때문에 힘없이 주저앉은 게 아닐까 싶다. 혼신의 힘을 기울여 목표에 도달했지만 원했던 사랑이나 인정은 쏟아져 들어오지 않는다. 무의식 깊은 곳에 있는 구멍이 채워지지 않자 오히려 그 구멍에 삼켜지고 만 것이다. 그런 이들은 지금이라도 자신의 재능이나 삶의 소명을 점검해보면 좋을 것이다.

삶이 힘들다고 느끼는 또 다른 이유는 넘어서지 못한 의존성의 문제와 관련 있다. 부모의 사랑을 받기 위해 지나치게 애쓴 이들은 당연히 부모에게 의존하고 싶은 욕구가 충분히 충족되지 못한 상태이다. 힘 있고 다정한 어른이 자기를 보호해주고 자기 삶을 이끌어주기 바라는 마음이 내면에 남아 있다. 그런 이들은 좋은 부모 환상을 충족해줄 연장자를 찾아다닌다. 자기를 사랑하고 지지해줄 것 같은 사람을 만나면 그에게 헌신하면서 그의 마음에 들려고 노력한다.

안타까운 것은 그런 이들이 사회적 관계에서도 친밀감이나 사랑을 기대한다는 점이다. 비즈니스 상대가 다정하게 대해주기를 원하고, 부장님이 사랑해주기를 바란다. 어떤 이들은 사회적 태도에 깃든 객관성, 거리감에서도 박해감을 느낀다. "부장님이 저를 미워하는 것 같아요." 이 문장은 젊은 직장 여성에게서 자주 듣는 호소이다. 그럴 때마다 이렇게 답해준다. "부장님은 자기 문제만으로도 머리가 복잡해서 여러분을 미워할 여유가 없어요." 의존성을 넘어서지 못한 사람들은 사회생활을 할 때 심리적 불편을 많이 겪는다. 자신이 엉뚱한 대상에게 당치도 않은 것을 원하고 있다는 사실을 알아차리지 못한 채 상실감으로 고통받는다.

삶이 힘들다고 느끼는 마지막 이유는 생에 대한 개념이 잘못되어 있기 때문이다. 그런 이들은 인생이 본래 아름답고 행복해야 한다고 믿는다. 생에 대한 근거 없는 환상을 가지고 있어서 현실의 삶이 상대적으로 초라하고 견디기 힘들게 느껴진다. 백마 탄 왕자가 없는 것처럼 단언컨대, 아름답고 행복한 인생이란 없다. 누구의 삶이나 그 속살을 열어보면 피를 철철 흘리고 있다는 게 생의 첫 번째 조건이다. 생에 대한 환상이 많은 이들은 타인의 성취에 대해서도 시기하는 마음을 먼저 일으킨다. 타인들의 성취 뒤에는 무수히 많은 좌절과 인내, 노력이 있었다는 사실은 볼 줄 모른 채 겉으로 드러나는 좋은 면만 부러워한다. 어떤 이는 다짜고짜 "그 사람이 되고 싶다."고 말하기도 한다. 시기심에서 오는 고통은 마치 자기 것을 빼앗긴 양 절절하다.

그런 이들이 현실의 고통을 피해 즐겨 숨는 곳은 환상이다. 환상 속에서 꿈꾸는 모든 삶을 누린다. 하지만 환상은 성인이 되기 전까지만 허용되는 생존법이다. 성장기의 약한 자아가 현실의 냉혹한 모서리에 부딪쳐 피를 흘리지 않도록, 환상은 어린 자아를 보호하는 기능을 한다. 어딘가에 다정한 엄마, 행복한 가정이 있을 거라는 꿈을 꾸면서 고통스러운 현실을 넘어간다. 성인이 되면 현실의 날카로운 모서리와 직면해야 한다. 모서리에 부딪쳐 이마가 깨어지고, 벽에 부딪쳐 찰과상을 입으면서 현실의 삶을 배워나간다. 넘어지고 부서질 때마다 냉철하게 현실을 인식하는 기회로 삼아야 한다. 주저앉아 힘들다고 탄식할 게 아니라.

우리 젊은이들은 성장기 내내 대학 입시를 준비하느라 인생을 어떻게 살아야 하는지 배울 기회가 없었던 것 같다. 삶의 주도권을 자기 손에 쥐고 스스로 자기 인생을 만들어가야 한다는 인식도 없어 보인다. 그리하여 성인으로서 사회생활을 시작하는 시점에 이르면 총체적 난국에 처하는 듯하다. 배운 적 없고 준비하지 않은 어른의 삶을 살려니 매사에 힘들다고 느끼는 게 아닐까 싶다.

젊음은 본래 혼돈과 미숙함의 시기여서 가만히 있어도 삶이 어렵다. 불안감이 많은 기성세대는 젊은이들을 믿고 지지해줄 줄 모른다. 객관적으로 사회 경제가 어려운 시기에 처해 있기도 하다. 그럼에도 누군가 삶이 힘들다고 느낄 때 거기에는 명백히 두 차원이 있다. 객관적인 상황이 힘든지, 마음 깊은 곳에서 자기 삶을 감당하기 어렵다고 느끼는지. 두 가지를 구분할 줄만 알아도 삶이 조금 수월해질 것이다.

내면 아이는 몇 살인가요?

사람들이 모인 자리에서 그들의 대화를 들어보면 대체로 두 가지 내용이다. 자기 이야기를 하거나 남의 이야기를 하는 것. 자기 이야기만 하는 사람들은 상대방의 말을 듣기보다는 그의 이야기가 끝나고 자기 이야기를 할 기회를 엿본다. 상대의 말꼬리를 끊고 자기 이야기를 밀어 넣기도 한다. 남의 이야기를 하는 사람들은 점잖은 목소리로 이웃과 사회를 걱정한다. 특정인을 화제로 올리고 그를 판단하고 평가하는 데 열을 올린다. 자기 얘기만 하는 사람과 남의 얘기만 하는 사람이 만나면 한쪽은 상대방을 자기밖에 모르는 미숙아 취급하고, 다른 한쪽은 상대방이 속내를 내놓지 않는 음흉한 사람이라 여긴다. 그런 종류의 이야기를 피하고자 특정 분야의 객관적 사실을 언급하면 잘난 척한다는 오해를 받는다.

사람들의 대화를 듣고 있으면 한 가지 사실이 명백히 보인다. 누구도 자기 자신을 보려 하지 않는다는 것. 자기 이야기를 하는 사람은 이상화된 자기 이미지에 치우쳐 있고 그런 자신을 펼쳐 보인다. 혼자 소화시키지 못한 감정을 외부의 누구에게든 쏟아내기 위해 이야기하는 이도 있다. 남의 이야기를 하는 사람은 특정 인물이나 집단을 향해 시기심과 불안을 투사한다. 그들의 말 속에는 인정받고 싶어 하는 아이, 불편한 감정에 짓눌린 아이, 타인의 성취를 파괴하고 싶어 하는 아이가 존재한다.

프로이트 정신분석학이 "인간에게는 무의식이 있고, 그것이 모든 병통의 원인이며, 무의식을 의식 속으로 통합시켜야 심리적 문제가 해결된다."는 사실을 제안한 이후, 현대 심리학자들은 무의식 대신 '내면 아이'라는 용어를 만들어냈다. 내면 아이는 무의식보다 이해하기 쉽고, 접근과 해결이 쉬워 보인다.

젊은이들이 삶에서 겪는 심리적 불편을 해결하고 싶다고 말하면 나는 먼저 '내면 아이'에 관한 책을 읽어보라고 권한다. 책을 읽은 이들은 자기 내면에 상처 입은 채 웅크린 아이가 있다는 사실을 아는 것만으로도 마음이 편안해지는 것을 느낀다고 한다. 내면 아이는 감정이나 욕구를 표현하지 못하도록 억압당했거나, 할 일과 하지 말아야 할 행동 목록에 발목이 잡혀 있거나, 외부 대상의 눈치를 보면서 순응적 태도를 취한다. 외부에서 오는 보살핌이 부족하다고 느끼며 결핍감에 사로잡혀 있거나, 가족의 불행을 자기 탓으로 느끼며 너무 많은 책임을 떠맡기도 한다. 성인으로서 자신이 느끼는 불편함 속에 아이 때의 인식이 있다는 사실을 알게 되면 이런 질문이 이어진다.

"내면 아이는 어떻게 만나나요?" 이 질문은 "나는 한 번도 자기 성찰을 해본 적이 없어요."라는 문장과 동의어이다. 늘 화를 내면서도 내면에 '화내는 아이'가 있다는 사실을 몰랐고, 늘 의존할 대상을 찾아다니면서도 내면에 '엄마가 필요한 아이'가 있다는 사실을 몰랐다는 뜻이다. 분노나 의존성을 알아차릴 '성인 자아'가 없기 때문에 문제가 생기면 '그냥 아이'인 상태로 반응했다는 뜻이기도 하다. 그런 이들을 위해 내가 찾아낸 대답은 "격한 감정이 올라올 때, 그것이 내면 아이이다."라는 것이다.

평범한 일상생활 속에서 매순간 자기를 성찰하는 것은 종교 수행자에게나 가능한 일이다. 보통 사람인 우리가 자기를 알아차리기 가장 좋은 순간은 외부의 자극을 받아 내면에서 격한 감정이 올라올 때이다. 사촌이 논 샀다는 소식을 듣고 갑자기 배가 아플 때 그것이 '나만 덜 받았다고 느끼는 아이구나' 알아차리는 것이다. 데이트 제안을 거절당했을 때 뜨거운 화가 치밀어오면 그것이 '사랑에 차별당했다고 느끼는 아이구나' 이해하는 것이다. 소홀하게 대접받는다는 느낌 앞에서 걷잡을 수 없는 분노가 치밀면 그것이 '무시당했다고 느끼는 내면 아이구나' 인식하는 것이다.

아무것도 아닌 일에 격한 반응을 보인다는 것은 이미 그러한 문제로 상처받은 아이가 내면에 존재한다는 뜻이다. 이를테면 '무시당한다는 느낌'에 취약한 사람은 초기 대상관계에서 아이를 존중하지도 배려하지도 않는 양육자가 있었다는 뜻이다. 그런 부모는 아이의 의사나 욕구는 무시한 채 자신의 방식과 가치만을 아이에게 강요했을 것이다. 심지어 그 부모는 높은 지위에 오르기 위해 애쓰면서 타인이 자기를 무시할지도 모른다는 불안감까지 아이에게 물려주었을지도 모른다. 그런 이들은 취약한 내면을 감추기 위해 겉으로 더욱 도도하고 거만한 태도를 취한다.

내면 아이를 이해하고 그 실체에 접근해갈 때 어떤 젊은이는 이렇게 묻는다. "내면 아이는 몇 살인가요?" 심리학 책 어디서도 본 적 없는 엉뚱한 질문이지만 한 가지 명백한 사실은 누구나 트라우마의 시기에 고착되어 있다는 점이다. 유아기 엄마의 긴 공백이나, 대체 양육자에게 맡겨졌던 일이나, 가족의 사건 사고 같은 것. 혹은 아이의 욕구에 지속적으로 어긋나는 양육 방식도 아이를 얼어붙게 만든다. 최근에는 인큐베이터에서 양육된 성인의 내면에 근원적으로 불안한 내면 아기가 자리 잡는다는 연구 결과가 있다.

내면 아이 문제를 이해해나갈 때 마지막에 하는 질문은 "내면 아이는 자랄 수 있나요?" 하는 것이다. 그러기 위해서는 우선 성인 자아와 내면 아이를 분리해서 인식할 수 있어야 한다. 화가 날 때마다 마구 화를 낼 게 아니라, 성인 자아가 '화내는 내면 아이'를 알아차릴 수 있어야 한다. "지금 무시당한다는 느낌 때문에 화가 나는구나, 하지만 이 감정은 오래전 부모에게 무시당했다고 느끼는 내면 아이의 반응일 뿐, 지금 이곳이 나를 무시하는 상황은 아니야." 그렇게 알아차리면서 화내는 내면 아이를 스스로 달래 줄 수 있어야 한다. 일상 속에서 그런 작업이 반복되면 모든 감정을 고요하게 처리할 수 있고, 마침내 내면 아이의 목소리마저 조용해지는 날이 올 것이다.

지금 우리 사회의 건강에 가장 필요한 단어 하나를 꼽으라면 '자기 성찰'을 제안하고 싶다. 우리는 내면을 보지 않기 위해 중독 물질에 매달리고, 내면을 회피하면서 타인과 상황을 탓하고, 내면을 본 적 없기 때문에 화가 날 때마다 화를 낸다. 무의식의 의식화, 내면 아이 돌보기, 회광반조(回光返照)는 모두 같은 뜻이다. 시선을 내면으로 돌려 자신의 감정을 알아차릴 줄 아는 것. 그런 사람은 최소한 감정적으로 행동하지 않을 수 있다.

잘 관계 맺는 듯 보이는 것들

그녀는 매혹적인 외형을 갖춘 이십 대 후반 여성이었다. 남들이 자신을 어떻게 보는지 예민하게 의식하면서 겉모습을 아름답게 꾸미는 일에 공을 들였다. 그녀는 타인들과 관계 맺는 일에도 열정을 많이 쏟았다. 친목 모임을 만들어 이끌면서 지인들에게 자주 전화하고 안부를 물었다. 이벤트를 기획하거나 재미있는 일을 꾸미고 실천하면서 모임 구성원의 결속을 다지는 데도 적극적이었다. 그녀는 관계를 잘 맺는 사람이라는 자기 이미지를 가지고 있었고, 고갈되지 않는 에너지로 무장한 채 늘 모든 타인들에게 당당한 모습이었다. 그럼에도 그녀는 불편한 마음 때문에 나를 만나러 왔다. 처음 만났을 때 그녀는 자기보다 이십 년쯤 더 많이 산 나를 친구처럼 대하면서 그것을 평등이라 여기는 듯했다. 그녀는 내가 권하는 책을 읽으며 자기를 알아가기 시작했다.

그녀가 자신에 대해 알아차린 첫 번째 사실은 자기가 은밀하게 타인을 조종하는 사람이라는 것이었다. 타인과 관계 맺을 때 상대방을 조종하면서 자기 의도대로 움직이도록 만드는 일에 온 힘을 쏟았다. 가끔은 그 목적을 달성하기 위해 자기 시간과 에너지를 쏟아가며 어릿광대짓도 마다하지 않았다. 그녀는 타인들이 자기 뜻대로 움직여줄 때 쾌감을 느꼈다. 그 쾌감은 승리감이나 안도감과 비슷했다.

결국 그녀는 타인을 조종하고 통제하고자 하는 마음이 불안감이라는 사실을 받아들였다. 근원을 알 수 없는 열정조차 불안에서 추동되는 에너지였다는 사실을 이해하게 되었다. 그와 같은 마음 작용을 처음 알았을 때 그녀는 충격을 받았다. 타인의 인정을 구걸하고, 안정감을 얻을 울타리를 만들기 위해 생을 낭비한 것 같아 자존심이 상했다. 단번에 모든 모임을 중단하고 사람들을 향해 쏟았던 에너지를 거두어들였다. 그녀가 손을 떼자 모임이 저절로 해체되는 과정을 지켜보는 일은 또 한 번 충격이었다.

시간이 지난 후 그녀가 자신의 관계 맺기에 대해 알아차린 두 번째 사실은 의존성이었다. 그녀는 성장기 내내 특별해 보이는 연장자 여성을 찾아내어 그들과 긴밀하면서 개인적 관계를 맺곤 했다. 이웃 언니나 학교 선생님이 그 대상이었는데, 그들과의 관계는 언제나 그녀가 실망과 분노의 감정을 안은 채 끝나곤 했다. 그녀는 그 이유가 자신의 의존성 때문이었다는 사실을 깨달았다. 유아기에 충분한 모성의 보살핌을 받지 못했다고 느끼는 이들이 자주 그러하듯이 그녀는 엄마 대용으로 사용할 만한 여성을 찾아내어 상대방이 주겠다고 약속한 적 없는 모성적 보살핌을 요구하곤 했다. 심지어 아기가 엄마를 사용하듯 그 대상들을 '착취적으로 사용'했다.

자기의 관계 맺기 방식을 객관적으로 인식할 수 있게 되었을 때 그녀는 그 모든 지나간 인연들에 대해 미안함을 느꼈다. 나를 찾아왔을 때도 같은 심리적 배경에서였고, 내가 주지 않는다고 느끼는 것에 대해 자주 실망과 분노를 느꼈다고 고백했다.

얼마간의 시간이 더 지난 후 그녀가 자신의 관계 방식 중 세 번째로 알아차린 사실은 남성에 대한 시기심이었다. 그녀는 매혹적인 모습을 꾸민 채 원하는 남자를 쉽게 유혹하곤 했다. 조종과 의존을 주요 기제로 사용하는 사람이 그러하듯 관계가 유지되는 동안에는 상대방에게 놀라울 정도의 집중과 헌신을 보였다. 하지만 최선을 다하는 짧은 황홀의 시간이 지나면 홀연히 남자를 떠났다. 자주 만나자고 보채는 남자는 부담스러웠고, 지나치게 자신에게 몰입하는 남자는 매력이 없었다. 거듭 남자를 유혹했다가 떠나곤 하면서 그녀는 자신에게 맞는 남자를 만나지 못했기 때문이라고 여겼다.

하지만 그녀는 사실 내면의 시기심 때문에, 혹은 성장기 차별 경험에서 비롯된 분노 때문에 엉뚱한 남자들을 괴롭히고 있다는 사실을 비로소 알게 되었다. 모든 남자를 정서적 용도로 잠깐 사용한 후 버렸으며 그 행위의 배경에 복수심이 있다는 사실도 인정했다. 그녀는 혼잣말로 중얼거렸다. "남자도 한을 품으면 오뉴월에 서리가 내릴 텐데."

또 한동안 시간이 지난 후 그녀는 자신이 동년배 여성들과도 진정으로 마음을 열고 소통하지 않았다는 사실을 알아차렸다. 예전에 모임에서 함께 어울렸던 이들도 조종하거나 사용했으며 은밀한 경쟁자로 여겼을 뿐이었다. 개인적인 이야기를 털어놓는 자리에서도 타인들의 이야기를 듣기만 했을 뿐 자기 속내를 꺼내놓은 적이 없었다. 그녀는 모든 타인들을 잠정적 경쟁자로 인식해왔다는 사실을 고백했다. 오래도록 나를 만나 필요한 것들을 가져갔으면서도 마음속으로는 "선생님이 내 젊음과 재능을 시기한다고 믿었다."고 말했다. 그녀는 그 마음이 자신의 시기심이었다는 사실도 알고 있었다. 잘못된 신념을 알아차리고 그것을 입 밖에 내어 말할 때마다 그녀는 한 뼘씩 마음이 자라는 게 보였다.

위에 언급된 모든 통찰은 그녀가 고통스러운 자기 성찰 과정을 거치며 3, 4년에 걸쳐 찾아낸 것들이다. 잘못된 관계 맺기 방식을 한 가지씩 알아차릴 때마다 그녀는 절망을 이겨내는 시간을 가져야 했다. 낡은 습관을 버리는 데는 더 많은 시간이 소요되었다. 하지만 단언컨대 그녀가 유독 이상하고, 가장 관계를 잘못 맺는 사람은 아니다. 현실에서 만나는 대부분의 사람들은 그녀와 비슷한 인식을 가지고 있다. 타인을 잘 조종하는 것을 능력이라 여기고 병리적 상호의존을 친밀한 관계라 믿는다. 유년기에 만들어 가진 생존법에 고착된 채 그렇게 생의 에너지를 흘려보낸다.

그녀는 낡은 생존법을 하나씩 찾아내어 포기할 때마다 탈진한 목소리로 말하곤 했다. "힘이 하나도 없어요. 이제 어떻게 살아야 할지 모르겠어요." 불안감이 엄습해올 때 의존할 사람을 찾기 위해 전화 걸지 않기, 타인을 조종하지 않고 가만히 내버려두기가 얼마나 어려운지 경험했다. 어려운 상황에 처한 사람을 판단하지 않기, 사촌이 논 샀을 때 배 아프지 않기를 몸에 배기가 힘들다는 것도 알았다. 타인과 관계 맺는 가장 유익하고 온건한 방식이 있다면 '공감'과 '모든 타인으로부터 배우기' 뿐이라는 사실도 받아들일 수 있게 되었다. 그렇게 그녀는 자립되고, 지혜로우며, 타인을 배려할 줄 아는 사람이 되어갔다. 이제 그녀는 예전처럼 화려하게 겉모습을 꾸미지 않는다. 하지만 내면에서 나오는 평온한 빛으로 인해 그때보다 한층 아름다워 보인다.

타인을 가해자로 만드는
박해감을 아시나요?

✽

직장 생활을 하는 후배 여성들이 가끔 조직에서 처신하는 어려움에 대해 토로하는 경우가 있다. 그들은 업무보다 힘든 것이 사람 사이의 관계라고 말한다. 업무는 혼자서만 열심히 하면 되는데 인간관계는 이쪽에서 아무리 열심히 해도 저쪽에 독자적이고 유기적으로 생각하고 행동하는 타인이 있어 어렵다고 한다.

그런 이들 중에는 아무런 이유도 없이 "부장님이 나를 미워하는 것 같다."고 느끼는 이도 있다. 그런 말을 하는 여성은 대체로 온순하고 조용한 말투를 사용하며 선량한 사람이라는 자기 이미지를 가지고 있다. 나는 그런 이들에게 웃으면서 말해준다. "부장님은 자기를 미워할 여유가 없어요." 그러면 후배 여성은 눈을 동그랗게 뜬다. 중간 관리자쯤 되는 자리에 있는 이들은 회사 업무에 책임이 무거워지고, 집에서도 가장 역할에 하중이 더해진다. 목소리 커진 아내와 의견을 조율하는 문제, 사춘기로 접어든 자녀들의 반항을 받아주는 문제 등이 산적해 있다. 어쩌면 노년에 접어든 부모가 치매에 걸려 긴급한 보살핌이 필요한 상황일지도 모른다. 부장 연배에 있는 이라면 자기 문제가 너무 절박해서 부하 직원을 미워하는 데까지 사용할 시간, 열정이 없다. 부장님이 원하는 것은 부하 직원이 맡은 일을 잘해내는 것뿐이다. 그러면 후배 여성은 천천히 고개를 끄덕인다. 그렇다고 해서 한순간에 모든 의혹이 거둬진 것 같은 표정은 아니다.

의외로 많은 젊은이들은 연상자인 누군가 자신을 미워한다고 느끼는 감정을 가지고 있다. 그런 감정이 '박해감'이며 사실 무근의 인식 오류라고 설명하면 그런 단어를 처음 들어본다고 말하기도 한다.

박해감 역시 생애 초기 부모와의 관계에서 만들어 가지는 감정이다. 아이의 공격성을 소화시켜주지 못한 채 고스란히 분노로 되돌려주는 부모는 아이의 내면에 박해감을 심어줄 수 있다. 아이의 실수를 감싸주지 않고 처벌부터 하는 부모, 사소한 잘못에 대해서까지 아이에게 가혹한 책임을 묻는 부모, 자기의 불안 때문에 아이의 행동을 통제하는 부모들과 관계 맺으며 자란 아이는 당연히 부모가 자신을 공격한다고 느낀다. 성격 내부에 박해감이 자리 잡게 되며, 공격하는 부모와 관계 맺기 위해 온순하고 순종적인 태도를 만들어 가진다. 성인이 된 이후 그들은 사회생활을 하면서 누군가 자신을 공격한다는 감정을 자주 경험하며, 공격을 피하기 위해 선량하고 유혹자적인 태도를 생존 전략으로 사용한다.

그들은 심지어 타인의 중립적 언어도 자신에 대한 공격으로 느낀다. 후배 여성들과 이야기 나눌 때 특정 행동에 대해 "왜 그랬어요?"라고 묻는 일이 있다. 그런데 의외로 많은 여성이 그 질문에 대해 자기 행동을 합리화하거나 자기 입장을 해명하는 식으로 대답한다. 왜 그랬느냐는 질문을 공격이나 비난으로 받아들였다는 의미이다. 그러면 질문을 변형시켜야 한다. "그 행동의 이유와 배경을 설명해보세요."라거나 "그렇게 말한 자기 마음은 무엇인 것 같아요?"라고 다시 묻는다. 그러면 비로소 내면으로 시선을 돌려 자기 마음을 이해하려 노력한다. 그런 다음 나오는 대답은 대체로 이것이다. "잘 모르겠어요."

박해감을 느끼는 이가 내면에 억압하고 있는 진짜 감정은 분노이다. 그동안 분노는 공격성이나 우울증으로 표현되었다. 사회적으로 분노를 표현하는 것이 허용되던 시기에 남성들은 분노를 타인에 대한 공격으로 직접 표현했다. 상대적으로 화내는 것이 허용되지 않았던 여성들은 분노를 자기에게 돌려 우울증에 걸리는 경우가 많았다. 하지만 남성들의 분노 표현은 점차 금지되고 여성들의 자기표현은 다소 허용되는 사회 분위기로 변화하자 많은 이들이 분노를 소극적으로 표현하는 통로를 찾아낸 것으로 보인다.

남녀 구분 없이 많은 젊은이들이 분노 대신 박해감을 더 많이 경험하는 듯하다. 인터넷에 '악플'을 쓰거나, 타인을 험담하는 이들의 공통된 감정도 시기심이 포함된 박해감이다. 그런 이들은 누군가 자신을 공격한다는 감정에 사로잡혀 타인들을 공격한다. 자신과 아무 관계없는 사람의 말이나 글에 대해서도 공격받은 듯 느끼거나 모욕감을 경험한다. 앞서 달리는 초보 운전자에게 화를 내는 사람도 있다. 초보 운전자는 단지 운전에 서툴렀을 뿐인데 박해감에 사로잡힌 사람은 그가 자기 앞길을 가로막으며 알짱거렸다고 느낀다.

성인으로서 사회생활을 시작하던 초기부터 품었던 의문이 있다. 우선, 사람들은 왜 자기와 아무 관계없는 타인들을 미워하고 심지어 비난하는가 하는 것이다. 또 하나는 누군가로부터 혹평이나 악담을 듣는 이들을 실제로 만나보면 제삼자를 통해 받은 이미지와 아주 다르다는 점이었다. 심지어 뒷말을 나누며 비판했던 당사자보다 한층 성숙하고 온전한 인격을 가진 경우가 많았다. 투사의 감정에 대해 알고 나서야 그 기이한 현상의 본질을 이해하게 되었다. 박해감을 가진 이들은 타인을 악한이나 공격자로 만드는 기술에 능하다. 선한 얼굴, 온순한 태도로 상대가 자기를 공격했다고 말하면서 경쟁자를 제거하는 전략을 사용하기도 한다. 혹은 약자의 태도를 견지하면서 상대방의 공격 행동을 실제로 유도한다.

박해감을 가진 이들에게 공격하고 협박하는 부모가 있었던 것처럼, 그들 역시 부모의 행동을 내면화해 가지고 있다. 그런 마음을 알아차리지 못한 채 부모가 되면 똑같은 것을 자녀에게 물려주게 된다. "어떻게 부모에게 이럴 수 있느냐, 마음이 아프구나."라고 말하면서 자식이 불효자처럼 느끼게 만들고, "그렇게 멋대로 살다가 부모가 세상을 떠나봐야 그때 후회하지."라며 자녀를 감정적으로 협박한다. "우리가 너를 어떻게 키웠는데……."라는 말로 희생자 역할을 과장하면서 자식에게 죄의식과 부채감을 떠안기기도 한다.

치유와 변화는 당사자의 내면에 자리 잡고 있는 왜곡된 인식을 알아차리는 데서 시작한다. 부장님은 부하 직원을 미워할 여유가 없으며, 사람들은 이유 없이 타인을 미워하지 않는다는 사실을 이해하는 것이다. 실은 모든 사람이 오직 자신만을 생각하느라 타인에 대해 별로 신경 쓰지 않는다는 객관적 현실을 받아들여야 한다. 누군가 자기를 공격한다고 느끼는 마음은 "땅바닥이 벌떡 일어나 이마를 때렸다."고 말하는 만취자의 언어처럼 농담이거나 망상이다.

타인을 신뢰할 수 있는 능력

우리가 관용적으로 사용하는 말 중에 "정말?"이라는 단어가 있다. 그것은 상대의 말을 의심하기 때문이 아니라 상대의 말에 감탄하거나 동의할 때 사용하는 것이 관례이다. 적어도 내 용법은 그랬다. 어느 날 빵집에 들렀다 여주인이 자기네는 국산 유기농 밀가루만을 사용한다는 말을 듣고 "정말요?" 하고 대응한 적이 있다. 그때 내 마음은 반가움이었다. 밀가루 음식에 예민하게 반응하는 신체 탓에 국산 유기농 밀가루로 만든 빵이라면 거부반응을 일으키지 않을지도 모른다는 기대에서 나온 감탄사였다. 그런데 빵집 주인의 반응이 의외였다. "그럼 사실이지, 내가 거짓말하겠어요?" 문득 목소리가 높아진 그녀에게서 명백히 분노가 쏟아져 나왔다. 느닷없이 받아안게 된 분노에 많이 당황했고, 내가 사용한 "정말?"이라는 단어가 적절하지 못했다는 사실을 알아차렸다.

그때부터 우리가 "정말?"이라는 단어를 어떤 경우에 사용하는지 유심히 살펴보았을 것이다. 대부분의 사람이 나와 비슷한 용법으로 그 말을 사용하고 있었고 심지어 영어 단어 "리얼리?"조차 용례가 닮아 있었다. 하지만 더 놀라운 사실은 "정말?"이라는 단어를 감탄사로 사용할 때조차 마음 깊은 곳에는 무의식적 불신감이 자리 잡고 있다는 사실이었다. "정말?"이라는 단어를 사용하지 않을 때조차 우리가 타인의 말에 대해 첫 번째로 보이는 보편적 반응이 의심인 경우가 많았다. 내 말에 반사적으로 의심 반응을 하는 이에게 "어머, 자기는 내 말을 의심부터 하는 거야?"라고 말해서 상대를 당황하게 한 적도 있다.

타인을 신뢰할 수 있는 능력은 생애 초기 구강기와 관련이 있다. 엄마의 수유와 양육 방식이 안정적이면 아기가 타고난 불안감이 잘 다스려져 외부 환경이 자신에게 우호적이라는 사실을 마음에 새기게 된다. 엄마의 양육이 아기가 소망하고 예측하는 대로 진행된다면 안정감 위에 양육자와 외부 환경에 대한 신뢰감이 생겨난다. 불신감은 아기 내면의 불안감이 적절히 소화되지 않을 때 생기는 감정이고, 엄마의 수유나 양육 방식이 아기에게 안심할 만하지 않거나 예측할 수 없을 때 만들어진다. 미국 정신분석가 에릭 에릭슨은 인간이 성장하면서 성취해야 하는 정신 기능을 발달 단계별로 제시한 바 있다. 그는 자율성, 근면성, 친밀감, 창의성 등을 형성하기 위해서, 그 전에 가장 먼저 성취해야 하는 기능으로 신뢰감을 꼽았다.

생애 초기 양육 환경이 훌륭해서 기본적 신뢰감이 잘 형성되어 있다고 해도 성장기 내내 우리의 신뢰감은 도전받는다. 많은 부모가 자식을 자기 뜻대로 조종하기 위해 무엇인가를 해주겠다는 조건을 내건다. 부모 말을 잘 들으면 장난감을 사주겠다고, 성적이 오르면 여행을 보내주겠다고 약속한다. 약속을 믿고 열심히 노력했으나 약속 어음이 부도난 경험을 우리는 모두 가지고 있다. 심지어 자녀의 말을 믿어주지 않는 부모도 있다. 도서관에 있다고 해도, 친구 집에서 공부한다고 해도 나쁜 상상부터 하며 자녀를 의심한다. 그런 부모의 자녀는 부모에게 맞추어 자기도 모르게 거짓말쟁이가 되고, 동시에 의심하는 부모의 습관까지 물려받는다.

남의 말을 의심하는 성향 외에 성인인 우리가 가진 또 한 가지 특징은 약속을 어기거나 거짓말하는 사람에 대해 결코 용서하는 마음이 없다는 점이다. 연인이 사소한 약속을 어길 때에도 머리끝까지 분노하고, 공공기관에 근무하는 이들이 저지르는 비리나 거짓에 대해 가차 없이 공격한다. 그 치열한 분노와 공격은 상대방이 권위를 가졌다는 전제 조건 때문이다. 전능한 힘을 가진 듯 보였던 양육자가 거짓과 속임수로 자신을 조종했던 시절의 무의식 속 분노가 투사되는 것이다.

유아기 양육 환경이 양호하고, 성장기 부모가 아이를 믿어주며 신뢰할 만한 행동만을 보였다고 해도 우리는 다시 믿을 수 없는 세상과 마주해야 한다. 식재료를 판매하는 이들은 식품에 위험 물질을 섞고, 미디어는 늘 폭력적인 사건을 보도하며, 자연재해는 예측 불허이다. 무의식에 아무런 의심의 씨앗이 없다고 해도 우리가 사는 세상은 기본적으로 믿을 수 없다. 낯선 지역에서 만나는 사람, 밤길에 스쳐 지나가는 사람에 대해 방어적인 태도를 취할 수밖에 없다.

무엇보다 우리의 유전자에는 만인이 만인에 대해 적이었던 원시 시대부터의 기억이 새겨져 있다. 폭력의 경험과 위험에 대한 불안 때문에 사회 공동체를 만들었고 인간은 서로 협력하게 되었다. 신용 사회라는 말이 언제부터 쓰였는지 알 수 없지만 그 단어의 뒷면에는 기본적으로 불신 사회가 전제되어 있다. 자연환경을 관리함으로써 이전의 물리적 위험은 줄었지만 문명화된 자연은 원시 자연보다 더욱 예측할 수 없는 것이 되었다. 세상과 외부 환경을 믿지 못하는 것은 인간의 본성에 가깝다.

삼십 대 후반의 한 여성은 자기가 누구인지, 생에 어떤 의미가 있는지 알고 싶어 뒤늦게 인문학 강좌나 유명인사의 강연을 들으러 다녔다. 여러 패러다임으로 인간과 삶을 설명하는 강연을 두루 들었지만 어쩐 일인지 마음이 답답하기만 했다. 어떤 강연도 미흡한 느낌이었고 일상에 조그마한 변화도 찾아오지 않았다. 이해력 부족 때문인지, 강사가 지식을 아끼면서 다 말해주지 않는 건 아닌지 생각이 많았다. 그렇게 1년 이상 시간을 보낸 후 알아차렸다. 자신이 강의실에 앉아서 줄곧 강의 내용을 의심하고 강사의 말을 비판하고 있었다는 것을. 강사에게 시기심을 품은 채 그의 지식을 폄훼하고자 했고, 강사가 권위적이라고 느끼면서 그를 비난하곤 했다. 1년간 고스란히 시간과 열정을 낭비한 셈이었다.

의심하는 마음과 신뢰하는 마음 중 인간의 자연스러운 본성은 의심, 불신 쪽이다. 타인을 신뢰할 수 있는 능력은 자율성, 친밀감, 창의성 등의 정신 기능과 함께 성장 과정에서 만들어 가져야 하는 역량이다. 성장기에 그 기능이 형성되지 못했더라도 성인이 된 후 알아차리고 노력하면 얼마든지 새롭게 성취할 수 있다. 그런 다음 한 번 계산해보아야 한다. 외부 세계를 의심하면서 자기 신념 속에 갇혀 있을 때 보는 손해와, 세상을 신뢰하다가 뒤통수 맞을 때 보는 손해 중 어느 쪽이 심각한가를. 일정한 공식이 있는 문제가 아니기에 풀이 결과는 사람마다 다를지도 모르겠다.

나르시시스트의 세상에서 살아남는 법

“내 아기는 특별하다.”

한때 텔레비전 광고에서 자주 들었던 문구이다. 이 말은 또한 세상의 모든 아기 엄마들이 입 밖에 내지 않아도 확실하게 마음속에 간직하고 있는 감정이다. 엄마들은 누구나 “내 아기가 천재가 아닐까?” 뜨겁게 고민하는 시기를 보낸다. 엄마 눈에는 아기의 모든 것이 특별해 보인다. 아기의 특별함이 아니라 엄마가 자신을 특별하다고 여기는 나르시시즘이 아기에게 투사된 감정이라는 사실은 잘 인식되지 않는다.

아기가 천재가 아니라는 사실이 확인된 후에도 아기에게 투사된 엄마의 나르시시즘은 포기되지 않는다. 그때부터 본격적으로 자녀를 특별한 사람으로 키우기 위한 노력을 경주한다. 다양한 조기 교육을 하고, 수많은 학원을 돌게 하고, 조기 유학을 보내기도 한다. 특별한 재능이 보인다 싶으면 그 분야의 대가에게 데리고 가서 검증받는다.

그 과정에서 자녀의 욕구는 고려되지 않는다. 자식이 특별한 사람이 되기를 바라는, 특별한 사람의 부모가 되고 싶어 하는 엄마의 욕구만이 빛날 뿐이다. 자녀의 모든 것을 자기 기준으로 통제하는 나르시시스트 부모는 자녀의 친구, 대학, 학과 등을 자신이 결정한다. 물론 자녀의 배우자도 직접 검증한다. 평생을 같이 살 사람이 자기 배우자를 선택해야 한다는 기본적인 상식조차 이해하지 않는다.

자기 뜻대로 자녀를 훌륭하게 키워놓은 나르시시스트 부모는 이제 보상을 요구한다. 직장생활을 시작했으니 부모에게 용돈도 주고, 매일 안부 전화도 하고, 부모가 원할 때면 언제나 시간을 내야 한다고 주장한다. 갓 사회생활을 시작한 사람에게 직장과 가정의 모든 과정이 장애물 경주처럼 여겨진다는 사실을 공감할 줄 모른다. 왜 안부 전화를 빠뜨렸느냐고, 왜 생일을 잊었느냐고 자녀를 채근하고, 자녀들은 어린 시절 습관처럼 부모를 기쁘게 해주려 애쓴다.

우리가 사는 세상이 나르시시즘으로 넘쳐나고 있다는 사실은

1970년대 미국에서부터 이야기되어왔다. 그로부터 20여 년이 지난 후부터 우리나라에서도 같은 현상이 두드러지기 시작했다.

나르시시즘은 한 개인이 자신이 옳고 선하고 정당하고 특별하다고 믿는 감정이다. 나르시시즘에도 건강한 수준과 병리적 수준이 있다. 건강한 나르시시스트들은 자기를 존중하는 만큼 타인을 존중하며, 자기의 의견이 소중한 만큼 타인의 의견에도 귀 기울일 줄 안다. 자신의 욕구와 타인의 욕구를 조절하여 두 사람 모두에게 이상적인 결론을 찾아낼 줄 안다.

병리적 나르시시스트들은 오직 자신만이 옳다고 주장한다. 세상에서 무수히 목격되는 논쟁 장면들은 자기만 옳다고 믿는 사람들의 대결이다. 저마다 자신이 옳다는 사실을 목숨처럼 사수하면서 타인의 그름을 증명하는 데 온 힘을 쏟기 때문에 모든 논쟁은 평행선을 달릴 수밖에 없다.

자신이 우월하다고 믿는 병리적 나르시시스트는 자신에게 타인을 평가할 자격이 있다고 믿는다. 타인의 성취를 깎아내리며 폄하할 때도 옳다는 신념에 가득 차 있다. 자기가 특별하다고 여기는 병리적 나르시시스트는 주변 사람들이 자신을 사랑하고 숭배하며 특별하게 대해주어야 한다고 믿는다.

이상한 점은 병리적 나르시시스트의 미숙한 인격에서 나오는 행동들이 세상 사람들에게는 매혹적으로 보인다는 점이다. 그들의 행동이 간혹 터무니없고 비상식적인 경우에도 대중은 그것을 성공한 사람의 특권으로 여기며 관대하게 받아들인다. 그들을 선망하고 숭배하면서 그들을 모방한다. 대중의 마음을 읽은 자본주의는 나르시시즘을 훌륭한 마케팅 전략으로 활용한다. 시장에 범람하는 나르시시즘의 코드는 다시 대중을 휩쓸어가는 기호가 된다. 그리하여 우리는 특별함을 주장하면서 사랑해주기를 바라는 가족, 친구, 동료, 이웃에 둘러싸여 있다.

문제는 정서적 도덕적으로 완성되지 못한 나르시시스트들이 힘을 가졌을 때이다. 부모는 자녀에게, 리더는 공동체 구성원에게 나쁜 영향을 끼친다. 그들은 자기 가치만이 옳다고 주장하기 때문에 타인과 소통이 불가능할 뿐만 아니라 아랫사람들을 키워줄 줄 모르는 사람이 된다. 오직 자신에게만 관심이 있기 때문에 자기 이익을 위해 주변 사람을 사용한다. 타인을 착취적으로 사용할 수 있는 능력을 성공이나 특별함의 증거라 믿는다. 자신의 잘못이나 약점이 드러났을 때는 겸허하게 인정하기보다는 끝까지 부정하는 쪽을 택한다. 그들에게 겸손함이란 약자가 어쩔 수 없이 사용하는 생존법이기 때문이다.

나르시시즘의 심리적 뿌리는 유아적 전능감이다. 유아기에 아무 근거 없이 자신이 옳고 우월하고 특별하다고 느끼는 아기의 감정이 현실 검증을 거치지 않은 채 유지되면서 성인 나르시시스트를 만들어낸다. 또한 나르시시스트 부모에게 양육되면서 동일한 감정을 물려받기도 한다.

나르시시스트들이 스스로 인정하지 못한 채 내면에 숨겨두고 있는 감정은 수치심과 시기심이다. 타인을 함부로 판단하고 평가하는 마음 밑에 도사리고 있는 감정은 시기심이다. 타인을 폄하하면서까지 유지하고 싶어 하는 우월감은 사실은 수치심이거나 열등감이다. 그들은 불편한 자기 모습을 있는 그대로 받아들이는 대신 현실을 왜곡하는 쪽을 택한다. 세상이 자신을 위해 존재해야 한다고.

나르시시스트와 얽혀서 삶에 불편을 겪는 사람이 있다면 가장 먼저 본인도 나르시시스트라는 사실을 알아차리고 인정해야 한다. 내면에 동일한 무의식이 있기 때문에 고통당하면서도 특별한 사람 곁에서 서성이는 것이다. 내면에 간직하고 있는 우월하다는 자기 이미지와 특별한 대접에 대한 갈망을 포기해야 한다. 그토록 우월하고 선하고 특별하지 않아도 괜찮으며, 그런 점을 고집하지 않을수록 삶이 오히려 편안해진다는 사실을 알아차리면 더욱 좋을 것이다.

다음으로 해야 할 일은 자신을 조종하려는 나르시시스트와 경계를 그어야 한다. 모든 개인은 저마다 다른 욕구, 감정, 생각을 갖는다는 사실을 확고하게 인식한 상태에서 나르시시스트의 요구에 단호하게 거절하는 훈련을 해야 한다. 경계를 잘 유지할수록 관계를 잘 맺을 수 있다는 사실도 인식하면 좋을 것이다. 거절당한 상대방이 격렬한 분노를 표출할 때 그것을 묵묵히 감수할 준비도 해야 한다.

마지막으로 서로 성장할 수 있는 관계 맺기를 배워야 한다. 일방적인 헌신이나 희생을 요구하는 상대에게 그 대가가 무엇이냐고 물을 줄 알아야 한다. 그렇게 비뚤어진 나를 비춘 거울을 버릴 수 있을 때, 우리는 병든 나르시시스트의 늪을 벗어나 자신만의 인생에 진실한 한 송이 꽃을 피울 수 있을 것이다.

고통을 감당할 수 있는 능력

운동을 해본 사람들은 체력을 키우는 방법에 대해 알고 있다. 신체가 감당할 수 있는 임계점까지 고통이 느껴지도록 몸을 훈련해야 체력의 한계를 조금씩 넘어설 수 있다. 가슴이 뻐근해질 때까지 달린 다음에야 폐활량이 커지고, 근육이 타는 듯한 고통이 지나간 다음에야 근력이 는다. 고통스러운 지점을 돌파하지 않고 몸이 편안한 상태에서만 운동하면 현상 유지는 될지 몰라도 체력의 새로운 지평으로 나아갈 수 없다.

정신에 대해서도 똑같은 이론이 적용된다. 인간의 정신도 고통이나 시련을 통해서 성장한다. 힘들고 아파서 꼭 죽을 것 같은 지점을 넘어서야만 정서의 폐활량도 커지고 마음의 근력도 는다. 요즈음 젊은이들은 대체로 고통의 경험 앞에서 주춤거리고 있는 듯 보이는 때가 있다.

대학교 학생상담실에서 근무하는 선생님들에 의하면 대학생들이 가장 고민하는 문제는 진로와 사랑이라고 한다. 개인적으로 만나는 젊은이들도 사랑에 대한 고민을 많이 토로한다. 이별 후 다시 사랑하기 두렵다거나, 남자친구가 홀연히 떠난 후 어떤 남자도 믿을 수 없게 되었다고 말한다. 아예 사랑의 감정을 한 번도 느껴본 적 없다고 말하는 젊은이도 있다. 사랑을 해봤더니 너무 아파서 앗 뜨거워라, 하는 심정으로 물러섰다고 말하는 젊은이도 있다. 그 고통이 예상을 넘어서는 수치여서, 그때까지 맛본 적 없는 통증을 어떻게 감당해야 하는지 알 수 없었다고 한다. 그들은 하나같이 사랑이 왜 그렇게 아프고 힘든지 묻는다.

사랑을 하면 당연히 그 뒷면 감정이 폭발하듯이 터져 나온다. 그가 진정으로 나를 사랑하는 걸까 하는 불안감, 다른 이성을 바라보기만 해도 솟구치는 질투심, 기대했던 만큼 사랑받지 못한다고 느낄 때 이는 분노를 경험한다. 그 감정들은 그대로 고통이 된다. 사랑한다는 것은 질투를 이겨내고 불안을 다스리면서 계속 사랑의 감정을 유지하려는 의지를 작동시키는 일이다. 힘겨운 자신과의 싸움이 연속된다. 그러니 처음 사랑을 경험하는 젊은이들이 그 어려움에 놀라는 것은 당연하다. 잘못이 있다면 사랑이 오직 달콤하고 행복한 것이라는 환상을 증폭시킨 문화나, 사랑이 본래 고통을 감수하는 일이라는 사실을 알려주지 않은 어른들에게 있을 것이다.

직장 생활에서도 고통과 관련되어 똑같은 문제가 이어진다. 어려운 시대를 힘들게 살아왔다고 여기는 기성세대의 눈에 요즈음 젊은이들은 작은 어려움에도 회사를 그만두는 듯 보인다. 상사가 잘못을 지적하거나 야단치면 그것을 자신에 대한 공격으로 느끼는 젊은이들도 있다. 우리는 실수를 통해 배우고, 오류를 개선하면서 능력을 향상시킨다. 상사의 말에서 지혜를 얻는 게 아니라 박해감을 느끼다니, 그들은 얼마나 고통에 대한 내성이 없는 걸까 싶다.

그런 이들은 사회 초년생이 직장에서 가장 먼저 해야 할 일은 적응이라는 사실도 잘 수용하지 못한다. 조직에 적응한다는 것은 이를테면 삼 년쯤 마당을 쓸거나 군불을 때는 것처럼 단순하고 무가치해 보이는 일에 자신을 투자하는 것일 수도 있다. 예전의 장인들은 전문 기능을 전수해줄 제자에게 한 삼 년 단순 무용한 노동을 시켰다. 그 하찮은 일을 성심으로 소중히 해낼 때에야 마음이 순복되어 귀한 기술을 담을 그릇이 된다고 여겼다. 요즈음 젊은이들은 한 삼 년 군불 때는 일을 감수하지 않으려 한다. 그것이 나르시시즘에 상처를 입는 것처럼 고통스럽기 때문이다.

심리 치료의 핵심에도 고통을 감당하는 일이 있다. 우리가 마음이 아픈 이유는 충격적인 사건이나 상실을 경험한 후 그에 따른 고통을 회피했기 때문이다. 마음을 치유한다는 것은 외면해둔 그 고통을 다시 체험하는 일이다. 하지만 심리 치료를 받는 사람들도 인정 지지 단계의 달콤함만 취하고 무의식을 직면하는 고통은 회피한다. 치료자가 내면의 잘못된 신념이나 부정적 감정을 직면하게 하려고 하면 그 지점쯤에서 치료가 중단된다. 그런 이들은 치료자의 말에 모욕감을 느꼈다거나, 치료자가 자기를 판단하는 게 불쾌하다고 말하면서 예전의 상태로 되돌아간다. 모욕감이 해결해야 하는 나르시시즘이고, 불쾌감이 불안과 분노라는 사실을 먼저 받아들여야 하는데, 그것을 받아들이기가 고통스럽기 때문에 치료자에게 투사한다.

젊은이들이 고통 앞에서 머뭇거리며 앞으로 나아가지 못하는 이유도 그들 내면에 있는 불안과 나르시시즘 때문으로 보인다. 그들은 고통이 정신을 해체시키고 시련이 생을 무너뜨릴까 봐 두려워한다. 되도록 고통을 피해 쉽고 안전한 길로 가려 한다. 그것 역시 부모 세대가 물려준 태도일 것이다. 어려운 시대를 힘들게 통과한 부모들은 자녀에게만은 자기가 경험한 고통을 물려주고 싶지 않아 자녀들의 삶을 일일이 간섭하고 통제해왔다. 안전한 선택, 위험하지 않은 길을 찾아내 자녀를 안내했다. 그 과정에서 자녀들은 자잘한 어려움을 경험하고 고통을 넘어설 수 있는 기회를 박탈당했다. 마음의 힘을 키울 기회를 잃었다. 부모는 자녀가 고통받을까 봐 두려워하면서 바로 그 불안감을 자녀에게 물려준 셈이다.

인류의 지혜가 담긴 신화를 참고하자면, 신화의 주인공들은 도전과 모험, 그에 따른 시련과 고통을 통해 영웅이 된다. 각 문화의 성인식은 소년이 어른이 되는 과정에서 의식적으로 고통을 경험하게 한 후 삶의 비전을 전수하는 의례이다. 사랑과 용기, 관대함을 가진 성인식 집행자들은 젊은이가 고통받는 과정을 지켜보고 안내하는 역할을 한다. 어떤 문화의 통과의례에서도 청년이 혼자 고통받고 스스로 어른이 되는 경우는 없다. 길을 안내하고 비전을 전수하는 어른이 있어야만 젊은이는 마음놓고 고통 속으로 뛰어들어 어른이 되는 과정을 밟는다. 그렇게 삶의 비전을 전수받은 젊은이는 비로소 어른이 되어 다음 세대를 도울 수 있다.

똑같은 공식이 지금 이곳의 삶에도 적용된다. 우리는 오직 실수와 시행착오를 통해 배우며, 시련과 고통을 경험함으로써 성장한다. 고통은 인간을 더 빨리 의식적으로 만든다. 고통을 받아들일 수 있도록 성격을 확장시키고, 그 경험을 끌어안을 수 있도록 내면 공간을 키운다. 지금 우리 젊은이들에게 필요한 것은 그들이 안전한 길을 가도록 조종하는 어른이 아니라, 그들이 도전과 모험 속으로 뛰어들어 고통을 감당할 수 있도록 묵묵히 지원해주는 어른들이 아닐까 싶다. 어른이 먼저 사랑과 인내, 관대함 등을 갖추고 있어야만 젊은이들에게 그것을 물려줄 수 있다.

마음속에 머물 공간이 있나요?

오래전, 내가 유년기를 보낼 때 당시 부모들은 친구와 다툰 후 울며 귀가한 아이를 안아 달래며 이렇게 말했다. "지는 게 이기는 거다." 친구끼리 놀다가 서로 다투는 것은 당연한 일이니, 그 경험을 어떻게 처리하고 넘어가야 하는가에 중점을 두었던 듯하다. 그들은 아이를 안아 달래면서 이런 지혜를 물려주었다. "참는 사람이 장사다." 말뜻을 제대로 이해하지 못해도 아이는 분한 마음을 가라앉히며 싸움에서 지는 것도 괜찮은 일이라는 인식을 가질 수 있었다. 부모가 안아서 다독여주었던 경험을 내면화시켜 마음속에 스스로를 달랠 수 있는 기능을 간직할 수 있었다.

내가 청춘기 무렵이 되었을 때 당시 젊은 엄마들은 친구와 다툰 후 울며 귀가하는 아이들에게 이렇게 소리쳤다. "왜 만날 맞고 다니느냐? 다음부터는 맞은 만큼 너도 때려줘라." 물론 아이를 안아서 달래주지도 않았다. 부모의 말은 자녀에게 절대적 진리이다. 아이들의 싸움은 복수전처럼 변해가고, 간혹 어른 싸움으로 번지기도 했다. 부모 역시 몰랐을 것이다. 그 행위가 실은 자신이 소화시키지 못하는 감정을 아이들에게 집어던지는 일이라는 것을. 왜 맞고 다니느냐고 소리칠 때는 자기 안의 분노를 아이에게 떠넘겼고, 왜 공부를 하지 않느냐고 잔소리할 때는 내면의 불안을 아이에게 물려주었다. 부모에게서 마음을 달래는 경험을 제공받지 못한 아이는 부모가 했던 것처럼 모든 불편한 감정을 바깥으로 쏟아내는 방법밖에 배우지 못했다.

우리 사회에 불안과 분노가 팽배하다고 한다. 어떤 이들은 우리 사회를 불안사회, 분노사회라고 명명하기도 한다. 하지만 사회라는 유기체가 불안, 분노한다기보다는 그런 감정들을 더 자주, 많이 표현하는 개인들이 있을 뿐이 아닌가 싶다. 그런 개인들이 자기 문제를 외부로 투사하면서, 온 세상이 불안하니까 나도 그렇다는 식의 일반화 방어기제를 사용하는 듯하다. 그런 감정들은 미디어의 발달과 함께 급속히 널리 확산되는 특성이 있다.

우리에게 처음 인터넷 통신이 생겼을 때 그곳은 사람들의 내면을 고스란히 비춰주는 공간처럼 보였다. 그곳에 들어가면 동호회라는 공간이 있어 회원들끼리 내밀하고 개인적인 이야기를 주고 받았다. 그곳에 실린 글들은 누군가 자기를 있는 그대로 인정해주고 지지해주었으면 하고 호소하는 내용들이었다. 통신 문화가 발달할수록 그 안의 공간은 점점 세분화되었고, 그곳에 올라오는 글들은 더욱 내밀한 내용, 더 짙은 감정들을 담고 있었다. 최근에는 개인마다 하나씩 공간을 확보하고는 그곳에 내면 풍경뿐 아니라 일상적 삶 전체를 생중계하는 듯 보인다.

사실 소셜미디어의 중요한 기능 중 하나가 그것일 것이다. 개인들은 혼자서 소화시키지 못하는 감정들을 토로하는 자기표현의 장소로 사용하고 있다. 어떤 이들은 그곳에서 사회적으로 통용되는 자기 모습만을 표현하면서 미화된 자기 이미지를 강화시키는 역할을 한다. 또 어떤 이는 내면의 고통스러운 부분, 사회적으로 용인되지 않는 감정들을 표현한다. 그들은 자기가 연출하는 바로 그 모습 그대로 타인들이 자신을 인정해주기를 부탁하는 것 같아 보인다.

실제로 그곳에서는 인정과 지지, 사랑과 배려 등이 교환되기도 한다. 또한 그 공간은 연약한 개인인 '나'라는 존재가 익명의 군중 속에서 '우리'라는 정체성을 형성하면서 보호받는 듯한 편안함을 느낄 수도 있다. 무엇보다 그곳은 현실에서 잘 소통하지 못하는 이들의 소통 장소가 되기도 한다. 자신에게 일어난 일들을 그저 말하는 것만으로도 저절로 타인과의 관계가 형성되는 듯 보이는 신기한 장소처럼 여겨진다.

하지만 진정한 자기만의 정체성이나 창의성을 확보하려면 그 공간을 개인의 내면으로 옮겨와야 한다. 누구에게나 개방된 열린 공간에다 자기를 표현하는 대신 내밀한 심리적 공간 속에 자신의 경험과 감정을 간직할 수 있어야 한다. 그와 같은 심리적 공간을 카를 융은 테메노스라고 불렀다. '테메노스(Temenos)'는 고대 희생 제의가 치러지던 공간을 말하는데, 융은 그 용어를 개인이 내면에 만들어 가지는 심리적 공간을 지칭하는 용어로 차용해왔다. 내면에 심리적 공간, 의식의 공간이 있어야 부정적인 감정을 담아두고 소화시킬 수 있다. 갈등을 폭발시키지 않고 해결책이 떠오를 때까지 기다릴 수 있고, 그곳에 고요히 머물며 피로해진 정신을 회복시킬 수 있다. 무엇보다 한 개인이 자신의 삶을 이끌어가는 창의성을 발견할 수 있는 곳이 바로 그 공간이다.

테메노스의 핵심은 밀봉에 있다고 한다. 중세 연금술사들은 헤르메스의 그릇이라는 것을 가지고 있었다. 납, 아연, 구리 들을 적절한 비율로 섞어 그 속에 넣고 잘 밀봉해두면 그것이 금으로 변한다고 믿었다. 그들은 연금술의 핵심이 그릇의 밀봉 상태에 달려 있다고 믿었다. 우리나라 발효 식품 문화에서도 밀봉이 관건이다. 밥과 누룩이 변해 술이 될 때까지 열어보지 못하도록 한다. 밥을 지을 때조차 중간에 열어보면 뜸이 잘 들지 않는다. 마음도 마찬가지라고 한다. 경험과 감정, 체험과 정서를 얼마나 내면에 간직해둘 수 있느냐에 따라 그 역량과 풍요로움이 달라진다. 내면에 간직된 경험만이 황금으로 변할 수 있다. 경험과 기억이 섞일 때 통찰이 생기고, 감각과 상상력이 결합되어 창의성이 발현된다. 몇 가지 경험에서 추출된 공통 원칙은 삶을 이끄는 지혜로 쌓인다. 이 모든 유익함은 밀봉된 내면에서만 이루어지는 화학 작용이다. 그런 의미에서 소셜미디어는 절반만 유익하다.

우리가 경험에서 배우지 못하고, 고통을 통해 성장하지 못하는 이유는 내면에 테메노스가 없기 때문이다. 의식의 공간에 경험을 간직하지 못한 채 바로바로 외부로 표출하기 때문이다. 우리에게 아직은 즉각적인 자기표현이 필요한, 치유해야 할 마음의 문제가 많기 때문일 것이다. 우리가 사는 세상은 여전히 지는 사람은 패배자이며, 참는 사람은 바보 취급당하는 듯 보인다. 고통을 통해 성장하는 게 아니라 작은 고통 앞에서도 쉽게 무너진다. 개인도 사회도 무너지려는 마음을 다독여 일으켜 세울 때, 먼저 그 경험을 내면에 간직하고 인내하면서 되새길 수 있는 의식의 공간을 가질 필요가 있다. 내면 공간에 머물 때에만 우리는 경험으로부터 배울 수 있다.

정서적 자기 경계를 갖는다는 것

주변 작가들을 보면 저마다 고유한 작업 방식을 가지고 있다. 어떤 이는 자정부터 집중력을 발휘하여 새벽까지 글을 쓰고 아침에 잠든다. 어떤 이는 번잡한 일상을 벗어나 시골의 고독한 환경 속에서 글을 쓴다. 내 방식은 평범하다. 한밤에 푹 자고 일어나 아침부터 오전 시간을 사용한다. 그 시간에 맑은 정신과 고요한 마음이 유지되기 때문에 일상생활은 정오 이후로 미루어둔다.

몇 해 전 그날은 이상했다. 잠 깨는 순간부터 마음이 어지러우면서 명백한 불안감이 느껴졌다. 차를 마셔도 산란한 마음이 수습

되지 않고, 책상에 앉아도 마음이 고요해지지 않았다. 전날과 다를 바 없는 하루인데 느닷없이 마음에 거센 파도가 일면서 온 신경이 허공으로 분산되는 느낌이었다. 실내를 우왕좌왕 돌아다니다가 나도 모르게 리모컨을 들고 텔레비전을 켰다. 긴급 속보가 전직 대통령의 죽음을 보도하고 있었다. 그 순간 무너지듯 소파에 주저앉으며 아침 내내 나를 휩쓸었던 불안감의 정체를 이해했다. 다음 순간 불안감은 울음과 함께 해소되기 시작했다.

우리 감정이 수직적으로 부모에서 자녀에게로 대물림되는 것처럼, 수평적으로 동시대인 사이에서도 서로 전염된다. 한 사회에 특정 사건이 일어나면 구성원들은 예민하게 서로 정서적인 삼투 현상을 느낀다. 냄새가 저절로 맡아지고 소리가 저절로 들리는 것처럼 불안감이나 분노도 저절로, 고스란히 구성원의 정서 속으로 스며든다. 그것을 예민하게 알아차리는 사람과 알아차리지는 못하지만 그대로 행동화하는 사람의 차이가 있을 뿐이다.

문제는 우리가 외부에서 오는 감정, 정서에 휩쓸려서 불필요한 에너지를 낭비하는 일이 많다는 점이다. 그런 이들은 누군가 화를 내면 곧바로 대응해서 싸움을 일으킨다. 자녀가 불편한 감정을 토로하면 그것을 소화시켜주지 못한 채 짜증으로 반응한다. 친구가 불안한 감정을 표현하면 위로해주기보다는 함께 걱정을 키워간다. 점검되고 이해되지 않은 개인의 감정들은 집단 속으로 번져가면서 마침내 사회 현상처럼 보이도록 만든다.

사회 구성원이 저마다 심리적 자기 경계를 갖지 못했기 때문에 그런 일이 발생한다. 자기 느낌과 타인의 감정, 자신의 소망과 타인의 욕구, 자기 현실과 타인의 삶을 서로 구분하는 능력이 결여되어 있기 때문에 외부에서 오는 자극에 고스란히 휩쓸린다. 소셜미디어의 발달로 인해 감정의 확산 속도는 상상할 수 없을 정도로 빨라졌다. 타인의 행동에 격하게 분노하고, 누군가의 말 한 마디에 불안감의 늪으로 빠져든다. 정보나 패션도 감정의 유행 속도를 따라잡지 못한다. 그것은 자주 사회 전체를 위기로 몰아넣을 듯 위험해 보이기도 한다.

우리에게 심리적 자기 경계가 취약한 이유는 유년기에 견고한 자기 개념을 만들지 못했기 때문이다. 정서적으로 자녀를 침범하는 부모, 아이의 생각이나 의견을 존중하지 않는 부모가 자녀의 심리적 경계를 거듭 무너뜨린다. 자기 걱정을 한없이 자식에게 털어놓는 엄마, 술 취한 채 화내는 아버지의 감정이 그대로 아이에게 전해져 불안과 분노의 감정 공동체를 형성한다. 그런 아이는 자신의 감정을 희생시켜서라도 가족이 평화롭기를 소망한다. 성인이 된 후에는 모든 타인의 감정이 곧바로 심장으로 스며드는 듯한 반응을 보인다.

가부장제 같은 집단 문화도 개인이 자기 경계를 갖기 어렵게 만든다. 우리는 자주 부모의 명예와 가문의 영광을 위해서 살도록 교육받는다. 내 삶과 부모의 삶에 경계가 없고, 내가 할 일과 가문의 업적에 차이가 없어야 한다고 믿는다. 그런 문화에서는 자기만의 감정이나 소망을 갖는 일에 죄의식을 느끼게 된다. 국가와 민족을 칭송하는 사회도 개인의 자기실현 노력을 비겁한 이기주의로 오해하기 쉽다.

정신분석학은 감정의 역전이 현상을 치료 도구로 사용한다. 분석가가 내담자의 무의식에 도달하는 빠른 길은 내면에서 일어나는 역전이 감정을 점검하는 것이다. 부모처럼 돌봐주고 싶은 마음이 일게 하는 내담자의 의존성이나, 비난하고 싶은 마음을 일으키는 내담자의 억압된 분노를 알아차린다. 역전이를 통해 내담자의 무의식을 읽고, 엄격한 중립을 지키면서 무의식을 해석해주고, 무의식의 욕구에 붙은 에너지를 제거하는 치료 과정을 밟는다. 정신분석가에게 가장 큰 금기는 역전이 감정을 행동으로 옮기는 일이다.

자기계발서도 비슷한 행동 지침을 제시한다. 관계 맺기 기술 중 상대방이 가하는 자극에 대해 '멈춰서 생각하라'는 내용을 본 적 있다. 타인으로부터 전해지는 감정적 자극에 반응하지 말라는 뜻이다. 많은 이들에게 '감정적으로 반응하지 않기'가 어려운 이유는 정서적 자기 경계를 지키기가 그만큼 어렵다는 뜻과 같을 것이다. 사실 우리는 타인의 감정적 자극뿐 아니라 평가, 판단, 심지어 글이나 농담에도 격한 정서적 반응을 일으키기 일쑤이다.

뒤늦게라도 정서적 자기 경계를 갖고 싶다면 정신분석가가 치료 현장에서 내담자에게 해주는 작업을 스스로 해보는 방법이 있다. 내면에서 일어나는 느낌을 알아차리는 것, 그 감정이 내면에 뿌리 둔 감정인지 외부에서 전해진 감정인지 구분해보는 것, 내면의 무의식이라면 근원을 찾아내 에너지를 제거하고 외부에서 온 감정이라면 반응하지 않으면서 다만 지켜보는 것.

그것은 실은 불교의 지관 수행법과도 같은 내용이다. 자기 내면을 성찰하고 보살펴본 사람은 알고 있다. 우리가 느끼는 감정의 많은 부분이 실은 자기 것이 아니라는 사실을. 나아가 그 근거 없는 감정이 본래부터 실체가 없는 것임을. 실체 없는 감정에 반응하지 않고 있으면 그것이 마침내 파도처럼 스러진다는 사실을. 그러면 삶의 에너지가 절약되어 보다 창의적인 일에 힘을 쏟을 수 있다는 것을. 하지만 그 모든 일에 선행되어야 하는 것은 심리적 자기 경계를 확립하는 일이다.

요즈음은 경제적 불안감이 사회 구성원들 사이에 번져나가는 게 느껴진다. 중요한 정책을 결정해야 하는 이들도 불안감에 감염된 듯 흔들리고 머뭇거린다. 그런 일을 목격할 때마다 우리에게 필요한 것은 심리적 자기 경계가 아닐까 생각된다. 경제도, 스포츠도, 정치도 실은 마음이 하는 일이다. 한밤에 홀로 깨어 글을 쓰거나, 시골에 틀어박혀 작업하는 작가가 원하는 것도 견고한 정서적 경계를 확립하는 일이다.

감정이 대물림되는 몇 가지 방식

삼십 대 후반의 그 후배 여성은 타인의 호의와 친절을 유도하는 성향을 가지고 있었다. 돌아서서 생각하면 명백하게 의존성이 강한 성격인데도 막상 마주 앉으면 지지와 격려를 건네게 되곤 했다. 그녀는 여러 해를 두고 틈틈이 안부를 묻듯 나를 사용했다. 그녀의 삶이 스스로 알아차리지 못하는 감정 더미에 묻혀 정체되어 있는 게 명백히 보이던 어느 날, 독하게 그녀를 직면시켰다. "왜 아직도 나를 찾아와 이런 것을 달라고 하느냐?" 당시 그녀는 내 말뜻을 이해하지 못했다. 그럼에도 그날부터 자기 삶을 점검하며 마음을 알아가기 시작했다. 몇 달 후 독한 직면의 의미를 이해했다는 편지를 내게 보냈고, 또 몇 달 후 혼자서는 도저히 넘을 수 없는 지점을 만난 것 같다고 전화했다.

다시 만났을 때 그녀는 자기가 어떤 부모 환경에서 양육되었는지부터 알아나가는 중이라고 말했다. 그녀의 아버지는 고향이 함경남도 흥남이었다. 열네 살 때 남자 형제들만 흥남 철수의 길에 올랐다. 아버지는 평생토록 고향이나 전쟁에 대해 한 마디 언급도 않으셨는데 딸이 묻자 처음으로 이야기를 꺼냈다. 전쟁, 14세, 피난, 낯선 환경에서의 생존 등 그녀는 처음으로 아버지의 삶을 세밀하게 떠올려보았다. 그런 이야기를 할 때 그녀에게서 건너오는 슬픔이 미미하게 느껴졌다. 나는 분위기를 조금 가볍게 하기 위해 '굳세어라 금순아'라는 대중가요를 언급했다. 그녀는 그 노래조차 들은 적이 없었다. 스마트폰으로 검색하더니 낮은 목소리로 노랫말을 읽었다. "눈보라가 휘날리는 바람 찬 흥남……." 그녀에게서 건너오는 슬픔의 감정이 조금 강해진다 싶었는데 그녀가 문득 휴대전화를 덮었다.

"이건 나중에 혼자 있을 때 읽어야겠어요."

그녀가 고개 드는 순간, 내면에서 느껴지는 슬픔을 회피하는 순간, 그 모든 것이 고스란히 내게로 건너왔다. 폭포수를 뒤집어쓰는 듯한 슬픔이 온몸을 감쌌다. 어지럼증이 지나가면서 거짓말처럼 눈물이 흐르기 시작했다. 눈 주변 근육이 마비된 듯 눈물이 제어되지 않았다. 눈물을 훔치며, 울음 섞인 목소리로 나는 그녀에게 슬픔의 투사 현상에 대해 말해주었다.

"지금 내가 느끼는 이 슬픔은 방금 네가 회피한 것이다. 그리고 네 내면에 간직되어 있으면서 홍남이라는 단어조차 제대로 읽지 못하게 만드는 그 슬픔은 네 아버지가 외면해온 것이다."

이야기하는 동안 내 슬픔은 서서히 가라앉았고, 내게서 떠난 감정은 그녀에게 되돌아갔다. 회피했던 슬픔을 받아안은 후 그녀는 오래 눈물을 흘렸다. 그녀와 나를 울린 슬픔은 그녀의 것도, 나의 것도 아니었다. 그녀 아버지의 슬픔이 그녀에게 대물림된 것이고, 잠시 내게 전염되었던 것이다.

부모가 해결하지 못한 감정의 문제들이 고스란히 자녀에게 대물림된다는 사실은 이제 누구나 알고 있다. 대표적으로 우리가 이해하는 감정의 전달 방식은 '동일시'이다. 부모가 세상 그 자체인 시기에 아이들은 부모 행동을 고스란히 흡수하듯 배운다. 폭력을 경험한 아이는 돌아서서 자기보다 약한 자에게 폭력을 행사하고, 잔소리를 듣고 자란 아이는 돌아서서 누군가에게 똑같은 잔소리를 쏟아낸다. 양육자가 스스로 처리하지 못한 채 자녀에게 쏟아내는 감정들을 자녀는 고스란히 자기의 일부로 만드는 것이다. '공격자와 동일시'라는 개념은 히틀러를 가능하게 한 당시 독일인들의 심리를 설명하는 용어로도 사용된다.

부모가 해결하지 못한 감정의 문제를 자녀에게 물려주는 또 한 가지 방법은 '투사'이다. 부모가 내면 깊숙이 억압해놓고 스스로 인정하지 않는 감정들, 외부로 표현된 적도 없는 감정이 은밀하게 자녀에게 전달되는 방식이다. 전쟁 세대 부모들은 자주 자식을 나태하고 흐리멍덩하고 나약해 빠졌다고 못마땅해 한다. 처음에는 그것이 삶의 환경 차이 때문이라 생각했다. 부모 세대는 절박한 생존 문제 앞에서 성실하고 강인하게 살아야 했고, 자녀 세대는 그렇게까지 살 필요가 없기에 차이가 있는 것이라 여겼다. 자기보다 좋은 환경에서 자라는 자녀들을 무의식적으로 시기하는 언어인 듯도 했다. 하지만 본질적으로 그것은 부모의 그림자가 자녀에게 투사되는 방식이었다. 성실하고 강인하게 살면서 회피해온 반대편 감정들이 고스란히 자녀에게 전해져 자녀의 성격 일부가 되어 있었다. 못마땅해 하는 그 순간까지도 부모들은 자기 내면의 부정적 감정들을 자식에게 떠넘기는 중이라는 사실을 알지 못하고 있었다.

우월한 자리에 서서 자녀를 심판하고 평가하는 부모 역시 본인의 수치심과 죄의식을 자녀에게 떠넘기는 행위를 하는 것이다. 자녀가 마음에 흡족하지 않을 때마다 서로 "당신 닮아서 그렇다."고 말하는 부모는 어렵게 존재 증명을 해야 했던 자신의 불안감을 자녀에게 떠넘기는 셈이다. 표현되지 않는, 은밀한 부정적 감정을 물려받은 자녀는 탈출구를 찾기 어렵다. 그 자녀 역시 부모를 이상화하면서 자기를 비난하는 시선을 갖게 되기 때문이다.

부모가 해결하지 못한 심리적 문제가 자녀에게 대물림되는 또 다른 방식은 '투사적 동일시'이다. 부모가 자녀에게 아무런 행동도, 언질도, 표현도 하지 않아도 한 사람의 감정이 그냥, 고스란히 주변에 전해지는 현상이 있다. 앞서 언급한 이야기에서 내가 후배 여성의 슬픔을 고스란히 느꼈던 것처럼. 정신분석 현장에서 분석가가 경험하는 이런 현상을 학자들은 오래도록 언급하지 않았다. 과학적으로 증명할 수 없기 때문이었다. 멜라니 클라인, 윌프레드 비온 같은 학자가 그런 사례들을 언어화하고 '투사적 동일시'라는 용어를 붙인 것은 최근 일이다. 심리학자 아치발트 하트는 그런 현상을 '감정의 전염'이라고 명명했다. 세밀하게 느끼든, 둔감하게 넘어가든 우리는 늘 주변 사람들의 감정에 영향을 받는다. 사회적으로 불행한 일이 생기면 전염된 듯 불행감이 번지고, 슬픈 일이 생기면 다 함께 슬퍼한다. 가족 내에서는 그런 작용이 한결 정치하게 일어난다.

부모 세대가 자녀 세대에게 심리적으로 나쁜 것들을 물려주었다는 사실에 대해 불편함을 느끼는 이들이 있다. 본인으로서는 최선을 다했고 자녀에게도 흡족한 환경을 만들어주었기 때문이다. 하지만 바로 그것, 자기 마음이나 행동을 성찰하기 전에 불편함부터 표현하는 태도가 자녀를 힘들게 만들었다는 사실을 알면 좋을 것이다.

독이 든 양분, 독이 되는 부모

부모의 양육 방식이 자녀의 심리적 삶에 절대적 영향을 미친다는 사실은 정신분석학의 틀이 만들어지던 초기부터 밝혀진 일이다. 제2차 세계대전이 끝난 후 영국 정신분석학자 안나 프로이트, 도널드 위니콧 등은 전쟁을 경험한 아이들의 특별한 심리를 알아차리기 시작했고, 전문가들에게 의뢰해 그들을 어떻게 돌볼 것인가를 연구했다. 부모나 대체 양육자의 정서적 돌봄이 아이의 삶에 결정적 영향을 끼친다는 이론은 제2차 세계대전 이후 미국에서 현실 검증을 거쳤다. 전쟁고아를 수용하는 시설에서 아기들에게 규칙적으로 우유를 주고 기저귀를 갈아주었지만 아기들은 이유 없이 죽어갔다. 1년이 지나자 80퍼센트의 아기가 사망했다. 그 시기에 반대 사례도 있었다. 병원에서 포기한 병든 아기를 수용 시설 양육자 할머니가 살려낸 일이었다. 그녀는 아픈 아기를 늘 품에 안거나 등에 업고 생활하면서 잠시도 몸에서 떼어놓지 않았다. 양육자의 정서적 온기가 아이의 정신뿐 아니라 육체적 삶까지 좌우한다는 사실이 밝혀진 셈이다.

정신분석학이 부모의 양육이 자녀의 정신 형성에 절대적 영향을 끼친다는 사실을 밝혀나가는 동안 부모가 반드시 좋은 역할만 하지 않는다는 점도 동시에 밝혀졌다. 부모가 항상 옳다는 전제군주적 양육 방식이 잘못되었으며, 부모의 잘못된 양육에 해악을 입은 자녀가 성인이 된 후 삶에 문제를 일으킨다는 사실이 드러나기 시작했다. 전문가들은 알고 있었던 그 지식이 대중의 보편적 상식으로 자리 잡기까지는 시간이 좀 걸렸다. 그 일의 맨 앞에 윌프레드 비온의 유엔 연설이 있다.

1960년대 중반 유엔에서는 영국 정신분석학자 윌프레드 비온을 초청하여 부모의 양육 방식이 자녀의 삶에 끼치는 영향에 대해 듣는 자리를 마련했다. 그때 비온이 한 말은 정신분석학 역사에 한 획을 긋는 선언으로 기록된다.

"이 세상에는 실제로 나쁜 부모가 존재합니다."

부모 중심으로 편성된 세상에서 아이를 지배, 판단, 통제하는 입장에 있던 부모로서는 받아들이기 어려운 말이었을 것이다. 저

문장은 21세기 우리나라 부모들도 받아들이기 어려워하는 게 틀림없어 보인다. 이따금 부모의 잘못된 양육 방식을 일깨우는 내용의 공익광고를 만나는 때가 있다. "아동폭력 가해자의 80퍼센트는 부모입니다."라거나 "엄마는 나를 사랑합니다, 내가 말을 잘 들을 때만." 그런 카피와 함께 슬퍼하는 아이의 영상이 텔레비전 화면에 비치곤 했다. 그때마다 혼자 놀라는 마음이 되었다. 카피는 참인 명제이고 우리에게 꼭 필요한 상식이지만 대중이 그것을 받아들일 수 있을까 염려하는 마음이 일었다. "내가 옳고 선하고 정당하다."는 나르시시즘적 자기 인식조차 깨지 못한 문화인데 저렇게 크고 강한 것을 내밀면 이제 한 발 내딛기 시작한 자기 성찰 분위기가 역풍을 맞은 듯 움츠러들지 않을까 걱정되었다. 아니나 다를까, 그런 광고는 한두 번 비치다가 슬그머니 자취를 감추었고, 그때마다 혼자 또 그 배경을 궁금해했다.

미국 심리학자 수잔 포워드는 1980년대 말에 《유독한 부모들(Toxic Parents)》이라는 책을 출간했다. 부모의 나쁜 양육 방식에 의해 자란 결과 성인이 된 후의 삶에서 고통받는 이들을 치료한 임상 경험을 토대로 저술한 책이었다. 그 책에서 저자는 자녀에게 독이 되는 부모를 몇 가지 범주로 나누어 설명한다. 전지전능한 입장에서 아이들을 심판하고 벌주는 부모, 기본적인 양육 의무를 방기하는 부모, 매사에 아이를 조종하고 통제하는 부모, 알코올중독자인 부모, 잔인한 말로 상처 주는 부모, 물리적 폭력을 휘두르는 부모. 저자는 유독한 부모에 의해 고통받는 자녀들이 부모로부터 독립하고 스스로를 돌보는 방법까지 구체적으로 소개하고 있다.

이 책이 미국에서 널리 읽힌 결과 국내에 번역 출판된 시기는 1990년대 말이었다. 그때 우리나라에서는 부모가 나쁠 수도 있고, 부모의 양육이 자녀에게 독이 될 수도 있다는 사실을 상상조차 할 수 없던 상황이었다. 당시에는 정신분석이라는 학문 분야에 대해 보편적이고 바른 인식조차 정립되지 않았다. 출판사에서는 국내 상황을 감안한 탓인지《유독한 부모들》이라는 제목 대신《흔들리는 부모들》이라는 제목을 달아 책을 소개했다. 그 책은 입소문을 타고 꾸준히 읽히는 스테디셀러가 되어 10년이 지난 후 새로운 표지로 재출간되었다. 그때는 우리 사회 분위기도 조금 달라져 비로소《독이 되는 부모》라는 제목을 사용할 수 있었다. 책 제목 하나만 두고 보아도 우리가 얼마나 천천히, 그리고 어렵게 스스로를 성찰해가고 있는지 짐작할 수 있다.

미국 정신분석학자 마이클 아이건은《독이 든 양분(Toxic Nourishment)》의 결론 대목에서 이렇게 말한다.

"그럼에도 불구하고 우리는 서로에게 양분을 주며 살아간다. 아이를 낳아 기르고, 창조 활동을 하고, 도시와 문화를 건설하고, 그 모든 노력들에 애정과 양분을 준다. 양분을 주는 우리의 노력이 사회적이고 심리적인 독소를 포함하고 있고, 우리 자신도 다양한 독을 지니고 있다는 사실은, 우리가 직면하지 않으면 안 되는 일종의 도전이다."

이 책은 대놓고 나쁜 부모 이야기가 아니라, 상식적인 부모의 사랑 속에 은밀하게 내포된 독성에 대한 분석을 담고 있다. 1999년 미국에서 출간되었는데 당시 미국에서도 양육 속에 독이 포함될 수 있다는 사실을 받아들이기가 어려운 도전이었음을 짐작하게 된다. 《독이 든 양분》 역시 출간 10년 만에 국내에 소개되었다. 지금이야 그 분야 전공자들이 읽겠지만 머잖아 입소문을 타고 꾸준히 읽히는 스테디셀러가 되면 다시 10년쯤 후, 우리도 양육에 독이 포함되어 있음을 직면하는 용기를 낼 수 있지 않을까, 소박한 기대를 품어본다.

아이들에게 밥 주는 문제, 젊은이들의 최저 임금을 두고 갈등하는 어른들을 보고 있으면 '독이 든 양분, 독이 되는 부모'가 선연하게 이해된다. 그들도 틀림없이 독이 든 양분을 먹고 자랐을 거라는 사실도 짐작하게 된다. 부부싸움의 도구나 구실로 사용되는 아이들의 무의식에는 피할 수 없는 죄의식과 부적절한 존재감이 자리 잡는다고 한다. 자녀 양육을 두고 "누구 탓인가?"를 시비하는 부모를 보는 정신분석가들은 알고 있다. 처음부터 그런 질문은 잘못된 것임을.

부모가 먼저 변화해야 한다는 것

한 해를 마감하면서 기쁜 소식을 들은 적이 있다. 후배 여성이 딸의 대학 합격 소식을 전해왔다. 그 소식이 특별히 반가웠던 이유는 후배의 딸이 고등학교 입학 한 달 후부터 등교를 하지 않은 채 침대에만 누워 지내는 중증 우울증 상태가 시작되었기 때문이다. 그녀의 딸은 중학교 때까지 리더십 강하고 활발한 학생이었다. 특별히 아빠의 사랑을 많이 받는 딸이었고, 엄마는 딸이 원하는 모든 것을 해주었다. 그녀는 가끔 딸이 공주처럼 굴면서 엄마를 시녀처럼 부려먹는다고 느끼기도 했다. 외형적으로는 아무 문제없는 평온한 가정이었다. 후배는 처음에 아이가 학교에 가지 않는 이유를 알지 못해 답답했다.

아이는 종일토록 아무 말도, 아무 일도 하지 않은 채 침대에 누워 있었다. 엄마가 아이를 차에 실어 강제로 학교에 데려다주면 아이는 금세 조퇴하고 돌아와 방에 처박혀 울었다. 엄마는 다시 아이를 심리 상담 선생님께 데려갔다. 아이를 상담실에 밀어 넣고 밖에서 기다리다가 끝나면 데려오곤 했다. 학년이 끝날 때마다 수업 일수가 부족할까 봐 날짜를 계산하면서 아이를 학교로 데려다주었다. 그 고단한 노력을 3년 동안 하면서 아이는 조금씩 변화했고, 무사히 고등학교를 졸업했을 뿐 아니라 대학에도 진학했다.

후배와 통화하면서 딸의 문제를 해결하는 과정에서 제일 어려웠던 점이 무엇이었는지 물어보았다.

"내가 딸을 그렇게 만들었다는 사실을 인정하는 게 제일 어려웠어요. 그걸 인정하는 데 일 년 이상 걸렸어요. 지금도 딸한테 너무 미안해요."

이제는 넘어선 과정임에도, 그 이야기를 꺼내는 목소리가 울먹였다. 사실 그녀는 나와 함께 책을 읽고 이야기 나누던 독서 모임 일원이었다. 처음 만났을 때 그녀는 정서적으로 전혀 소통할 줄 모른다는 인상을 주었다. 이쪽에서 어떤 이야기를 건네든 박해적으로 받아들였고, 어떤 대답을 하든 방어적 언어로 표현했다. 그녀는 왜곡된 소통 방식으로 딸을 얼어붙게 만들었다는 사실을 천천히 이해하기 시작했다. 이를테면 하교한 딸이 "엄마, 저기 학원

옥상에서 어떤 오빠가 떨어져서…….” 그런 이야기를 꺼내면 딸의 말을 끊으며 “쓸데없는 일에 신경 쓰지 마.” 하는 식으로 대응했다. 아이가 두려움이나 불안 때문에 그런 말을 한다는 사실을 알지 못했고, 아이 마음을 읽어주고 불편한 감정을 달래주어야 한다는 사실도 몰랐다. 아주 어린 시절부터 딸은 엄마로부터 감정적으로 달램을 받거나 정서적으로 소통하는 경험을 해본 적이 없었다. 후배 여성도 부모로부터 그런 것을 받지 못한 채 정서적으로 내면이 얼어붙은 상태에 있었기 때문이다.

그녀에게 또 물어보았다. 딸의 문제를 해결하는 과정에서 결정적 고비를 넘겼다고 생각되는 지점이 어디였는지.

“내가 딸과 감정적으로 거의 한 몸이라는 게 명백하게 보이던 지점이었어요. 내가 화난 상태에서 그것을 참고 있을 때면 딸이 금세 우울해지는 게 보였어요. 내 마음이 편안할 때는 딸도 안정된 상태를 유지했고요. 그때 분명한 깨달음이 왔어요. 내가 건강해지면 딸이 낫겠구나.”

그녀는 자신이 딸을 정서적으로 얼어붙게 만들었다는 사실을 안 이후 딸에게 건네던 통제의 언어를 거두었다. 잔소리, 야단치기, 걱정하는 말투 같은 것. 그럼에도 답답한 노릇은 그다음에 어떻게 해야 하는지 알 수 없다는 점이었다. 감정을 읽어주고 공감해주는 일을 어떻게 하는지 몰라, 딸이 말을 건넬 때마다 당황하면서 침묵하는 자신을 발견했다. 그럴 때면 어김없이 딸이 우울해지는 게 보였다. 그렇게 서로의 감정을 알아차려 가면서 그녀는 분명한 깨달음에 도달했다. 딸을 낫게 하려면 내가 먼저 건강해져야 하는구나. 그때부터 그녀는 심리 상담에 적극적으로 임했다.

우울증이나 폭력 문제로 자녀를 심리 상담실로 밀어 넣는 부모에게, 전문가들은 부모가 함께 치료받아야 한다고 권한다. 사실 아이들은 스스로 자기 문제를 이해할 만한 자아도, 문제를 해결할 만한 주체성도 만들어지지 않은 상태이다. 상황을 이해하고 버텨낼 힘이 있는 어른이 먼저 변화해서 뒤늦게라도 아이를 보살펴주어야 한다. 무엇보다 자녀들은 부모의 정서를 고스란히 흡수하여 동일시하기 때문에 어른이 달라지면 아이들은 저절로 변화한다.

후배는 심리 상담을 받으며 얼어붙었던 정서가 풀리기 시작했다. 딸이 어떤 말을 건넬 때 그 마음이 무엇인지 이해할 수 있게 되었고, 딸이 느끼는 불편에 대해서도 달래주는 말을 할 수 있게 되었다. 무엇보다 그녀는 정서적으로 엄마 역할을 해주지 못한 점에 대해 딸에게 진심으로 사과했다. 그녀가 내면의 감정 문제를 하나씩 해결해나갈 때마다 진짜 편안해지는 사람은 딸이었다. 딸뿐만 아니라 가족 모두가 변화했다.

후배에게 마지막으로 물어보았다. 자신과 같은 입장의 부모에게 들려주고 싶은 말은 없는지. 그녀는 한숨을 내쉬었다.

"무슨 말을 해야 할지 엄두가 안 나요."

문제 해결 과정이 지난하기 때문이 아니라, 어떤 말을 한들 알아듣지 못할 것이기 때문에 엄두가 나지 않는다고 했다. 그녀 주변에도 비슷한 자녀 문제를 겪는 학부모들이 있었다. 그들에게 심리 상담 이야기를 꺼내보았지만 다들 귓등으로 흘렸다. 대신 자녀를 대안 학교로 전학시키거나 검정고시 준비로 방향을 돌렸다. 자녀 문제를 해결하기 위해 부모가 먼저 치료받아야 한다는 말은 누구도 이해하기 어려울 거라고 했다.

현장에서 일하는 상담 전문가들로부터 자주 듣는 말이 있다.

"우리 젊은이들이 참 어려워요."

그들을 둘러싼 외적 상황도 어렵지만 내면에서 겪는 심리적 문제가 어렵다는 뜻이다. 그들은 왜 마음이 그토록 고통스러운지 이유조차 모르는 채 어려움을 겪고 있다. 심리 문제의 대물림 현상에 대해 프랑스 정신분석학자 세르주 티스롱은 이렇게 말했다.

"부모 탓에 자기도 모르게 인성이 왜곡된 2세대 부모는 그 자녀에게 전체적으로 뒤틀린 거울 역할을 하는 셈이다. 손자 세대에 이르면 부모 세대와 동일한 장애가 나타나는데, 그 증세는 훨씬 심각하다. 이런 장애들의 공통적 특징은 외견상 아무 이유가 없어 보인다는 점이다."

후배 여성의 딸은 요즈음 댄스 스포츠를 배우고, 운전면허 시험을 보고, 친구와 함께 여행 계획을 세우고 있다. 돌이켜보면 기적 같은 일이다.

실패 경험에서 배우기

독서 모임에서는 아프고 슬픈 이야기뿐만 아니라
실패와 좌절의 경험도 이야기한다. 실패가 두려워
무슨 일을 할 때마다 손에 땀이 날 정도로 긴장한다는 것,
심지어 시도조차 하지 않는다는 사실을 고백한다.
모든 이의 내면에는 성장기 동안 무슨 일인가를 잘하지 못했다는
이유로 지나치게 비난받고 야단맞은 경험이 있다.
그것이 당사자의 잘못이 아니라 잘못된 양육 문화의 문제임을 인식하면
무력감을 벗어내고 새롭게 도전하는 용기를 낼 수 있다.
무엇보다 실패 경험에서 소중한 통찰을 만날 수 있다.
실패를 두려워하는 게 아니라 사랑받지 못할까 봐 두려워했다는 것,
이제는 타인의 인정을 구할 게 아니라
자기가 스스로를 인정하고 사랑해야 한다는 것.

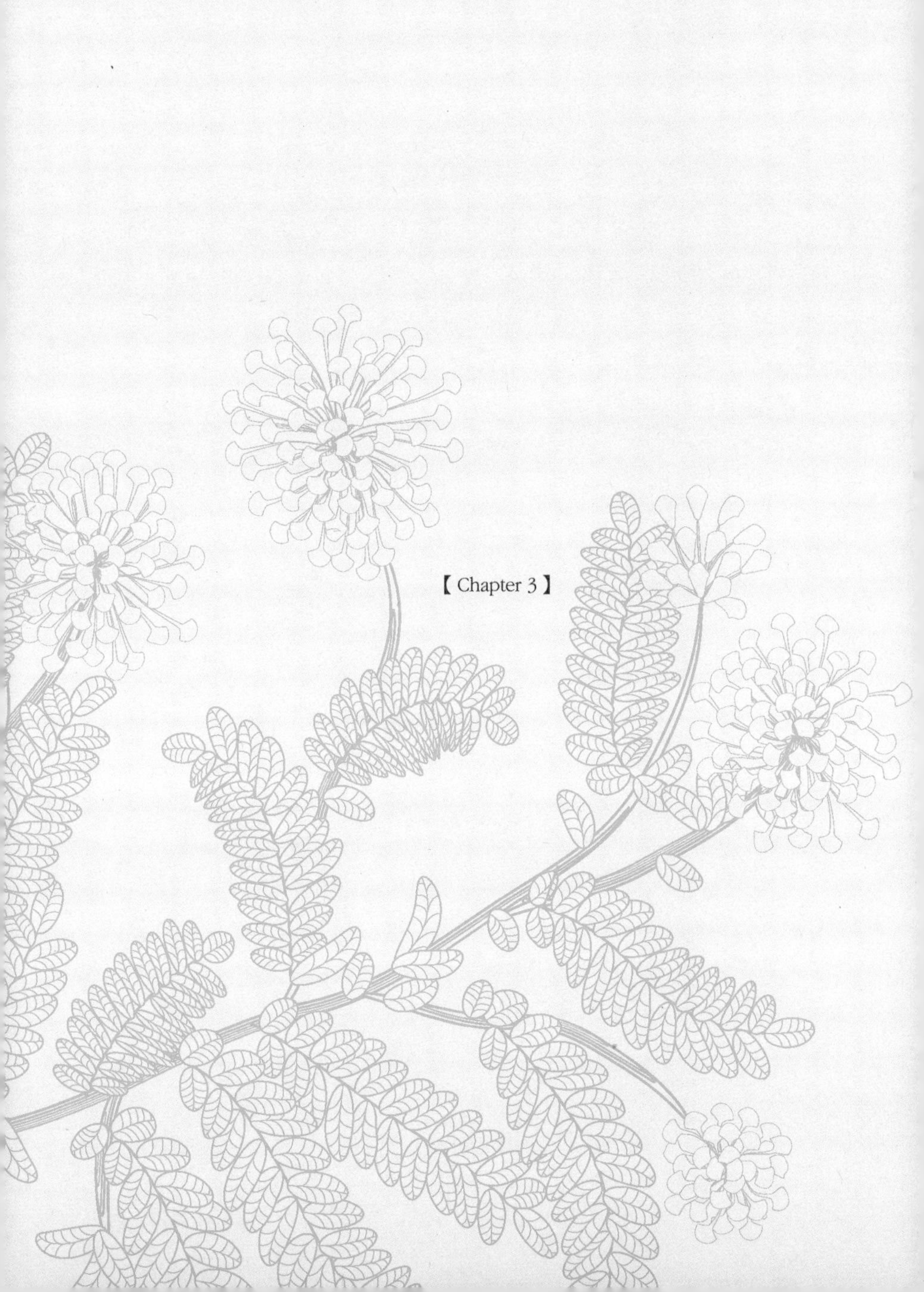

【 Chapter 3 】

생의 에너지는 어디서 얻나요?

그녀는 만날 때마다 시골에 계신 부모님 이야기를 했다. 부모님께 안부 전화를 드리면 막판에는 늘 어머니의 불같은 분노로 끝맺게 된다고 했다. 명절 선물을 노골적으로 불만족스러워했고, 남편과 아기가 있는데도 쌀쌀한 날씨에 보일러를 틀지 못하게 했다고 서운함을 토로했다. 그러면서도 그녀는 어떻게든 착한 딸 노릇을 하려고 애썼다.

한동안 부모와 관계를 단절해보면 어떻겠느냐고 제안하면 오히려 나를 이상한 눈길로 바라보았다. 처음에는 효도 이데올로기에 함몰되어 있는가 싶었다. 다음에는 부모와 심각한 상호 의존 관계에 있어 박해하는 대상이 필요한가 싶었다. 1년 이상 같은 이야기를 반복해서 들은 후 처음으로 질문을 던져보았다.

"부모가 부자예요? 부모한테서 받을 유산이 많아요?"

꽤나 깊은 무의식을 자극하는 질문이었던 듯하다. 그녀는 온순한 말투로, 그러나 문득 울음기 섞인 목소리로 대답했다.

"그러면 생의 에너지를 어디서 얻어요?"

저 말을 들을 때 나는 많이 놀랐다. 눈을 크게 뜨고 그녀를 바라보았지만 그녀는 변함없이 순종적인 태도로 앉아 있었다.

가끔 생의 에너지가 어디서 오는가 묻는 후배들이 있다. 그 젊은이들은 내면에서 남몰래 무기력과 싸우는 경우가 많았다. 마음에는 소망하는 바가 있지만 몸이 움직여지지 않고, 다른 삶을 살고 싶지만 변화를 꾀할 힘이 없었다. 두 가지 서로 다른 욕망이 내면에서 갈등하는 것을 경험하느라 거의 탈진한 듯 보였다. 그들의 무기력은 일견 게으름처럼 보이기도 하고 가끔은 우울증처럼 보이기도 했다. 생의 에너지는 어디서 얻는지 물을 때조차 그들은 한숨처럼 가느다란 목소리를 냈다.

우리는 보통 삶의 목표에서 에너지가 나온다고 알고 있다. 목적지가 있기 때문에 기차가 달리고, 발원을 세우면 원력이 나온다고 말한다. 그것을 프로이트의 언어로 표현하면 결핍감에서 욕망이 나오고, 욕망에서 욕동이 나온다는 것과 같은 의미일 것이다.

욕동 즉 생의 추진력에는 상반되는 두 가지 에너지가 있다. 에로스와 타나토스, 자기 보존 본능과 자기 파괴 본능이다. 누구의 내면에서나 사랑과 불안감이 서로 싸우고, 소망과 시기심이 대립하고 있다.

우리 사회는 오래도록 타나토스 영역의 에너지를 삶의 추진력으로 사용해왔다. 식민지의 분노, 전쟁의 불안, 가난의 복수심 등을 에너지로 사용하여 거의 한 세기를 달려왔다. 그리고 이제 탈진한 듯 보인다. 타나토스 영역의 에너지를 사용하면 밖으로 성취하는 것만큼 안으로도 내상을 입기 때문이다. 각 개인이 중년의 위기에서 맞는 무력감도 타나토스 영역의 에너지를 삶의 추진력으로 사용한 결과라고 한다.

우리 사회도 중년의 위기와 비슷한 처지에 다다른 듯 보인다. 거듭 불안한 상황을 맞이하고 되돌이표 궤적을 그리는 것은 결핍감과 복수심을 추진력으로 사용하기 때문이 아닐까 싶다. 피로감을 호소하며 보양식에 집착하는 중년들도, 어딘가 탈진한 듯 보이는 우리 사회도 저 젊은이들처럼 생의 에너지는 어디서 오는지 묻는 듯하다.

프로이트 이후 대상관계 학자들은 생애 초기 중요한 타인이 한 사람의 정서에 더 많은 영향을 준다는 이론을 발전시켰다. 아기는 생애 초기 엄마에 대한 집착에서 벗어나 세상을 탐험하러 나가는 시기를 맞는다. 엄마를 등지고 몇 걸음 걸어나가는 아기는 문득 멈춰 서서 엄마를 뒤돌아본다. 엄마가 거기 있다는 것, 자기를 지켜보고 있다는 것을 확인한 후에야 다시 몇 걸음 걸어나간다.

어느 순간 엄마 모습이 보이지 않으면 아기는 그 자리에 주저앉아 울음을 터뜨린다. 그러고는 한 걸음도 나아가지 못한다. 엄마에게 떨어져 먼 곳까지 놀러나가는 유년기의 어린이도 주기적으로 엄마에게 되돌아와 그 곁에서 쉰다. 엄마와 신체적 접촉을 시도하고, 엄마의 관심을 끌어 웃음 띤 환호를 받고자 한다. 그렇게 마음에 에너지를 채워 다시 세상 속으로 뛰쳐나간다.

생의 에너지가 어디서 오는지 묻는 젊은이들은 무의식에서 저 유아기의 좌절 상태에 머물러 있는 경우가 많아 보인다. 어떤 이는 유아기에 주저앉아 울음을 터뜨린 상태로 성장이 멈춘 것처럼 보이기도 한다. 그런 이들에게 생의 가장 중요한 목표는 의미 있는 타인과 안정된 애착 관계를 맺고 그들의 사랑을 받는 것이다. 몸은 성인이 되었지만 독립된 개인으로서 자기만의 생을 만들어가야 한다는 개념을 갖지 못한 상태에 있다. 삶의 목표가 없기 때문에 생의 에너지도 없다.

무기력한 상태에 머물면서 "빨리 늙었으면 좋겠다."고 말하는 젊은이들을 보면 진심으로 미안한 마음이 인다. 그들의 부모인 우리 세대가 타나토스 영역의 에너지를 사용하여 생을 이끌어나가는 동안 알게 모르게 그들에게 불안과 분노가 섞인 양분을 제공했을지도 모른다고 생각한다.

실제로 자기 내면을 들여다본 후 후배 여성들은 이렇게 말한다. "내 불안감의 절반은 엄마 거네요." 앞서 말한 여성도 어떠한 이유에서 유년기에 안정된 사랑과 지지를 주는 엄마의 보살핌이 부족했다. 자신이 엄마가 된 지금도 엄마 무릎에 앉아 쉬면 생의 에너지를 얻을 수 있다고 믿는 유아기의 좌절감에 사로잡혀 있다. 물론 무의식에서.

사람들은 무수히 많은 목표를 세우지만 흔히 작심삼일이라고 말하는 시기를 맞게 된다. 내면에서 에로스와 타나토스 영역의 에너지들이 대립하면서 무력감이 밀려온다. 이를테면 이렇게 하면서까지 담배를 끊어야 하나, 노력한다고 목표가 반드시 성취된다는 보장도 없지 않은가 하는. 내면에서 그런 갈등이 인다면 생의 에너지가 어디서 오는지 질문해보면 좋을 것이다. 타인의 사랑을 받기 위해서가 아니라 자기 생을 만들어나가기 위해 힘을 내야 한다는 사실을 환기하면 어떨까 싶다.

무력감으로 인해 꼼짝 못 하는 젊은이들에게는 의미 있는 타인을 찾아내 유익한 관계를 맺도록 제안한다. 편안하고 배울 것 많은 사람을 만나 천천히 생을 배워나가면 된다고 말한다. 독서 모임처럼 동일한 목표를 지닌 이들의 자조 모임에 가입하는 것도 한 가지 방법이 된다. 모임은 그 자체가 중간 공간의 역할을 하면서 구성원의 성장과 발전을 돕는다.

진정한 생의 에너지는 이타성에서 나온다고 한다. 이타적인 유전자가 인류를 살아남게 한다는 진화심리학자들의 연구, 사랑이 가장 힘이 세다고 제안하는 세계 종교의 지혜가 그 명제를 뒷받침한다. 유아기 좌절에 사로잡혀 있거나 타나토스 영역의 에너지를 사용하는 이들은 자기가 결핍되어 있다고 느끼기 때문에 이타적인 마음을 내기가 참 어렵다. 그 마음이 에너지 고갈의 악순환을 초래한다. 젊은 친구들에게 억지로라도, 그냥 마음만이라도 이타적인 생의 목표 한 가지를 마음에 새겨보라고 권한다. 그들은 빈 마음만 내는 그 일도 어려워한다. 우리 사회도 그럴까 봐 두렵다.

사랑은 자랑하지 아니하고

✤

도올 김용옥 선생님은 어린 시절 어머니로부터 매일 일정 분량의 성서 구절을 외우는 숙제를 받았다고 한다. 소년 김용옥은 어느 날 성서 구절 하나 때문에 깊은 고민에 빠진다. "마음이 가난한 사람은 복이 있나니……."라는 구절이었다. 어린 철학자는 온 지혜를 동원해 '마음이 가난하다'는 말뜻을 이해하려고 노력한다. 원로 철학자가 된 선생님이 기독교 유적을 찾아 이집트를 여행하면서 쓴 책에 묘사되어 있는 유년의 기록이다. '마음이 가난하다'는 말뜻을 이해하기 위해 애쓰는 소년을 상상하면서 슬그머니 웃었던 기억이 있다. 내게도 비슷한 경험이 있었기 때문이다.

성장기에 내 뒤통수에 매달려 있었던 구절은 "사랑은 자랑하지 아니하고……."였다. 어린 시절에는 누구나 그렇듯 상장을 자랑하고, 진기한 학용품을 자랑하고, 저마다 가지고 있다고 생각하는 재능을 자랑하도록 독려받았다. 그런 일이 있을 때마다 "사랑은 자랑하지 아니하고"라는 구절이 떠오르면서 뒤통수가 땅겼다.

자랑하지 않는 것과 사랑하는 것 사이의 관계를 이해한 것은 인간 심리를 공부한 이후였다. 한 사람이 내보이는 자랑질은 다른 모든 사람에게 결핍감을 선사하고, 결핍감은 즉각 그들 내면에 억압된 시기심을 촉발시킨다는 것을 알게 되었다. 자랑, 박탈감, 시기심, 분노, 공격으로 이어지는 메커니즘이 얼마나 빈틈없이 작동하는지 일상에서 목격할 때마다 놀라웠다. 신데렐라를 구박하는 이복 언니들만 나쁘다고 할 수가 없었다. 아름다움과 선함, 행운까지 독차지한 사람을 만나면 누구나 신데렐라의 언니처럼 될 만했다. 자본주의 시장은 자랑하기와 시기하기를 주요 마케팅 전략으로 사용한다.

프로이트는 '페니스 엔비'라는 용어를 제안하며 시기심이 여자들이 남자의 특정 신체 부위에 대해 느끼는 결핍의 감정인 것으로 설명한다. 프로이트 다음 세대 학자인 멜라니 클라인은 시기심이 출생 직후 엄마의 젖가슴을 상대로 촉발되는 감정이라고 제안한다. 엄마가 좋은 것을 불룩하게 많이 가지고 있으면서 아기에게 조금씩 제한적으로 준다고 느끼는 감정에서 비롯된다는 것이다.

근원이 어디에 있든 시기심은 분노보다 냉혹한 감정이다. 분노는 사랑이 먼저 있고, 그것이 충족되지 않았을 때 사랑하는 대상을 향해 촉발되는 감정이다. 시기심은 특별한 이유나 특정 대상 없이, 불특정 다수를 향해 무차별적으로 발산된다. 시기심이 파괴적인 이유는 무엇보다 먼저 자기 자신에게 가장 나쁘게 작용하기 때문이다.

몇 해 전, 즐겨 시청했던 텔레비전 프로그램이 있다. 경쟁을 통해 한 명의 모델이나 디자이너를 선발하는 외국 프로그램이었다. 예심을 통과한 열 명 남짓의 후보자가 동일한 조건에서 재능을 선보이면서 한 명씩 탈락하고 마지막으로 최종 우승자 한 명이 선발되는 과정을 보여주었다. 그 프로그램을 즐길 때 내 관전 포인트는 그들이 펼쳐 보이는 재능이 아니었다. 동일한 시공간에서 서로 경쟁하게 된 낯선 이들이 의식적, 무의식적으로 사용하는 생존법, 경쟁 전략 등이었다.

그 프로그램을 시청한 결과에 따르자면, 탄복할 만한 재능을 가진 이가 언제나 우승자가 되는 것은 아니었다. 그런 이들은 경쟁 초기에 두각을 나타내다가 어느 순간 무너지기 십상이었다. 쉽게 타인들의 시기심의 표적이 되어 따돌림당하거나 이유 없는 분노를 뒤집어쓰기도 했다. 그렇게 마음이 흔들리면 다음 경쟁에서 제 기량을 발휘하지 못한 채 무너졌다. 물론 시기심을 표출하거나 모함과 공격을 경쟁 전략으로 사용하는 사람도 오래 살아남지 못했다. 그런 사람은 재능을 발휘하는 데 사용하는 에너지보다 타인을 시기하고 공격하는 데 더 많은 에너지를 쏟으면서 재능을 낭비했다.

본래의 목적보다는 남들에게 잘 보이면서 좋은 관계를 맺는 데 많은 신경을 쓰는 이도 있고, 모든 타인을 말벌 떼처럼 여기면서 양보나 배려 없는 경쟁에 몰입하는 이도 있었다. 타인에게 인정받는 것을 주요 생존법으로 사용하는 사람은 타인의 평가라는 틀에 갇혀 옴짝달싹 못 하기도 했다. 제한된 공간에서 집약적으로 비춰지는 경쟁 전략은 우리가 현실의 삶에서 날마다 사용하는 생존법 바로 그것이었다.

역설적이게도, 치열한 경쟁의 장에서 최종 우승자는 대체로 경쟁하지 않는 사람, 자랑하지 않는 사람이었다. 그들은 주변 사람들에게 신경 쓰지 않고, 타인들의 갈등에 휩싸이지 않은 채 고요한 내면 상태를 유지하려 애쓰는 듯 보였다. 불필요한 감정 에너지를 퍼 올리지 않는 그들이야말로 '마음이 가난한 사람'이 아닐까 싶었다. 마음으로 다양한 심리 전략을 사용하는 이들이 빠르게 정신 에너지를 소진해가는 동안 그들은 고요하게 비어 있는 마음에 새로운 경험을 쌓아갔다. 그런 이들은 경쟁 과정에서도 발전하는 모습을 보였고, 최종 우승자가 된 후에도 자신의 부족함을 말했다.

멜라니 클라인은 시기하는 사람의 심리적 해법으로 "자기가 가진 좋은 점들 알아차리기, 그 좋은 것들에 대해 감사하기, 시기하는 대상으로부터 배우기" 등을 제안한다. 시기당하는 사람이 가진 아름다움과 덕목들은 그 사람이 인내와 노력으로 얻은 것이라는 사실을 받아들이는 것이다. 시기당하는 사람을 위한 해법도 있다. "외부의 시기심과 공격에 맞닥뜨리더라도 자신의 선함과 아름다움을 놓지 않을 것."

"내가 홍길동이다!"라면서 자신을 과시하는 문화, 남보란 듯이 살아주겠다며 벼르는 문화에 젖어 "사랑은 자랑하지 아니하고"라는 구절을 이해하기 어려웠는지도 모르겠다. 물론 내 미욱함이 더 큰 잘못이다. 그럼에도 권력형 '갑질'이나 과시적 소비를 성찰하면서 조금씩 부끄러워하는 우리 사회의 모습은 고마운 변화로 보인다. 인간사 길흉화복 변화를 64괘의 상징으로 풀이한《주역》은 "오직 겸괘(謙卦)만이 모든 좋은 것을 가진다."고 기록하고 있다.

앞서 언급한 김용옥 선생님의 책은《큐 복음서》이다. 지금 수중에 없어 정확한 내용을 인용할 수 없지만 선생님의 글을 내 방식대로 이해한 바에 따르면 '마음이 가난하다'는 상태를 불교의 아공(我空)이나, 도교의 무위(無爲)와 같은 맥락으로 설명한 것으로 기억된다. 그것은 또한 "모든 좋은 것을 가진다."는 주역 겸괘와 같은 자리의 일이 아닐까 싶다.

삶에 필요한 몇 가지 용기

그 후배 여성은 아버지의 폭력 피해자였다. 그 아버지는 아내도, 다른 자식도 때리지 않았는데 유독 큰딸에게만 폭력을 행사했다. 무언가 잘못한다는 이유에서였다. 집 안에 회초리를 마련해두고 잘못하는 일을 발견할 때마다 아이에게 직접 매를 가져오게 했다. 맞는 게 두려웠던 아이가 장롱 뒤편으로 회초리를 숨기자 "이게 안 맞으려고 별 꾀를 다 쓴다."면서 딸의 눈앞에서 PVC 관을 잘라 새 회초리를 만들었다. 관 위에 청테이프를 감으면서 "이렇게 때리면 자국이 남지 않는다."고도 말했다.

처음 만났을 때 그녀는 스물일곱 살이었다. 노출이 심한 옷차림에, 18세기에서 온 듯 온순한 태도를 취했다. 그 온순함은 온 힘을 다해 아버지의 폭력에 적응한 결과였다. 대신 그녀는 초등학교 5학년 때부터 술을 마셨다고 말했다. 스물일곱 살에 이미 매일 술을 마시지 않고는 견딜 수 없는 상태에 놓여 있었다. 물리적인 폭력을 행사하는 남자와 파괴적인 연애 중이었고, 극단적 자기 파괴 충동 속에서 고통받고 있었다. 다행인 점은 그녀가 자신을 구하기 위해 한발 내디딘 상태라는 점이었다. 그로부터 약 6년 동안 나는 그녀가 자신을 치유하고 구원하는 과정을 곁에서 지켜보았다. 변화를 모색하는 고비마다 그녀는 힘겹게, 온 힘을 다해 용기를 쥐어짜곤 했다.

후배 여성에게 필요한 첫 번째 용기는 '고통을 직면할 수 있는 용기'였다. 자신이 꽤 착하고 옳은 사람이라는 나르시시즘적인 자기 이미지를 벗어내고, 알코올로 회피해온 내면의 고통과 직면했다. 가족의 희생양이었던 유년기의 공포를 경험하고 표현하면서 눈물 흘릴 수 있는 용기를 냈다. 아프고 슬프고 지질한 과거가 있어도 괜찮고, 다만 그것이 삶에 걸림돌이 되지 않도록 애도하고 떠나보낼 수 있도록 노력했다.

용기(courage)라는 단어는 심장(coeur)을 뜻하는 프랑스어에 어원을 두고 있다고 한다. 심장이 뇌와 팔다리로 피를 보냄으로써 신체 기관이 작동하도록 하듯 용기는 정신의 모든 미덕이 가능하도록 하는 근원이다. 용기가 없다면 삶의 가치들을 실천하거나 이행할 수 없다. 우리가 한 걸음 성장하기 위해서 반드시 필요한 것도 용기이다.

그녀에게 필요했던 두 번째 용기는 '불안을 이겨낼 수 있는 용기'였다. 아버지에게 맞으면서도 그 아버지에 대한 의존성을 버릴 수 없었던 유년기의 감정을 알아차리고, '사랑하기 때문에 폭력을 행사한다'는 잘못된 메시지를 지워냈다. 폭력적인 남자친구와 헤어지기 위해 노력하고, 나쁜 남자와 상호 의존하는 성향을 버렸다. 의존할 사람을 성급하게 찾는 대신 혼자 있을 때 불안을 이겨내는 법을 배웠다. 한 번씩 불안을 넘어설 때마다 내면에서 마음의 힘이 조금씩 커지는 것을 경험해나갔다.

용기는 무기력이나 절망감의 반대 개념이 아니다. 키르케고르, 니체, 사르트르 등 많은 철학자가 용기를 '절망감에도 불구하고 앞으로 나아갈 수 있는 능력'이라고 정의했다. 개인이든 사회이든 우리를 둘러싼 환경이 늘 불안하거나 절망적이기 때문이다. 진정한 용기에는 성찰과 저어함이 동반된다. 머뭇거림 없이 돌진하는 행동은 만용이며, 무의식의 공포를 감추기 위한 행위이다.

후배 여성이 마음으로부터 찾아낸 세 번째 용기는 '실패를 감당할 수 있는 용기'였다. 그녀는 대학에서 전문 분야를 공부했지만 내가 만났을 때는 전공과 무관한 단순 반복 업무를 하고 있었다. 사실 디자인이나 요리에 재능이 있었고 그 분야에서 자기 삶을 개척하고 싶다는 소망도 있었다. 하지만 막상 창의적인 일을 하려면 실패에 대한 두려움 때문에 손끝 하나 움직일 수 없었다. 격려나지지는커녕, 작은 실수에도 매를 맞았던 유년의 공포에서 한 발도 벗어나지 못한 상태였다. 나는 그녀에게 쿠션 커버를 만들어달라고 부탁했다. 그녀는 온순한 태도로 그러겠다고 대답한 후 거의 열 달쯤 지나서야 결과물을 가지고 왔다. 기대 이상의 솜씨였지만, 예상보다 깊은 공포의 늪을 지나왔다고 말했다. 어쨌든 그런 방식으로 그녀는 잠재력과 창의성을 한 뼘씩 표현해나가며 새로운 자기 개념을 만들어갔다.

우리가 용기를 발현시키기 위해서는 내면에 확고한 자기 개념과 자기 존중감이 있어야 한다. 용기는 미덕이나 충성심 같은 정신 가치가 아니다. 그 모든 것의 밑바닥에 존재하면서 미덕과 충성심에 현실감을 부여하는 뿌리가 된다. 용기가 없으면 사랑은 단순한 의존이 되고, 용기가 없으면 충성심은 순응주의에 불과해진다.

그녀가 마지막으로 성취한 용기는 '자기 자신으로 존재할 수 있는 용기'였다. 성찰과 치유를 시작한 지 2년쯤 후 그녀는 새로운 삶의 목표를 세우고, 그 분야로 이직했다. 예전보다 임금은 적어졌지만 삶 속에서 배울 수 있는 기회가 많아졌다. 하지만 더 깊이 내면을 성찰해보니 요리나 커튼 만들기는 유아기 소망이었다. 그런 일을 잘하면 엄마처럼 아버지의 사랑을 받을 수 있을 거라 기대한 매 맞는 아이의 생각이었다. 그녀는 다시 한 번 용기를 내어 유아기 소망을 버렸다. 그런 다음 처음으로 자기 자신으로만 존재하면서 새로운 삶의 비전을 모색했다. 그녀는 또 한 번 용기를 내어 상담 심리학 대학원에 진학했다.

우리의 삶은 늘 무엇인가를 선택하는 과정들이다. 그 고비마다 선택하는 용기와 포기하는 용기를 내어야 한다. 선택한 대상에 헌신할 수 있는 용기를 내어야 하고, 포기한 대상들을 애도하고 떠나보낼 수 있는 용기를 내어야 한다. 그런 용기와 헌신, 애도와 연민의 마음들이 모여 우리의 존엄성과 삶을 만들어간다. 일찍이 폴 틸리히는 "용기는 존재 그 자체와 직결되는 요소"라고 말했다.

후배 여성이 용기를 내어 자신을 변화시켜온 과정이 위에 기술된 순서에 따라 순탄하게 이루어진 것은 아니다. 그것은 스위치백 구간을 오르는 열차처럼 용기와 무기력, 진보와 퇴보를 거듭하는 기나긴 과정이었다. 폭력을 행사하는 남자친구와 헤어지는 데 1년 이상 걸렸고, 자기 내면의 힘을 믿는 데는 3년쯤 필요했다. 알코올로부터 걸어 나오는 데는 5년이 소요되었고, 새로운 진로로 들어선 것은 최근 일이다. 그 모든 과정에서 그녀는 온 힘을 다해 용기를 짜냈다. 그것은 또 하나의 영웅 스토리이다.

자기 삶의 바깥에서 서성이는 사람들

그 후배 여성은 서른다섯 살이 되는 새해에 회사에 사표 내고, 남자친구와도 헤어진 후 외국 여행을 떠났다. 첫 목적지는 알래스카였다. 성장기에 꿈꾸던 알래스카 설원을 밟은 다음 아메리카 대륙을 남으로 횡단하리라 계획했다. 나는 여행 떠나는 그녀를 격려했다. 이별에 따른 애도 작업도, 중년을 맞이할 마음의 준비도 필요해 보였다. 휴식과 재충전의 시간을 보내고 돌아오면 중년기 이후의 삶을 건강하게 펼쳐나갈 거라 기대했다.

예상과는 달리 그녀는 외국에서 5년을 살았다. 처음에는 알래스카 설원이나 뉴욕 뒷골목 사진에 안부를 적어 보냈다. 남아메리카 원주민 여성이 한 땀 한 땀 엮어 만든 공예품을 보내기도 했다. 그러다가 남미의 한 나라에 멈추어 더 이상 움직이지 않았다. 그곳에서도 삶을 이어가는 것 같았지만 얼마 전, 마흔 살이 되는 새해에 귀국하여 안부를 전할 때까지 그녀는 낯선 사람들과 어울려 낯선 문화에 몸을 담근 채 4년 이상 시간을 보냈다. 그녀는 외부 세계에서 시간이 흐르고 있다는 사실을 의식하지 못하는 듯했다. 귀국하여 만났을 때 그녀는 이국땅에서의 삶에 대해 이렇게 말했다.

"매일 내 손으로 상을 차리고, 나를 먹이곤 하는 일이 의미 있었다. 가족에게 돌아가면 이렇게 엄마에게 상도 차려드리고, 엄마한테 잘해드릴 수 있겠구나 싶었다."

여행 떠나기 전 그녀는 엄마에게 화를 많이 내는 딸이었다고 덧붙였다. 그녀가 스스로 성취했다고 여기는 것 위로 재를 뿌리려는 의도는 아니었지만 나는 냉정한 진실을 건넸다. 아무리 멀리 떠나 있어도, 예전에 해결하지 못한 문제는 그곳에 고스란히 남아 있을 거라고. 며칠 후 그녀는 근황을 전했다. 일주일도 지나지 않아 마음이 불편해지고, 한밤에 혼자 목 놓아 우는 자신을 발견했다고.

후배들 중에는 삶이라는 커다란 울타리 바깥에서 서성이면서 시간을 다 보내는 듯한 이들이 있다. 외국을 여행하다 보면 낯선 땅에 2, 3년씩 머무르면서 일 없이 시간을 흘려보내는 이들을 더러 만난다. 몸은 국내에 있지만 외국을 떠도는 사람처럼 생을 흘려보내는 젊은이들은 더 자주 맞닥뜨린다. 그런 이들을 만날 때마다 그들이 생에서 확보하지 못한 기능이 비단 의존성을 끊는 문제만이 아니겠구나 싶었다. 그들은 세 가지 개념을 충분히 내면화시키지 못한 듯 보인다. 자립, 자율, 자유.

자립은 유아기적 심리적 의존성에서 벗어나지 못한 이들이 도달해야 하는 목표이다. 그들은 성인이 된 후에도 자기 삶을 살아가기보다는 부모에게 잘해드리고 싶어 하고, 엄마에게 집을 사드리거나 아버지 자동차를 바꿔드리고자 한다. 그렇게 하면 예전에 못 받았다고 느끼는 사랑을 지금이라도 받을 수 있을 거라 기대한다. "어린 시절에 못 받은 사랑은 어디서 받아내야 하나요?"라고 질문하는 여성도 있다. 그런 이들은 환갑이 될 때까지도 자기 인생을 살기보다 부모에게 사랑받기 위해 노력한다. 하지만 그 자녀들과 상호 의존 관계에 있는 부모 역시 내면에 결핍의 구멍을 가진, 만족할 줄 모르는 이들이다. 아무리 애써도 원하는 사랑을 받지 못한다는 사실을 깨닫고 분노하게 될 때까지 헛된 노력을 되풀이할 뿐이다. 어떤 이유로든 부모에 대한 애착이나 분노의 마음을 버리지 못했다면 그것은 심리적으로 자립하지 못했다는 뜻이다.

자율은 스스로 삶을 만들어나갈 수 있는 역량을 말한다. 자기 삶의 목표를 세우고, 그 목표를 이루기 위해 실천해나가야 하는 규칙을 스스로 정한다. 삶의 세목들을 행동에 옮기면서 작은 목표들을 성취할 때마다 그것이 삶을 풍요롭게 만들고 자존감을 키운다는 사실을 알아차린다. 작은 실천과 성취들이 모여 삶에 가치를 부여한다는 사실을 염두에 두면서 스스로 삶을 운영해나가는 역량을 자율성이라고 한다. 하지만 어떤 젊은이들은 성인이 된 후에도 누군가 자기 삶의 실천 항목들을 제시해주기 바란다. 오래도록 학교가 수업 시간표를 만들어주고, 부모가 과외 스케줄을 짜주었기 때문에 성인이 된 후 외부 규칙이 없어지면 일상의 갈피를 잡지 못한다. 그런 이들은 친밀감을 나누는 대상과도 적극적으로 통제 관리하는 관계를 맺는다. 상대가 구속당한다고 느낄 만큼 일일이 간섭하고 통제하면서 상대방도 그렇게 대해주기를 원한다. 조종하는 행위 전체를 사랑이라고 여긴다.

자유는 큰 개념이다. 한 개인의 삶의 문제에 국한하여 말한다면 자기 삶이 온전히 자신의 결정에 달려 있다는 의미이다. 삶은 선택의 문제이며, 그 결과를 마음껏 향유하고 스스로 책임지면 된다는 사실을 이해하는 일이다. 하지만 젊은이들은 타인의 시선을 의식하면서 대외적으로 멋져 보이는 삶을 꿈꾸거나, 세상이 정해둔 틀 속에 자기 삶을 맞추려 노력한다. 삶에 준비되어 있는 여러 요소를 마음껏 시도하지도, 그 열매를 흠뻑 맛보지도 못한다. 자유를 두려워한다기보다는 책임을 두려워한다는 게 옳을 것이다. 스스로 삶을 책임지기 두려워하면서 내면에 빅 브라더를 초청한다. 누군가 힘 있는 대상이 자기 삶의 최종 관리자가 되어 책임과 승인을 이행해주기 바라며 자유를 반납한다.

젊은이들이 자립, 자율, 자유를 성취하지 못하는 배경에는 그들 부모 역할이 지대해 보인다. 자식이 자립하려 하면 배은망덕이라며 뒷덜미 잡는 부모, 자식이 자율성을 연습하려 하면 말 안 듣고 제멋대로 군다고 여기는 부모가 있다. 자식이 자유를 향유하려 하면 그 결과를 책임질 수 있느냐며 협박하는 부모도 있다. 외국에서 떠도는 젊은이들을 볼 때면 그들이 혹시 구속하고 간섭하는 부모로부터 멀리 떠난 게 아닐까 싶을 때도 있다.

그런 삶 역시 그들의 자유이고, 스스로 책임지면 되지 않느냐고 되물을 수 있다. 그렇다면 세 가지 항목을 체크해보아야 한다. 일, 사랑, 돈의 문제에서 잘해나가고 있는가. 일은 그가 사회 구성원으로 잘 기능한다는 반증이 된다. 노동으로 돈을 벌어 경제적으로 자립할 수 있는가는 어른이 되었다는 중요한 척도이다. 주변 사람들과 친밀한 관계를 맺으면서 정서적으로 안정된 상태를 유지할 수 있다면 심리적으로 잘 기능한다는 의미이다. 세 가지 측면에 문제가 없다면 어디서 어떻게 살든 당사자의 자유일 뿐이다.

서른 살에 친구 문제로 고민한다는 것

젊은이들과 만나는 자리에서 가끔 친구 문제에 대해 질문을 받는다. 가학적인 친구 관계를 끊지 못하는 경우, 이기적인 친구 때문에 늘 소극적인 분노 상태에 있는 젊은이들을 본다. 그러면 우선 이렇게 대답한다. "서른 살에도 친구 문제로 고민한다는 것은 시기 착오적이다." 그런 다음 사마천의 《사기(史記)》 '계명우기(鷄鳴偶記)' 편에 나오는 네 종류의 친구 이야기를 해준다. 적우, 일우, 밀우, 외우.

적우(賊友)는 도적 같은 친구로 자기 이익을 위해 친구를 사귀는 사람을 말한다. 이런 친구는 상대가 더 이상 내 이익에 도움이 되지 않는다고 판단하면 관계가 소원해진다. 일우(昵友)는 즐거운 일, 어울려 노는 일을 함께하는 친구이다. 적우나 일우는 친구의 어려움을 떠안을 마음이 없고, 나쁜 일이 생기면 상대방을 탓하기 십상이다. 밀우(密友)는 친밀한 마음을 나누는 친구이다. 비밀 이야기를 할 수 있고 내밀한 어려움을 부탁하며, 상대의 어려움을 내 것처럼 느낄 수 있는 단계이다. 외우(畏友)는 서로 경외하는 친구이다. 존경하면서 장점을 배우는 친구, 허물을 말해주면서 도와 덕을 함께 닦을 수 있는 친구를 말한다.

계명우기의 네 가지 친구는 정신분석학에서 제안하는 인간 정신의 발달 단계와 동일한 궤적을 그린다. 적우는 초기 발달 단계와 관련이 있다. 출생 직후부터 인간은 부모에게 전적으로 의존해야만 하는 시간을 보낸다. 그 시기 아동은 부모를 착취적으로 사용한다. 부모가 자기 닮은 아기를 보며 나르시시즘적인 기쁨에 빠져 있는 동안 부모의 자원을 도적처럼 이용한다. 이 시기의 아기는 부모를 마음껏, 편안하게 사용할 수 있어야 건강한 정신 발달을 이룰 수 있다.

어떤 사람이 성인이 된 후에도 타인과의 관계를 자기 이익만을 위해 사용한다면 그는 초기 발달 단계에서 부모에게 충분히 의존하지 못했다는 뜻이다. 생존과 성장을 위해 부모에게 편안히 의존하고자 하는 욕구가 충족되지 못한 채 무의식에 남아 있다는 의미다. 해결되지 못한 의존 욕구는 당사자를 추동하여 이기적인 대상관계를 맺도록 만든다. 상대방을 마음대로 사용하고, 상대방의 물건을 마음대로 가져도 된다고 믿으며, 아무리 많이 받아도 만족할 줄 모르는 사람이 되도록 한다.

일우는 사춘기 발달 단계와 관련된다. 사춘기가 되면 부모 세계를 벗어나 친구와 즐거운 시간을 보내고 싶어 한다. 심리적으로 부모로부터 독립하면서 친구를 새로운 동일시 대상으로 삼는다. 거울처럼 친구를 보고 배우면서 친구와 함께 여행, 캠핑 등 즐거운 활동을 한다. 그렇게 세상을 탐험하면서 자기 세계를 확장해하고 자신감, 의리, 창의성 등 정신 역량을 키운다. 사춘기 아이들이 그토록 반항하는 이유는 부모 세계로부터 벗어나기 위해서이다. 정 떨어지는 행동을 해야 정을 뗄 수 있다고 믿으며, 혹시 뒤따를지도 모르는 부모의 보복을 두려워하기 때문이라고도 한다.

가끔 어떤 남자는 한 가정의 가장이 되었으면서도 가족보다 친구를 더 좋아하고, 친구와 더 많은 시간을 보내고자 한다. 아이가 아픈 시기에도, 아내가 피로를 호소해도 친구 전화를 받고 바로 외출하는 남편에게 실망한 아내들 이야기를 드물지 않게 듣는다. 그런 이들은 여전히 사춘기 발달 단계에 머물러 있다는 뜻이며, 사춘기에 제대로 친구 관계를 맺지 못한 트라우마가 내면에 있을지도 모른다. 어쩌면 가장 역할을 피하기 위해 친구 핑계를 대는, 아내의 적우일지도 모르겠다.

밀우는 청춘기 발달 단계와 관련된다. 청춘기가 되면 누구나 연애를 꿈꾸며 세상에서 가장 친밀한 한 사람을 갖고 싶어 한다. 그 친밀한 사람과 함께 내밀한 소망과 욕망에 관한 이야기를 나누고 싶어 한다. 친밀한 대상관계를 맺는다는 것은 원가족을 떠나서 자기만의 가정을 갖는다는 의미와 연결된다. 친밀감을 유지하기 위해 노력하면서 인내, 배려, 헌신 등의 정신 기능을 획득해간다. 스스로 만들어가는 친밀한 관계는 성장기의 결핍과 좌절을 보살펴주는 기능을 한다. 친밀한 관계 속에서 나누는 보살핌은 한 사람의 정신을 성장시켜, 주변에 사랑을 나누어줄 줄 아는 사람이 되도록 이끈다.

가끔 아내의 사랑을 두고 아들과 경쟁하는 남편, 남편의 사랑을 듬뿍 받는 딸을 시기하는 아내를 본다. 아들을 낳은 후 아내가 자기에게 관심이 없다고 불평하는 남편, 시어머니에게 효도하는 남편을 보며 소외감을 느끼는 아내는 모두 친밀감에 무능한 사람인 셈이다. 주도적인 태도로 친밀감을 주고받아야 함에도 그저 아기처럼 수동적인 태도를 취한다는 뜻이다. 밀우의 범주 속에는 정서적 친밀감을 나누는 동성 친구도 포함된다. 하지만 친밀한 동성 친구에게 고착된 사람은 가끔 이성과의 친밀한 관계에 관심이 덜하다는 부작용이 있다. 그것은 여전히 사춘기적 일우 단계에 머물러 있다는 뜻처럼 보이기도 한다.

외우의 자격은 사회생활을 하는 성인이면 반드시 획득해야 하는 정신 기능이다. 사회 구성원으로 살아가려면 먼저 공동체 구성원을 존중하는 마음이 필요하다. 선배들의 지혜를 배우고, 사회에 통용되는 질서와 관습을 습득하는 자세를 가져야 한다. 잘못을 범하면 빨리 개선하고 허물을 말해주면 감사하는 마음으로 받아들일 수 있어야 한다. 존경하면서 배울 수 있는 친구나 선배를 만날 수 있다면 사회생활의 절반은 성공한 셈이다. 서른 살에 가학적인 친구 문제로 갈등하는 일이 시기 착오적이라고 말한 이유가 거기 있다.

세상에는 네 가지 친구가 혼재되어 있다. 어떤 친구는 필요할 때 찾아와 필요한 것만 챙겨서 떠난다. 어떤 친구는 술자리나 게임 자리에 불러내고, 어떤 친구는 내밀한 이야기를 하염없이 털어놓으며 무의식적 치유 작업을 꾀한다. 어떤 친구는 그 삶의 모습만으로 가르침을 주고 허물을 알아차리도록 일깨워준다. 한 사람의 내면에도 네 가지 친구 요소가 존재할 것이다. 친구가 많다는 사실을 자랑하며 그것을 인간성의 척도쯤으로 여기는 이의 친구 그룹에도 네 가지 친구가 섞여 있을 것이다. 개인뿐 아니라 집단과 조직들도 네 가지 방식으로 서로 관계를 맺는 듯 보인다. 유기체와 같은 사회도 네 가지 발달 단계에 따라 생성 변화하는 듯 보인다. 우리 사회는 어느 발달 단계쯤에 위치하는지 혼자 생각해본다.

수치심과 죄책감을 안은 채 살아가기

우리가 자주 사용하는 관용구 중에 "남부끄러워 못살겠다."거나, "남 보란 듯이 잘 살아주겠다."는 표현이 있다. 나라에 불행한 일이 생기면 "국가적 망신이다."라고 여기기도 한다. 우리가 사용하는 저 모든 문장에는 우리를 지켜보는 외부의 시선이 있다는 사실이 전제되어 있다. 그 시선이 우리를 판단하거나 평가할 자격이 있다고 느끼고, 그 시선에 의해 우리의 가치가 좌우된다는 믿음이 들어 있다. 심지어 그 시선이 우리보다 강하고 선하다고 느끼는 무의식까지 있다. 그런 관점을 가진 사람들은 자신에게 일어난 불행한 사건을 해결하고 그 경험에서 소중한 지혜를 배우는 일에 무능하다. 그들은 하루빨리 사건을 덮어두고, 문제가 없는 듯한 겉모습을 꾸미고, 남들 눈에 그럴듯하게 보이는 치장에 집중한다. 그런 태도는 자신이 열등한 존재라는 무의식에 갇히는 결과가 되며 병적인 수치심과 죄책감 속에 머물러 있도록 만든다. 물론 불행한 사고가 끊이지 않는 원인이기도 하다.

세월호 참사에 대해 우리는 슬픔과 분노의 감정과 함께 죄책감과 수치심을 느끼고 있다. 슬픔과 분노가 진정되면서 죄책감과 수치심이 한결 생생해지는 것 같다. 지나친 죄책감을 떠안은 이들은 거듭 "미안하다, 우리 모두가 잘못했다."고 말하고, 수치심을 경험하는 이들은 "국치(國恥), 부끄러운 일이다."라는 표현을 사용한다. 죄책감을 느끼는 이들은 "그런 일이 일어나다니 믿을 수 없어. 어쩌자고 그런 일이 일어났을까." 생각한다. 그것은 우리의 가치를 높게 평가하고 있었기 때문에 생기는 감정이다.

우리가 경험하는 불행한 사건과 우리가 인식하는 나르시시즘적 국가 이미지 사이의 간극에서 발생하는 감정이 죄책감이다. 수치심은 자신의 가치를 낮게 평가하고 자신의 존재 자체를 부끄럽게 여기는 일을 말한다. 우리가 자주 쓰는 관용구 '남세스럽다'는 수치심을 전제로 하는 언어이다. 죄책감도 수치심도 실은 "우리가 괜찮지 않다."라고 인식하기 시작한 결과이다.

인간이 느끼는 모든 감정이 그러하듯 죄책감과 수치심에도 건강한 단계와 병리적 단계가 있다. 건강한 죄책감은 자신의 실수를 인정하고, 결과에 책임을 지며, 실수를 회복할 수 있다고 믿을 뿐 자기가 사악한 사람이라 여기지 않는 감정이다. 병리적 죄책감은 자신이 절대로 실수하지 않는 사람이라고 믿으며, 자신이 완벽하고 선하다고 여기며, 그래서 세상의 기본적인 규칙들을 위반하기도 하는 마음이다. 건강한 수치심은 자신의 한계를 인정하고 도움이 필요한 존재라는 사실을 인식하는 감정이다. 자신이 유한한 존재이며 잘못을 범할 수 있으며, 실수를 통해 개선될 수 있다고 믿는다. 하지만 병리적 수치심은 자신의 존재 자체가 선하지 않고 잘못되어 있다고 여기는 마음이다. 자신과 타인을 함부로 판단하고 평가하면서 모든 것을 마땅치 않게 여기는 지나친 도덕주의를 낳기도 한다.

사회적으로 성공한 사람들 중에는 과도한 수치심과 죄책감을 추진력으로 하는 이들이 많다. 그들은 세상 사람들의 존경을 받는 지도자의 위치에 있으며 겉보기에 유능하고 자신만만하며 확신에 차 있다. 하지만 그런 이들일수록 내면에서는 정반대의 감정을 경험하고 있기 십상이다. 자주 열등감, 소외감, 공허감 등에 시달리면서 자신의 성취에 대해 회의를 느낀다. 그들은 성장기에 존재 자체만으로 사랑받은 게 아니라 그들이 성취한 것으로 사랑받은 이들이다. 부모 마음에 드는 행동을 했을 때, 학업 성적이 좋았을 때, 대회에서 상을 받았을 때만 사랑받은 경험이 그들을 성취지향적으로 만들었다. 잘못을 야단칠 때 아이에게 죄의식을 심어주는 부모, 실수를 비판하면서 수치심과 모욕감을 함께 준 교육 환경도 그들을 만드는 데 일조했을 것이다. 그리하여 어떤 성공한 사람은 실은 비난, 수치심, 죄책감에 발꿈치가 물릴까 봐 맹렬히 달리고 있는 셈이다. 그러니 아무리 사회적으로 성공하고 멋진 모습을 꾸며도 진정으로 원하는 사랑이나 존중을 얻을 수는 없다. 그 사실이 다시 그들을 부끄럽게 만든다. 건강한 자기애나 자기존중감은 외부에서 얻는 게 아니라 내면에서 만들어 가지는 자질이라는 것을 그들은 여전히 알지 못한다. 우리는 사회적으로 성공한 사람들에게 더 큰 리더십과 공동체 의식, 역사 의식을 기대한다. 하지만 그런 이들일수록 자기의 이익만을 추구하는 개인주의적 특성을 보이는 점에 거듭 실망하곤 한다. 사실 그들의 성공 비밀이 개인적 결핍감이나 수치심에 있다는 사실을 알면 그다지 놀랄 일도 아니다.

지금 우리 사회는 성공한 사람이 경험하는 공허한 내면 같은 정서에 물들어 있는 듯 보인다. 그동안은 스스로를 "괜찮다."고 여기는 나르시시즘을 추진력으로 하여 달려왔다. 간혹 우리는 한두 명의 스포츠 스타가 이룬 성취를 마치 국가적 성공처럼 여기기도 했다. 단지 축구에서 이겼을 뿐인데 마치 우리나라가 세계를 제패한 것처럼 도취되기도 했다. 세계 일류를 꿈꾸며 가장 크고 높고 빠르고 강한 무엇인가를 이루어내면서 그 사실을 다시 추진력으로 삼았다. 우리의 내면이 나약해서 병리적일지라도 나르시시즘적 추진력이 필요했을 것이다. 하지만 이제는 그 뒷면을 직시해야 할 때가 되었다. 술 소비량, 자살률, 이혼율, 교통사고 사망자 수, 명품 소비량, 악플의 나라 등 객관적으로 우리가 괜찮지 않다는 지표들을 바로 보아야 한다. 우리가 불편해하는 사회 현상들이 곧 성공한 사람이 드러내는 반전의 모습에 대한 실망과 같은 차원의 것임을 받아들여야 한다. 그동안 괜찮다는 사실에만 매달렸던 이유도 실은 병적인 수치심과 열등감을 내면 깊숙이 억압해놓은 까닭이었다.

병리적 죄책감이나 수치심은 건강한 자기 존중감을 회복해야 바로잡을 수 있다. 자기 존중감은 이상화시키고 미화한 자기 이미지를 벗어낼 때 만들어 가질 수 있다. 자기가 부끄러운 일, 잘못된 일을 하는 존재임을 인정하는 일이다. 부족한 점이 많음에도 불구하고 소중하고 사랑받을 만한 사람이며, 실수와 실패를 통해 배워 더 나은 존재가 될 수 있다고 믿는 마음이다. 지금 우리가 할 일은 슬픔과 고통을 경험하듯 건강한 수치심과 죄책감을 경험하는 일이다. 부끄럽고 미안해서 죽을 것 같은 마음을 안은 채 살아가는 일이다.

연애와 결혼의 환상과 마주하기

새 천 년이 시작되는 첫해에 나는 뉴질랜드를 여행 중이었다. 오클랜드의 큰 서점에 들어가 베스트셀러 1위 코너에서 집어든 책은 세라 도너티의 《황야 속으로(Into the Wilderness)》라는 소설이었다. 1998년 캐나다에서 첫 출간된 이후 두 해 이상 영어권에서 두루 읽히는 중인 듯했다. 소설은 한 가족의 일상을 묘사하는 밝은 분위기로 시작된다. 대학에 진학하여 큰 도시로 유학을 떠나는 딸의 짐 싸기를 돕는 부부 모습이 한동안 묘사된다. 부부는 딸이 대학 생활에서 누릴 즐거운 활동들에 대해 조언한다. 딸을 배

웅한 후 자동차가 막 공항 주차장을 빠져나오자 조수석에 앉아 있던 남편이 운전 중인 아내에게 차를 잠깐 세우라고 청한다.

"우리 이혼합시다."

남편은 딸이 대학에 진학할 때까지 기다려왔다고 말한다. 짐을 꾸려놓으면 사람을 시켜 가져가겠다고 덧붙인 후 그길로 차에서 내려 멀어진다. 그 대목은 우선 소설적 반전 때문에 놀라웠다. 더 놀랐던 점은 문화 차이였다. 당시 우리 사회에서도 이혼이 폭발적으로 증가하고 있었다. 하지만 대부분의 이혼은 아내 쪽에서 제기되었다. 자녀가 대학에 들어갈 때까지 기다리는 편도, 더 이상 참을 수 없다고 이혼을 요청하는 쪽도 아내였다. 우리 사정과 정반대인 이야기를 읽으며 생각이 많아졌다. 머잖아 우리나라에서도 남편 쪽에서 먼저 이혼을 요구하는 날이 오겠구나 싶었다.

이혼이 증가하는 현상에 대해서는 많은 연구가 나와 있다. 핵가족 사회의 양육 환경이 개인을 정서적으로 예민하게 만들어 친밀한 관계를 어렵게 한다는 견해가 있다(앤서니 기든스). 귀한 자식으로 키워져 나르시시스트가 된 개인들이 결혼 제도 안에 포함된 헌신과 배려 행위에 무능하기 때문이라는 이유도 있다(크리스토퍼 래쉬). 페미니즘의 등장과 여성들의 변화가 결혼 제도를 흔드는 근간이 된다는 주장도 있다.

어떤 이들은 남녀가 본래 다른 존재이기 때문에 함께 사는 일이 근본적으로 불가능한 게 아닐까 의문을 제기한다. 그중에서도 친밀한 관계를 어렵게 하는 요소 중 하나는 자본주의 사회가 만들어

파는 사랑이나 결혼에 대한 낭만적 환상이 아닐까 싶다.

한 여성은 남자친구와의 연애 관계에서 가장 어려운 지점이 로맨스에 대한 환상이라고 고백했다. 그녀는 연애의 갈등을 해결하기 위해 "남자는 개 아니면 애"라는 항간의 속설을 수용하고, 남자친구가 자기에게 원하는 것을 '개의 영역과 애의 영역'으로 나누어 인식해보았다고 한다. 그랬더니 남자친구의 마음과 행동을 많이 이해하게 되었다. 관계의 갈등이 줄어들고 파도는 잦아들었지만 허전한 마음은 어떻게 해야 하는지 물었다. 그녀는 낭만적 환상이 제거된 연애의 정의가 너무 야박하게 느껴진다고 했다. "연애란 건강한 성인 남녀가 자발적으로 만나 성적 정서적 친밀감을 나누는 일" 말고, 무엇인가 더 있어야 하지 않겠느냐고 반문했다.

심리학자 데이비드 웩슬러가 남자들에게 설문 조사를 했다. 당신은 왜 섹스하는가. 그 대답은 여러 가지였다. 자긍심을 확인하기 위해, 분노를 숨기기 위해, 우울 불안 무료함에서 벗어나기 위해, 잘못한 일에 대해 보상하기 위해, 동정심을 표현하는 방법으로, 배우자가 원하는 친밀감에 부응하기 위해, 아내가 원해서 등등 수많은 이유가 있었다. 그중 한 가지가 애정을 표현하고 경험하기 위해서였다. 남자들이 섹스하는 이유 중에 "애인이 너무나 아름답고 사랑스러워서 섹스한다."는 답은 없다고 말해주면 모든 여성이 실망하는 기색이 역력하다. 하지만 그것은 공정한 관계 맺기이다. 남자들이 해결해야 하는 신체적 욕구가 먼저 있어서 그것을 잘 충족해줄 여자를 사랑하는 것처럼, 여자들도 의존하고자 하는 심리적 욕구가 먼저 있어서 그것을 잘 채워줄 남자를 사랑한다. "여러분도 애인을 너무나 사랑하기 때문에 그에게 가방을 선물해달라고 요구하는 게 아니지 않는가." 돌직구에 화내는 여성도 있다.

결혼 생활에서도 딜레마는 이어진다. 적지 않은 여성들이 원가족이 주는 스트레스로부터 벗어나고 싶지만 자립할 자신은 없어 결혼을 선택한다. 그들은 결혼을 하기만 하면 행복한 가정이 저절로 생기고 남편의 사랑과 헌신을 받을 거라 꿈꾼다. 남편에게 독점적으로 의존하고 싶은 여성은 이런 질문을 한다. "시어머니에게서 남편을 빼내와 내 편으로 만드는 방법을 알려주세요." 그들에게 환상이 제거된 결혼의 정의를 말해준다.

"결혼이란 신체적 정신적으로 성숙한 성인 남녀가 만나 가족 공동체를 꾸리는 일이다. 두 사람은 공동체를 공동 운영하는 협력자 지지자가 되며, 그들만의 정서적 성적 친밀감을 나눈다. 자녀가 출생하면 양육과 교육을 책임져야 하며, 그 과정에서 공동체가 운영되는 데 필요한 노동력, 경제력을 합의된 방식으로 제공한다."

낭만적 환상의 요소가 배제된 연애와 결혼의 본질을 말해주면 젊은 여성들은 실망하거나 화를 낸다. 어떤 여성은 모욕당한 것 같은 표정을 짓기도 한다. 하지만 환상을 깨뜨리면서 지금 화를 내는 게 나을 것이다. 나중에 자기 환상을 충족시켜주지 않는다고 연인이나 남편에게 화내며 관계를 깨뜨리기보다는.

15년 전쯤에 외국 소설을 읽으며 염려했던 일이 아직 우리 사회에 나타나지는 않은 듯하다. 하지만 결혼 생활이 날로 어려워진다는 것은 모든 성인들이 체감하는 진실이다. 체면을 중시하고, 이혼을 실패로 여기는 중년 남자들은 묵묵히 어려움을 감수한다. 눈치 빠르게 상황을 파악한 젊은 남자들은 결혼을 미룬다. 갈수록 결혼 연령이 늦추어지는 이유가 오직 경제적인 요인만은 아닐 것이다. 예전처럼 "단칸방에서 숟가락 두 개만으로 시작했던" 그 용기와 신뢰를 나눌 만한 관계 맺기를 이루어내지 못하는 이유도 있을 것이다. 오히려 계약 결혼, 파트타임 결혼 등 구속력과 책임이 덜한 대안을 꿈꾼다. 정부와 미디어가 아무리 결혼을 미화하고 출산과 육아를 멋진 일로 포장해도 젊은이들은 이미 그 의도까지 파악하고 있다. 그럼에도 여전히 연애와 결혼은 포장되고, 선전되고, 꾸준히 팔리는 상품이 될 것이다. 젊은 여자들은 낭만적 환상을 좇아서, 젊은 남자들은 사회적으로 문제 있는 사람이 아니라는 사실을 증명하기 위해 그 일을 할 것이다.

창의성은 어디서 오나요?

1990년대 중반, 인상적으로 읽었던 책 한 권이 있다. 저자도 제목도 모두 잊었지만 그 책이 주었던 자극과 의문이 여진처럼 오래 지속되던 책이다. 당시는 1980년대 젊은이들이 온 열정을 쏟아 추구했던 이데올로기가 힘을 잃어가던 시기였다. 거대 담론이 스러지면서 지향점을 잃은 대중의 관심이 개개의 인간에게로, 그들의 사소한 일상으로 전환되어갔다. 문화계에도 개인의 사사로운 삶과 내밀한 감정들을 표현하는 예술 작품이 등장했고, 그런 작품들은 의외로 대중의 호응을 크게 얻고 있었다.

내가 기억하는 그 책은 위와 같은 배경에서 나온 문화 비평서였다. 저자는 당시의 문화계가 사소한 개인의 일상으로, 의미 없는 감정 토로 현상으로, 나아가 자본주의적 향락 쪽으로 기울어지는 현상을 비판적으로 해부하고 있었다. 저자의 관점과 필력에 연신 감탄하면서 앉은자리에서 단숨에 그 책을 독파했다. 그 책의 마지막 페이지를 덮을 때 진하게 밀려오는 의문과 만났다.

"저자는 왜, 빛나는 판단력과, 뜨거운 열정과, 아까운 시간을 남의 작품을 비판하는 데 사용했을까? 그 모든 자산을 보다 창의적인 일에 사용했다면, 자기만의 작품을 만들었다면 얼마나 멋진 결과물을 낳았을까?"

그런 의문을 품었을 때는 열정과 재능을 창의적으로 사용하지 못하는 사람도 있다는 사실을 알지 못했다. 이후 의외로 많은 사람이 재능이나 열정을 가지고 있으면서도 창의적인 작업을 하지 못하는 경우를 보았다. 가끔은 창의성은 어디서 오는지 묻는 이도 있었다. 간혹 나 자신조차 상상력이나 예술 작품은 그저 삶에 더해지는 장식적인 요소가 아닐까 묻던 시기도 있었다. 하지만 내가 아는 한 가지는 상상력, 환상, 자기표현 등이 인간 경험의 근본이며, 논리나 과학조차 예술적 상상력을 근간으로 발현되는 것이라는 점이다.

프로이트 학파 정신분석학자들은 창의성이 상실한 대상을 복원하려는 노력에서 비롯된다고 제안한다. 성장기에 중요한 대상을 상실한 경험을 가진 사람은 환상 속에 그 대상을 복원하여 간직한다. 내면에 간직된 표상 혹은 환상 대상은 그 사람이 상실의 구멍에 익사하지 않고 계속 살아갈 수 있는 에너지가 되어준다. 생각해보면 1990년대 중반 우리 문화계에 등장했던 '후일담' 작품은 우리가 잃어버린 소중한 대상을 이야기로 만들어 내면에 간직하는 방식이었을 것이다.

창의성이 무의식적 자기 치유 행위라고 제안하는 심리학자들은 더 많다. "아우슈비츠에서도 여전히 시를 쓰는 게 가능한가?" 하는 질문에 그들은 답한다. "예술이 없었다면 죽음과 맞선 싸움을 할 수 없었고, 그곳에서 일어난 일의 내밀한 핵심을 이해할 수 없었을 것이다."라고(모리스 시륄니크《불행의 놀라운 치유력》중에서).

자기 이야기하기, 자기감정을 표현하는 행위는 그대로 그 사람을 회복시켜 계속 살아가게 하는 동력이 된다. 오늘날 심리학자들은 모든 예술을 치료 도구로 사용한다. 자기 자신을 표현할 줄 아는 사람만이 그 지점 위에서 삶에 대한 상상력과 창의성를 발휘할 수 있다. 그런 관점에서 보면 1990년대 중반 문화계를 휩쓸었던 감정 과잉의 예술 작품들은 아마도 우리 사회가 무의식적으로 치러낸 집단 치료 행위가 아니었을까 싶다.

융 정신분석학에서는 창의성을 집단 무의식에 닿는 행위라 여긴다. 집단 무의식은 인류의 역사적 삶을 통해 공동체 구성원 내면에 간직된 공통된 무의식을 뜻한다. 그것은 개인들의 무의식보다 더 깊은 곳에 존재하며, 신화나 신성의 영역과 맞닿는다고 한다. 융은 예술가들의 창의성이 집단 무의식 지점에서 나온다고 제안한다. 많은 예술가가 작품이 저절로 진행되어 첫 의도와 다른 결과에 도달한다는 경험을 토로한다는 점을 그 증거로 본다. 기독교 문화권 심리학자 중에는 창의성을 설명하기 위해 '영감 받다(Inspied)'라는 단어를 파자한다. 그것이 '성령 안에 있다'는 뜻이고 창의성이란 성령의 작용이라는 설명이다. 그 설명 역시 융의 집단 무의식 이론과 같은 토대 위에 서 있는 듯 보인다.

모든 단계에서 창의성은 불안을 이겨내는 용기를 필요로 한다. 잃은 대상을 미워하지 않고 내면에 간직하기 위해서, 감정과 생각을 표현하기 위해서, 집단 무의식과 소통하기 위해서도 용기가 필요하다. 특히 창조 행위가 집단 무의식 영역으로 내려갈 때는 그것이 신성의 영역을 침범하는 일이라는 무의식적 두려움을 갖게 된다고 한다. 용기 내어 창의성을 발휘하는 그 순간조차 실패에 대한 두려움을 이겨내는 용기를 또 내어야 한다.

환상, 상상력, 표현력이 중요한 이유는 그것이 삶의 에너지나 치유 도구가 되기 때문만은 아니다. 상상력과 창의성은 한 사람이 자기 인생을 만들어가는 총체적이고 기본적인 역량이다. 우리는 상상력을 동원해서 삶의 비전을 만들고, 창의성을 발휘해서 비전을 구체화시키는 방법들을 찾아낸다. 자기만의 인생을 창조하기 위해서, 그 삶의 주인이 되기 위해서 꼭 필요한 역량이 상상력과 창의력이다.

미국 심리학자 롤로 메이는 《창조와 용기》라는 책에서 개인의 창의성이 사회 변화와도 관련되어 있다고 제안한다. 한 사회의 변화를 이해하고 새로운 비전을 모색하기 위해서도 개인의 창의성이라는 도구가 필요하다는 것이다.

"도덕적 용기가 잘못을 바로잡는 일인 데 반해 창조적 용기는 변화하는 사회의 새로운 형태, 상징, 패턴을 발견하고 앞길을 제시하는 데 필요하다. 어떤 직업 분야에서든 창조적 용기가 필요하다. 그중에서도 사회의 변화에 맞춰 새로운 형태와 상징을 즉각적으로 무의식적으로 제시하는 이들이 예술가이다."

이따금, 1990년대 중반 깊은 인상을 주었던 그 책 저자가 궁금했다. 그는 더 이상 책을 쓰지 않았지만 당시 그가 비판했던 예술가들은 활발하게 작품을 발표하면서 자기 세계를 만들어가고 있었다. 그러다가 우연히, 2000년대 중반쯤 편한 지인들 모임에서 그 저자를 만났다. 그가 어떤 모습이었는지는 묘사하지 않기로 한다. 다만 그가 혼잣말처럼 뱉었던 문장이 섬광처럼 심장으로 들어왔던 일이 기억난다. "상상력이라는 것은 대체 어떻게 발휘하는 거지?" 그 순간 오랜 의문이 풀렸다. 그가 아까운 재능을 창의적으로 사용하지 못했던 이유를.

도덕은 무엇에 쓰는 물건인가요?

저물녘 주택가를 산책하다가 목격한 장면이다. 한 어머니가 의자에 앉아 아들의 줄넘기를 지켜보고 있었다. 몸무게가 많아 보이는 아들은 연속 세 번을 넘지 못한 채 발목에 줄이 걸렸고, 줄을 풀어내는 동안에도 거친 숨소리를 내고 있었다. 그사이를 못 참고 의자에 앉은 엄마가 소리쳤다. "어서 안 해? 아직 스무 개도 못 채웠어!"

또 다른 장면도 있다. 보도 턱에 걸터앉은 아버지가 아들의 테니스 연습을 지켜보고 있었다. 테니스공 끝에는 줄이 매달려 있고, 그 줄은 큼직한 돌덩이에 눌려 있었다. 아이는 공을 허공으로 던진 후 라켓을 휘둘렀다. 줄에 묶인 공은 저만큼 날아가 바닥에 튕겨진 후 아이에게로 돌아왔다. 공을 되받아치는 아이는 돌덩이나 땅바닥을 상대로 테니스를 치는 게 틀림없어 보였다. 그동안 보도 턱에 걸터앉은 아버지는 "옳지, 잘한다!" 소리치며 과도한 칭찬을 쏟아냈다.

아마도 저 부모들은 자녀가 동일시를 통해 배우고 성장한다는 사실을 모르는 것 같았다. 엄마가 먼저 줄넘기를 하고, 아버지가 함께 테니스를 칠 때에만 아이는 그것을 배우며 성장한다. 저런 상태에서는 운동이 되기는커녕, 야단맞는다는 박해감, 통제당한다는 불안감만 커질 뿐이다. 나는 가끔 우리나라에서 국민으로 사는 일이 저 아이들 입장처럼 느껴지는 때가 있다. 사회 지도층 인사들은 지키지 않는 법과 도덕을 국민에게 강요하면서 갖가지 상벌 제도를 만들어둔 것을 볼 때마다 그런 생각이 든다.

프로이트 정신분석학에는 '초자아' 개념이 있다. 본능과 파괴 충동을 향해 이끌려가기 쉬운 자아를 견제하는 정신 작용이다. 초자아의 작용 덕분에 개인의 내면에는 양심의 목소리가 생기고, 도덕이나 윤리에 대한 개념을 갖게 된다. 프로이트는 유아기에 주입되는 부모의 금지 목소리가 내면화되어 초자아가 형성된다고 보았다. 프로이트 다음 세대 정신분석학자인 자크 라캉은 '상징계' 라는 용어를 제안한다. 언어, 관습, 제도 등 사회에 통용되는 상징들을 내면에 받아들여 그 사회에 적합한 사람이 되는 과정을 성장의 중요한 측면으로 보았다. 초자아나 상징계는 한 개인의 도덕적 삶을 가능하게 하는 중요한 정신 기능이다.

성인이 되어 사회생활을 시작한 후 나는 자주 "도덕은 무엇에 쓰는 물건인가?" 하는 의문과 맞닥뜨렸다. 우리 사회는 돈이나 힘이 있으면 무엇이든 해결되는 것처럼 보였다. 상대를 향해 강펀치를 날리면서 "이것이 법이다!"라고 외치거나, 부정이든 비리든 제 몫만 챙기면 그만인 사회 분위기였다. 그 속에서 바르고 정직하다는 것은 무능력과 동의어처럼 보였다. 도덕이나 윤리는 우매한 국민을 통제하는 수단이거나 도달할 수 없는 이상에 불과한 듯했다.

실존주의 심리학은 프로이트의 병리적 정신분석학에 대항하여 발전한 학문이다. 창시자 아브라함 매슬로는 건강하고 훌륭한 삶을 살아간 사람들을 연구하여 '인간 욕구 5단계' 이론을 정립했다. 의식주와 관련된 생리적 욕구, 신체적 정서적 안전에 대한 욕구, 관계 맺기와 소속감을 느끼고자 하는 사회적 욕구, 존경과 명예를 추구하는 자기 존중의 욕구, 마지막으로 자기실현의 욕구가 그것이다. 그는 하위 욕구가 충족되지 않으면 그보다 상위에 있는 욕구는 생기지 않는다고 주장했다.

매슬로의 욕구 이론을 염두에 두면 우리 사회에 만연했던 비리가 이해된다. 그동안 우리는 의식주와 관련된 생리적 욕구를 충족시키는 단계에 있었던 셈이다. 먹고사는 일이 가장 시급해서 온갖 불법을 저지르더라도 그 욕구를 충족시켜야 했다. 가난하고 열악한 환경 속에서 바로 그 결핍감과 불안감을 추동력으로 하여 경제 기적을 이루었지만 바로 그것에 발목이 잡힌 셈이다. 결핍감이 어느 정도 충족되자 추동력은 떨어졌지만 문제는 여전히 남아 있다. 장년층 남자 중에는 많은 돈을 가지고도 이혼 후 자녀 양육비를 지급하지 않는 사람이 있다. 무의식에 새겨진 가난에 대한 공포 때문에 책임감이나 도덕이 들어설 자리가 없다.

감사하게도, 요즈음 우리 사회는 그 지점을 벗어나려 노력하고 있다. 부패 방지와 관련된 법안, 옳은 자녀 양육과 관련된 법안, 간통제 폐지 등의 논의는 우리 사회가 의식주와 관련된 생리적 욕구에서 벗어나고 있다는 증표로 보인다. 정서적 신체적 안전에 대한 욕구, 잘 소통하고 관계 맺는 사회적 욕구 등 보다 상위 욕구로 옮아간다는 뜻이다. 지금 이 지점에서 퇴보하지 않고 계속 나아갈 수 있다면 두 번째 기적을 이룰 수 있을 것이다. 불안과 결핍감의 추동력이 아니라 도덕과 신뢰, 이타심이 사회를 이끌어가는 에너지가 될 것이다.

나는 도덕이 개인의 삶에 유익하고 실용적인 덕목이라는 것을 믿는다. 말로써, 논리로써 설명해보일 수는 없다. 하지만 '도덕이 무엇에 쓰는 물건인가' 라는 의문을 품고 사는 동안, 개인적 욕심이나 분위기에 휩쓸려 옆길로 샐 때마다 삶에 미묘한 장애가 생기곤 했다. 글쓰기가 안 되거나, 건강이 나빠지거나, 대인 관계에 문제가 발생했다. 어렴풋이 두 사안 사이 관계를 직감하고 양심에 걸리는 행동을 중단하면 일이 본래대로 회복되었다. 그 법칙은 내가 관찰한 타인들의 삶에도 어김없이 적용되었다.

매슬로가 최상위 욕구로 꼽은 자기실현은 분석심리학자 융도 제안한 개념이다. 융은 자기실현이라는 용어 속에 많은 것을 담았다. 개인 무의식, 집단 무의식을 모두 통합한 다음 내면의 신성과 합치되는 지점을 자기실현으로 보았다. '모든 인간의 내면에는 신성이 있다'는 종교 관점을 포함한 것이다. 매슬로는 자기실현 개념에 도덕성, 숭고함, 자연의 법칙 등을 포함시켜 설명한다. 저 이론들은 "덕(德)을 닦아 도(道)에 이른다."는 노자의 명제를 풀이한 과정처럼 보이기도 한다.

도덕이란 자연의 법칙이자 사회 구성원에게 유익한 공동선(共同善)이다. 인간 내면에서 자발적으로 우러나는 숭고한 삶에 대한 욕구이기도 하다. 지금 만들어지는 과정에서 잡음이 많은 법과 제도는 사회 구성원의 공통된 욕구가 앞서 나아간 다음 뒤따르는 후속 과정일 뿐이다. 시간이 다소 걸리더라도 우리 사회는 건강한 도덕성을 향해 나아갈 것으로 보인다. 언젠가 온 국민이 자기실현 욕구를 위해 노력하는 날이 오지 않을까, 봄날 같은 꿈도 꾸어본다.

삶의 십진법과 정신 발달 단계

어른들 말이라면 사사건건 반발심이 일던 사춘기에는 스무 살이 되면 어른이 되는 줄 알았다. 그때가 되면 어른다운 일을 하면서 어른스럽게 말하고 성숙하게 행동할 거라 기대했다. 하지만 생물학적 법률적 성인의 나이가 되었을 때 내가 알아차린 단 한 가지 사실은 "어른도 별게 아니구나."였다. 스무 살이 되어도 나는 어른이 되어 있지 않았고, 둘러보면 또래 모두 미숙하고 비릿한 아이처럼 보였다. 혹시 우리가 '어른'이라는 말에 지나치게 큰 환상을 부여한 게 아닌가 싶기도 했다.

아마 그때부터 어른이라는 말의 의미를 생각하면서 어른이 되기 위해 노력했을 것이다. 집중적으로 자서전이나 평전을 읽으며 그들은 어떻게 절망을 넘어서고, 위기에 대처하면서 어른으로서의 삶을 살았는지 알고자 했다. 많은 이들의 삶을 종합하면 성숙한 삶의 기본 패턴이나 비밀 열쇠 같은 것이 있을 듯했다.

에릭 에릭슨은 인간이 정신적으로 성장하는 여덟 단계가 있다고 제안한다. 유아는 생애 초기부터 2세까지 엄마가 돌보는 방식에 의해 신뢰감이나 불신감을 갖게 된다. 엄마의 보살핌이 아기의 기대를 충족시키는 안정된 방식이라면 아이는 외부 환경을 신뢰할 수 있는 사람이 된다.

2세부터 3세까지는 부모의 사랑과 관대함에 의해 수치심과 자립심이 자리 잡는다. 아기를 자주 야단치는 부모는 수치심을 심어주고, 아기에게 일관되게 사랑을 주는 부모는 자립심을 형성시킨다. 자신을 믿고 자기만의 방식으로 세상과 관계 맺는 감각을 키워준다. 하지만 우리는 십 대 내내 자립심 대신 부모와 교사 말을 잘 듣는 것을 배웠고, 세상이 위험한 곳이라는 메시지를 듣고 자랐던 것 같다.

직장 생활을 하며 세상을 배워가던 이십 대에는 서른 살이 되면 삶이 좀 수월해질 줄 알았다. 지혜가 없어 매사가 어렵게 느껴지고, 미숙해서 어떤 일을 하든 시간과 에너지가 많이 소요되었기 때문에 서른 살이 되기를 기다렸다. 그때가 되면 세상이 한눈에 조감되고 삶의 길목에도 가로등 같은 것이 켜져 있을 줄 알았다. 하지만 서른 살이 되었을 때 내가 알아차린 단 한 가지 사실은 삶의 무게나 방향을 헤아릴 수 없다는 것이었다. 양치질을 200만 번쯤 하거나, 500만 그릇의 밥을 먹어치우는 것이 삶은 아닐 텐데 싶기도 했다. 아마 그때부터 삶의 의미를 궁금해하기 시작했을 것이다.

에릭슨은 정신 발달 단계에서 아기는 3세부터 5세까지 죄의식과 창의성이 갈린다고 설명한다. 가정이 건강하게 잘 기능하는 환경이라면 아이는 자기 생각을 마음껏 펼치며 창의성을 키워가지만 병리적 가정에 적응하느라 온 힘을 빼앗기는 아이는 창의성 대신 죄의식을 안게 된다. 6세부터 12세까지는 아이의 정신에서 열등감이나 근면성이 형성된다. 학습을 시작한 아동은 창의성을 바탕으로 주어진 학습을 근면하게 해내든지, 수치심과 죄의식 위에 열등감까지 떠안게 되든지 갈린다. 사회생활을 하면서 창의성과 근면성을 발휘해야 하는 시기에 나는 자주자주 죄의식과 열등감에 시달렸던 기억이 있다.

삶의 의미를 이해하기 위해 인류의 지혜가 담긴 책들을 읽어나가던 삼십 대에는 마흔 살이 되면 삶이 고요해져 있을 줄 알았다. 그때쯤이면 세상의 어떤 문제에 대해서도 답을 가지고 있고, 인간의 마음 바닥까지 이해해서 고요하고 마음으로 그윽한 삶을 유지할 줄 알았다. 하지만 마흔 살이 되었을 때 내가 알아차린 사실은 마흔 살을 불혹이라 명명한 이유였다. 그때가 되면 마음이 더욱 치성하게 외부 자극과 유혹을 향해 내달리기 때문에 경계하는 차원에서 그런 이름을 지은 듯했다. 그때부터 비로소 세상과 관계 맺으면서도 내면에서는 고요한 상태를 유지하기 위해 노력해야 한다는 것을 알았다.

에릭슨의 발달 이론에서 12세부터 18세까지 청소년기에는 정체성이 형성되거나 정체성에 혼란이 오는 상황을 맞게 된다. 그 시기에 친구, 외부 집단과 접촉하면서 의미 있고 풍요로운 자기개념을 만들거나, 외부에서 맞닥뜨리는 모든 관계에서 자기가 누구인지 잃어버리는 현상을 맞는다. 19세부터 35세까지 청년기는 친밀감과 고립감이 교차하는 시기이다. 애착 대상, 경쟁과 협력 대상들과 관계 맺으며 친밀감을 나눌 줄 아는 사람이 되거나, 그들로부터 후퇴하여 고립되는 삶을 추구하게 된다. 나는 청춘기 내내 내가 누구인지 혼란스러웠고, 이따금 사람들로부터 먼 곳을 찾아가 혼자 조용히 지내곤 했다.

평온한 상태를 유지하기 위해 내면을 탐구하던 사십 대에는 쉰 살이 되면 삶이 담백해져 있을 줄 알았다. 무엇인가를 구하기 위해 분주하던 마음도 쉬고, 떠들썩하게 어울리는 일에도 흥미가 없어질 거라 믿었다. 담백하고 단출한 삶 가운데서 오직 내면의 풍요로움을 향유하고 싶었다. 하지만 쉰 살이 되었을 때 알아차린 사실은 여전히 세상과 질긴 미련으로 얽혀 있다는 점이었다. 그때부터 탐심을 내려놓으며 단순한 삶을 위해 노력해야 한다는 점이었다.

에릭슨은 35세부터 65세까지 장년기는 인간 정신에서 침체성과 생산성이 교차하는 시기라 제안한다. 이전의 생산적 정신 기능을 계속 유지하거나, 자의나 타의에 의해 노동 생산성으로부터 멀어지게 된다. 노동 생산성뿐 아니라 삶 전체가 계속 생산적인 상태를 유지하든가 아닌가로 갈린다. 나는 지금 이 시기에 있다. 삶의 형태는 단순하게, 내용은 생산적으로 살기를 꿈꾼다.

삶을 십진법 단위로 나누어 인식하는 일이 합당한지는 모르겠다. 그럼에도 무슨 주문처럼 "서른 살이 되면, 마흔 살이 되면……." 하는 기대를 품곤 했다. 내가 알고 싶었던 것은 삶의 내밀한 방식이나 의미 같은 것이었다. 200만 번의 양치질이나 500만 그릇의 식사 말고, 예금통장이나 집문서 말고, 삶에는 다른 목적이 있을 것 같았다. 하지만 내가 밟은 교육 과정에는 그런 의문에 대한 답이 없었다.

에릭슨은 65세 이후를 노년기로 잡는다. 노년기에는 정신 영역에서 통합감과 절망감이 갈린다. 삶의 이전 단계를 잘 이행해온 사람이라면 그 모든 정신 자질들이 내면에서 통합되어 건강한 노년을 맞을 것이다. 그는 높은 차원의 도덕적 삶에 대해서도 고민하는 사람일 것이다. 장년기를 지나며 생산적인 삶을 유지하고자 애쓰는 지금, 나는 또 꿈꾼다. 일흔 살이나 여든 살이 되면…….

자기 삶의 주인이 된다는 것

여러 해 전, 어느 문학상 심사 때의 경험이다. 선배 격인 평론가와 작가인 남성과 후배 격인 내가 심사위원이었다. 선배 작가가 당선작 감이라고 추천하는 작품이 있었는데 내가 보기에 그것은 여성을 성적 소모품 취급하는 남성의 판타지였다. 더욱 나쁜 점은 여성 주인공을 화자로 내세워 그녀가 자발적으로 성적 관음과 파괴를 갈구하는 듯 그려져 있다는 점이었다. 나는 그 작품이 당선작이 되어서는 안 되는 이유를 조목조목 제시했다. 세 사람이 의견을 조율한 결과 그 작품이 당선되지는 않았다.

심사 후 식사 자리로 옮겼을 때 선배 작가는 미간을 찡그린 채 양손으로 관자놀이를 문질렀다. 잠시 후 소주를 한 병 주문하더니 술을 마시며 기어이 불편한 속내를 토로하기 시작했다. 그럴 때 내가 할 수 있는 일은 단 하나였다. 무조건 사과하는 것. 내 입장에서는 잘못한 것이 없지만 그의 입장에서 보면 나는 명백히 불쾌한 존재였다. 열 살 이상 많은 선배 의견에 대놓고 반대한 것, 남성 중심 사회의 약자로서 감히 또박또박 자기 의견을 주장한 것. 그 자리에서 사과하고, 또다시 사과의 편지를 보내고, 편지를 받은 그분이 전화했을 때 화해의 대화를 나누며 또 한 번 사과했다.

주체적으로 산다는 말에는 늘 용기와 인내가 필요하다. 데카르트가 "나는 생각한다, 고로 나는 존재한다."는 명제와 함께 주체 개념의 지평을 연 이후 무수히 많은 철학자, 사회학자, 정신분석학자 들이 주체, 자아, 자기 등의 개념에 대해 연구했다. 정신분석학은 참자기, 거짓자기, 과대자기, 위축된 자기 등의 개념을 만들어 부모의 양육 환경에 적응하기 위해 우리가 진정한 자기 자신으로부터 멀어진다는 사실을 제안했다. 사회학자들은 초월적 자기, 경험적 자기, 상호작용하는 자기 등의 개념을 만들어 우리가 사회와의 관계에서 늘 변형된다는 사실을 연구했다.

주체적 삶에 대한 담론을 다양하게 이야기해도 현실에서는 '자기 삶의 주인이 된다'는 말의 의미조차 제대로 이해되지 않는 경우를 만난다. 그 말을 이기적인 개인주의라고 생각하는 이도 있고, 나르시시즘의 극치라 평가하는 이도 있다. 실제로 문학 작품

속의 주체에 대한 멋진 논문을 써낸 사람조차 자신의 생각보다는 외부 권력자의 의도에 자신을 맞추어가는 것을 목격한다. 박사 과정에 있는 한 연구자는 내가 짧은 강연을 마치고 강단에서 내려오자 잘못된 영어 발음을 지적하면서 이렇게 말했다.

"그런 건 틀리면 안 돼."

그의 내면에 있는 초자아, 권위자, 인정받고 싶은 대상의 목소리였다. 실제로 많은 이들이 자기 자신으로 살기보다는 내면 목소리, 외부 권위자, 세상의 시선에 자기를 맞추며 살아간다. 그들도 자기 인생의 주인이 되어야 한다는 말은 알고 있지만 아는 것과 행동하는 것에는 차이가 있다. 그런 이들은 가끔 자기가 따르는 외부 기준을 내게도 요구한다. 내가 공책이나 스커트 등 소유물을 필요한 형태로 변형시킬 때면 곁에서 꼭 한마디 한다. 그것을 자르면 어떻게 해? 회사를 그만둘 때도, 긴 여행을 떠날 때도 많은 이들이 말했다. 앞으로 어떻게 하려고 그래? 심지어 먹기 싫은 음식을 거절할 때도 사람들은 말한다. 어떻게 대놓고 거절하니? 그때마다 나는 다만 내 삶의 주도권을 공책이나 음식에게 주고 싶지 않았을 뿐이라고 중얼거린다. 타인과 사회에 해가 되지 않고, 공동체의 미풍양속을 해치지 않고, 법에 저촉되는 반사회적 행동이 아닌 이상 나는 무엇이든 선택하고 결정할 수 있다고 믿는다.

유아기에는 부모의 사랑과 격려, 판단하지 않는 태도가 아이의 주체성을 기른다. 사춘기에 심리적으로 부모를 떠나면서 반항할 때도 부모의 보복하지 않는 인내가 자녀의 주체성을 형성하도록 돕는다. 청년기에 애착 대상이나 직업을 선택할 때도 실패를 감당할 수 있는 용기를 지지해줄 때 그 경험에서 배우며 강한 자아를 만들어간다. 중년기 초입에 들어서면 주체적 삶을 위해 또 한 번 중대한 선택을 해야 한다. 사회에서 스승이나 어른으로 모셨던 권력자와 헤어지면서 스스로 진정한 어른이 될 준비를 하는 것이다. 물론 모든 선택과 결과에 대해서는 본인이 책임져야 한다. 그것이 참자기, 주체적 삶, 자기 삶의 주인 되기 등의 언어로 표현되는 삶의 내용들이다.

내면에 주체성이 형성되지 못했을 때 가장 큰 문제는 공허감이다. 무엇을 해도 만족되지 않고 행복감을 느끼지 못한다. 그럴수록 오히려 주변 사람에게 맞추기 위해 입장을 바꾸고, 타인과 어울리기 위해 행동을 변화시키고, 조직에 소속되기 위해 개성을 마모시킨다. 자기를 잃은 현대인들이 위험한 이유는 사회적 개인에서 일탈의 군중으로 변화할 가능성이 있기 때문이라고 사회학자들은 말한다. 그들은 외부 기준과 요구에 자기를 맞추느라 일그러진 거울 같은 자아를 갖고 있다고 심리학자들은 말한다.

참자기, 주체적 삶, 자기 삶의 주인 되기 등을 실현하기 위한 첫 번째 조건은 당사자의 용기일 것이다. 내면에서 심판하는 초자아 목소리, 외부에서 심판하는 권위자의 힘, 타인의 시선과 사회의 통념에 굴복하지 않는 용기이다. 그보다 중요한 또 한 가지 조건이 있다면 젊은이들을 대하는 기성세대의 관용이라고 생각한다. 부모 생각이 옳다고 밀어붙이지 않는 것, 자녀에게 양육의 보상을 요구하지 않는 것, 경쟁심이나 시기심 없이 젊은이들을 대하는 마음일 것이다. 젊은 세대의 의견을 마음 열고 들을 수 있다면 더 좋을 것이다. "학생이 교사를 가르친다."는 알프레드 아들러의 말이다. "백 살이 돼도 백일 된 손주한테 배울 게 있어." 우리 할머니 말씀이다.

며칠 전 문학상 심사가 있었다. 그 상은 연배와 성별이 고루 섞인 심사위원 아홉 명이 저마다 한 표씩 행사하는 심사 방식을 채택하고 있다. 앞서 언급했던 선배 작가가 뒤풀이 자리에서 이런 말씀을 하셨다.

"이 상을 심사하던 초기에 깨달은 게 하나 있지. 문단 최고 권위자인 한 선생이 훌륭하다고 극찬한 작품에 대해 후배들이 한 표도 주지 않는 걸 목격했어. 그 선생 직계 제자도 있어 몇 표는 나올 줄 알았는데, 충격이었지. 그리고 생각했어. 꼰대가 되어서는 안 되겠구나."

그분이 칠순에도 왕성하게 작품 활동을 하시는 비밀을 엿본 듯했다.

종교의 효능은 무엇인가요?

나와 함께 독서 모임을 했던 그 후배 여성은 알고 보니 난독증 장애를 갖고 있었다. 책을 지참하고 모임에 참석해 자기 이야기도 하고 메모도 했지만 어쩐 일인지 변화하는 모습이 보이지 않았다. 책을 읽으며 새로운 관점을 갖게 되면 자기를 성찰하는 눈이 생기고 자연스럽게 말투나 태도에 변화가 따라온다. 그런데 그녀는 6개월이 지나도록 작은 변화도 보이지 않았다. 타인에 대해 분노하는 말투나 자기 신념을 고집하는 완강한 태도가 그대로였다. 감정노동이 심한 직종에 근무 중이었는데, 모든 타인이 자기를 공격한다고 느끼는 박해감이 심했다. 그런 경우가 없었기에 그녀에게 물어보았다. 책을 읽기는 하느냐고.

그녀는 어렵게 난독증 장애를 고백했다. 책을 소지하기만 할 뿐 읽지는 못한다고 말했다. 문장 서너 줄을 집중해서 읽을 수 없으며, 글자를 읽는다 해도 내용이 머리에 들어오지 않았다. 서른 살까지 읽은 책이란 어른을 위한 동화 종류의 책 두 권이 전부라고 했다. 그녀에게 다시 물었다. 그래도 이 모임에 참석하는 일이 도움이 되느냐고. 그녀는 그렇다고 대답했다. 난독증을 숨긴 채 독서 모임에 참석하다니, 그 절박함이 헤아려져 그녀에게 한 가지 당부를 했다. 이제부터 꼭 종교를 가지라고. 교회, 절, 성당 등을 방문해보고 그중 마음이 끌리는 곳을 골라 종교 생활을 일상의 한 부분에 포함시키라고.

인간의 건강은 신체적, 정신적, 영적 건강 세 차원이 있다고 한다. 아무리 몸을 건강하게 해도 마음속 트라우마는 해결되지 않으며, 아무리 심리 치료를 해도 강박적인 욕동 폭발을 근본적으로 해결할 수는 없다. 프로이트는 내담자의 강박적, 폭력적 충동이 근본적으로 해소되지 않는다는 것을 알고 있었다. 다스려진 듯하다가 또다시 욕동 폭발에 휘말리는 내담자에 대해《끝이 있는 분석과 끝이 없는 분석》에 이렇게 쓰고 있다.

"결국 마녀의 도움을 요청해야 한다. 마녀 메타 심리학(Hexa Metapsychologie)을 말한다. 메타 심리학적으로 생각하고 이론화하지 않으면 거기서 한 발자국도 나갈 수 없다. 그러나 불행하게

도 마녀의 정보는 분명하지도 명확하지도 않다."

과학적 합리주의를 지향하는 프로이트는 무신론자였다. 프로이트의 저 기술 이후 다음 세대 학자들은 자기 학문에 적극적으로 종교를 통합한다. 정신분석학자 크리스토퍼 볼라스는 '변형적 대상관계'라는 용어를 제안한다. 인간은 특정 대상과의 관계 경험 속에서 정신에 변형이 일어난다. 유아기에는 그 대상이 엄마지만 성인이 된 후에는 연인, 예술품, 과학, 성스러운 대상 등에 의해 정신에 변화를 맞는다. 후대 학자 제임스 존스는 볼라스의 연구를 원용하여 "개인이 종교적 환경에서 성스러운 것과 변형적 대상관계를 경험할 때 성품에 변화가 일어난다."고 제안한다. 정신분석학자 도널드 위니캇의 '중간 대상'은 부모로부터 독립한 개인이 자기만의 세계를 만들어가는 도중에 동일시하는 대상을 뜻한다. 후대 학자 마이스너는 특별히 종교가 가진 중간 대상, 중간 공간으로서의 기능을 연구했다. 그는 종교를 개인의 성장 변화에 적극적으로 사용하는 법을 제안한다.

실존주의 심리학자들이 궁극적으로 지향하는 지점은 영적 건강 영역이다. 그들은 "영적 건강은 인간 본질의 한 부분이며, 인간을 규정하는 특성 가운데 하나이고, 그것 없는 인간 본성은 충분히 인간다울 수 없다."고 정의한다. 빅터 프랭클은 '로고 테라피'라는 치유법을 소개한다. 로고스와 테라피의 합성어로 신에 의한 치료, 영적 치유라는 의미이다. 많은 심리학자들은 입을 모은다. "중년기 이후의 심리적 문제를 해결하기 위해서는 반드시 종교적 태도를 가져야 한다." 융도 말했다. "종교가 제 역할을 수행했다면 정신분석학은 필요하지 않았을 것이다."

독서 모임을 시작할 때 구성원들에게 종교를 가질 것을 권한다. 아무리 자기를 성찰하고 변화를 위해 노력해도 혼자 힘으로는 안 되는 영적 건강 영역이 있다고 설명한다. 그럼에도 종교에 대해 거부감을 느끼는 이들이 많다. 종교를 심약한 사람의 의존증쯤으로 치부하는 사람은 자신의 의존성을 바로 보지 못하는 사람이다. 종교의 비과학성을 비판하는 사람은 내면의 비합리적 요소를 두려워하는 사람이다. 절대자를 향해 몸을 엎드리지 못하는 사람은 나르시시즘을 넘어서지 못한 사람이다. 종교 공간이나 종교 상징물에 대해 생생한 두려움을 토로하는 사람도 있는데, 그들은 내면의 불안이나 분노를 그쪽으로 투사하는 것이다. 그들에게는 다만 이렇게 말한다. "그 본질에서부터 뼛속까지 이기적인 인간이 수천 년 동안 유지해온 관습이라면 틀림없이 그만한 유익함이 있지 않을까?"

간혹 반문하는 이들도 있다. "종교적 수행으로 성품의 변화와 심리적 성장이 가능하다면 굳이 정신분석적 심리 치료는 불필요하지 않은가." 그에 대해 학자들은 이렇게 설명한다. "그것은 알코올중독에서 중독은 치료하지 않은 채 술만 끊는 것과 같다." 강박충동에 대한 직면, 불안을 관리할 수 있는 역량 등은 심리 치료 영역에서 노력해야 하는 일이다.

난독증인 후배는 원불교 교당에 다니기 시작했다. 여러 종교 시설을 방문했는데 그 공간이 가장 마음 편하더라고 했다. 6개월쯤 후 그녀의 삶에도 변화가 보이기 시작했다. 감정 노동이 심한 직장에 사표를 내고, 심하게 통제하는 부모 집을 나와 독립했다. 경제적 어려움 속에서 구직 노력을 하면서도 불안한 모습은 보이지 않았다. 말투나 태도가 온화해지고 표정과 옷차림이 밝아졌다.

6개월쯤 후, 어떤 인연이 작용했는지 원불교 교당에 일자리를 갖게 되었다. 다시 6개월쯤 후, 난독증이었던 그녀는 처음으로 심리학 책 한 권을 독파해냈다. 독후감은 이랬다. "책으로 온몸을 두드려 맞는 것 같았다." 아픈 자기 성찰이 따르는 독서였다는 의미일 것이다. 그 모든 변화가 1년 반 사이에 일어났지만 그녀의 영적 건강 영역에서 어떤 작용이 있었는지 우리는 알지 못한다.

타인의 경험에서 배우기

독서 모임에서는 자기 이야기를 하는 시간보다
타인의 이야기를 듣는 시간이 월등히 많다. 모임에서 읽는
책 속에도 무수히 많은 타인의 삶의 이야기가 있다.
타인의 이야기를 들으며 자기 내면을 더 깊이 알아차리고,
타인의 경험으로부터 중요한 삶의 지혜를 배우기도 한다.
가끔 삶의 성패는 타인의 이야기를 얼마나 깊이,
잘 듣느냐에 달려 있는 게 아닐까 싶다.
자기만의 원칙과 신념에 사로잡혀 타인의 이야기와 경험을
제멋대로 판단하고 평가하는 태도만 버릴 수 있어도,
타인이 건네는 지혜나 통찰을 순한 마음으로 받아들일 수만 있어도
우리의 삶은 놀랍게 달라진다.

【 Chapter 4 】

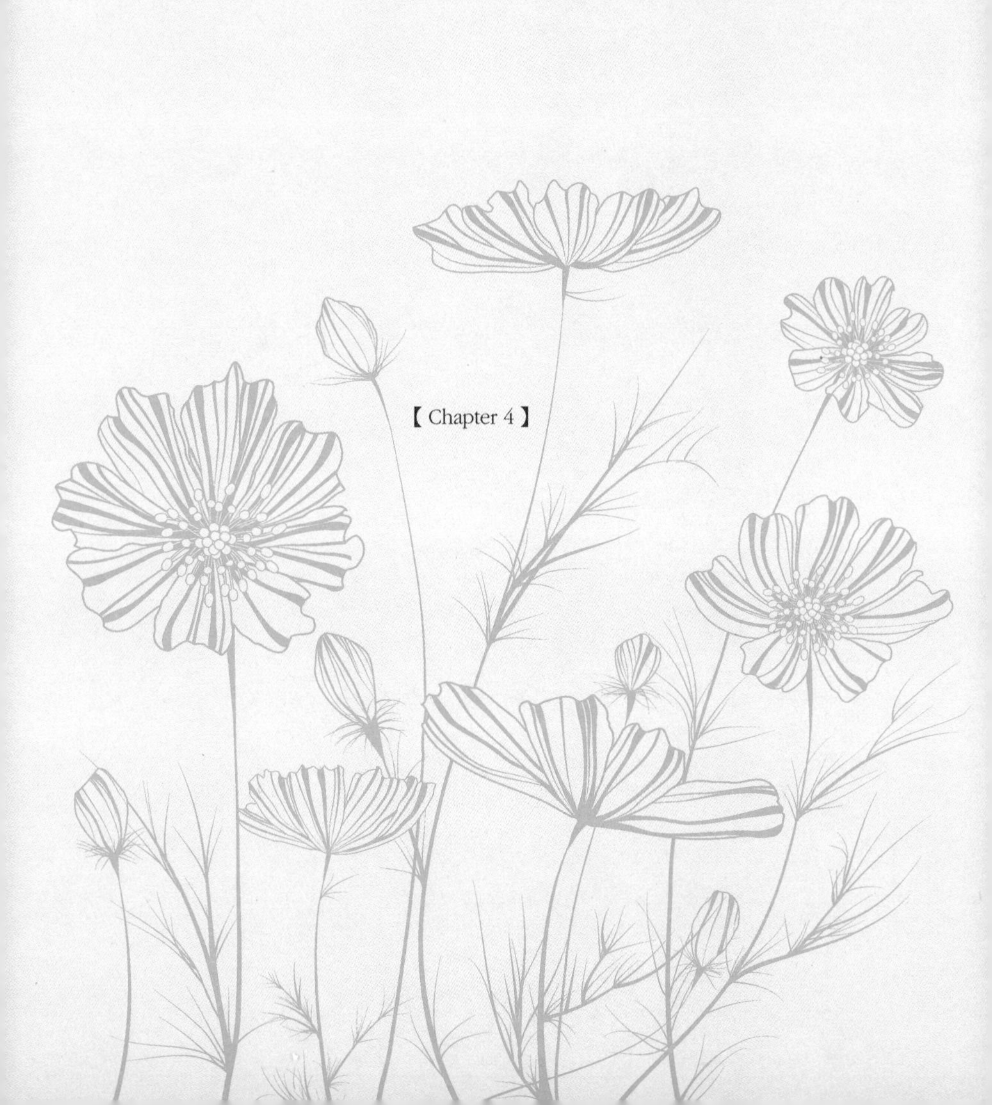

부모와 자녀 세대가 소통하는 방식

일전에 지방 국립대학 학생들의 초청을 받아 강연을 한 일이 있다. 산업공학을 전공한다는 그 학생들은 전자메일, 전화 등 여러 방법을 동원해 적극적으로 청탁했고, 강의를 수락하자 자기들의 고민과 질문을 미리 편지로 보내왔다. 편지는 다섯 통이었는데 그 중 하나는 이런 내용이었다.

"나는 아버지와의 관계에 문제가 많다. 아버지에게 받았던 상처를 기억하고 분노한다. 태어나면서부터 아버지에 대해 불편한 감정을 느꼈던 것 같다. 내가 생각하는 아버지 역할을 강요했으며,

그래서 항상 아버지와 마찰이 있었다. 나는 아버지의 입장 따위는 고려해보지 않았다. 내 아버지는 내가 생각하는 방식대로 살아야 했으며, 그래야 내 아버지이기 때문이다."

강연 이틀날 다른 학생이 편지로 비슷한 질문을 보내왔다.

"제게는 한 가지 문제가 있습니다. 저를 이끌어주시는 교수님의 말을 들을 때에도 항상 걸러서 듣는다는 것입니다. 틀림없이 그분이 옳다는 것을 알면서도 '나만의 길을 가겠어. 교수님은 이건 틀려'라는 목소리가 내면에서 들립니다. 그래서 제가 계속 제자리 걸음을 하고 있는 것 같습니다."

학생들이 그토록 진지하게 정신적 성장과 내면 문제에 대해 고민하고 있다는 사실이 감동적이었다. 강의 주제는 자기 정체성 개념과 그 형성에 대한 내용이었다. 자기 정체성은 1959년에 에릭 에릭슨이 처음 제안한 용어이다. 프로이트 시대의 인간은 억압된 욕망으로 인해 고통받았지만 현대인에게 욕망은 거의 무한대로 충족된다. 대신 현대인들은 생존에 관한 결핍된 느낌으로 힘들어 한다. 열심히 일하지만 그 이유를 알지 못하고, 일을 끝내도 성취감이나 만족감이 없다. 항상 내면이 텅 빈 느낌이며 사랑과 분노, 조증과 울증이 급격히 반복되는 정서적 롤러코스터에 시달린다. 자기만의 정체성이 제대로 형성되어 있지 않기 때문이다.

정체성은 사춘기부터 형성되기 시작해 25세 무렵에 완성되는 정신 기능이다. 그 기간 동안 인간은 아동에서 성인으로, 개인에서 사회적 존재로 변화해간다. 부모에게서 심리적으로 독립해 고

유한 자기 개념과 자기만의 삶을 만들어간다. 시간이 흘러도 동일하게 유지되는 자기 개념, 다양한 정서들을 균형 있게 체험할 수 있는 능력, 활기차고 의미 있는 삶을 느끼는 능력 등이 거기에 포함된다. 하지만 현대인들은 그것을 형성하기 어렵다고 한다. 이유로는 산업화로 인한 공동체 해체를 가장 먼저 꼽는다. 공동체가 제공해주던 삶의 비전, 지혜 등을 상실한 채 도시의 허허벌판에서 홀로 자기 삶의 명분과 의미를 만들어내는 일이 쉽지 않다.

정체성 형성이 어려운 또 다른 이유는 양육 환경의 변화이다. 핵가족 사회에서 부모와 긴밀하게 관계 맺으며 자라는 자녀들은 부모로부터 정서적 침해를 당하기도 쉬워진다. 그런 환경에서 젊은이들은 자기만의 정체성을 형성하는 것을 포기한다. 권위적이고 지배하는 부모에게 삶의 주도권을 내어주고 부모가 원하는 대로 살아가는 순응 유형이 있다. 반대로 매사에 부모에게 반항하면서 서둘러 자기 삶을 찾아 떠나는 반발 유형이 있다. 그들은 권위에 도전하면서 사회에 적응하기 어려워한다. 글 앞머리에 질문한 두 청년이 겪는 어려움이 이 범주에 속한다.

자기 정체성을 형성하지 못하는 세 번째 유형은 자기를 분산시키는 경우이다. 그들은 생에 대한 질문 없이, 열정이나 기대 없이, 어떤 역할도 맡기 싫어하면서 살아간다.

학생들이 미리 보낸 질문에는 두 교수의 내면 이야기가 있었다. 그들은 학생들 앞에서 자기 내면의 불안감과 시기심에 대해 담담한 목소리로 이야기했다. 학생들은 존경하는 교수님들 속에도 자기들과 똑같이 어쩔 줄 몰라 하는 내면 아이가 있다는 사실에 놀라는 눈빛이었다. 아마도 그 자리에 참석했던 학생들은 교수들의 내면 이야기를 경청한 것이 어떤 교훈보다 값지지 않았을까 생각했다.

연전에 한 20대 여성이 부모 세대 여성들이 속내 이야기를 토로하는 자리에 끼어 앉아 있었던 경험에 대해 들려준 적이 있다.

"충격이었어요. 내가 못 받았다고 느꼈던 사랑을, 그들도 가지고 있지 않았어요. 그들도 사랑받지 못했다고 분노하면서 사랑을 줄 줄도 모르고, 심지어 자기 내면에 대해서조차 잘 모르고 있었어요. 대체 누구에게 무엇을 기대했던 건가 싶었어요."

젊은이들은 부모 세대가 자기들을 사랑한다는 사실을 자주 의심한다. 부모에게서 받은 한두 가지 상처에 의식이 집중되어 있어, 자식을 보살피면서 염려한 그 긴 세월이 사랑이라는 사실을 보지 못한다. 부모 세대 역시 물려받은 상처가 있어 어쩔 줄 모르는 채로 고통 속에 살아왔다는 사실을 짐작하지 못한다. 그들도 제대로 된 사랑을 받지 못해서 자녀에게 사랑이라고 내미는 것이 이상한 모습을 띠기도 한다는 사실을 이해하지 못한다.

요즈음 들어 심리에 대한 이야기가 많아지면서 기성세대들은 자기들이 부모 역할에서 범한 잘못을 알아차리고 있다. 미안하고 다급한 마음에 서둘러 자녀에게 화해의 제스처를 취하기도 한다. 아직 부모를 이해할 마음의 준비가 되어 있지 않은 젊은이들은 그 일방적인 태도에 당황한다.

"아빠가 갑자기 '우리 딸 사랑해' 하면서 하트까지 넣어 문자를 보냈어요. 이제 와 왜 그러는 거죠? 그냥 하던 대로 하지……."

"엄마는 나한테 사과한다고 말하지만 그 말투는 여전히 위압적으로 명령하는 방식이고, 엄마 생각을 강요하는 것일 뿐이죠."

이제 내면을 이해하고 소통하기 시작했으니 아마 시간이 좀 걸릴 것이다. 이미 자기 내면의 잘못된 신념을 알아차리는 젊은이들도 있다. 맨 앞의 편지에서 질문했던 학생은 아버지를 심판한다는 내용을 쓴 후 곧이어 자기를 성찰해냈다.

"글을 적어놓고 보니 참 문제가 많은 놈이라는 생각이 든다. 나를 낳았다는 이유만으로 내 기준에 맞춰야 한다고 요구했으니, 아버지는 얼마나 힘들었을까."

두 번째 편지의 학생도 어른을 존경해본 적이 없다고 쓰면서 자신의 모습 한 가지를 통찰해냈다.

"헉, 글을 쓰면서 갑자기 떠오르는 생각이 있는데, 저 역시 그 학우처럼 아버지를 심판의 눈길로 바라보며 반발하는 모습이군요."

학생들은 이제부터 새로운 자기 정체성을 형성해나가기 시작할 것이다. 이런 식으로만 해나간다면 앞으로 우리 사회도 괜찮을 것이다.

박탈과 결핍의 문화를 넘어서

이십 대 남자에게 애인에게 준 가장 비싼 선물이 무엇인지 질문한 적이 있다. 그는 게임기라고 답했다. 여러 달 용돈을 아껴서 선물했다고 덧붙였다. 그에게 다시 물었다. "그 선물을 준 후 얼마 만에 헤어졌어요?" 그는 당황하는 기색으로 기간을 계산했다. 약 열 달이라는 답이 돌아왔다. 내 예상은 6개월이었는데, 예상보다 길었다. 그 연애가 곧 끝났을 거라 예상한 이유는 그들이 좌충우돌하는 열정을 지닌 젊은이였기 때문만은 아니다. 여자가 원했든 아니든 자신의 경제력에 비해 벅찬 선물을 줌으로써 상대의 마음을 얻고자 하는 남자의 마음속에는 이미 불안과 비하감이 존재한다. 만약 여자 쪽에서 먼저 비싼 선물을 요구했다면 그녀는 관계를 물질로 치환하는 오류를 범하는 사람이라는 뜻이다. 그런 관계는 허약한 토대 위에 서 있는 셈이다.

간혹 명품 가방이나 비싼 선물을 원하는 여자친구 때문에 곤란해하는 젊은 남자를 보면 연인과 헤어지는 방법을 권한다. 남자에게 비싼 물건을 요구하는 여자는 지나치게 의존적인 사람이다. 비싼 물건이 자신의 가치를 돋보이게 한다고 느낄 정도로 자기 존중감이 약하며, 마음 깊은 곳에는 자기가 명품처럼 특별하다는 나르시시즘마저 뒤섞여 있다. 비싼 옷과 구두로 치장한 다른 여자들을 보면서 시기하는 마음까지 경험하고 있을 것이다. 사실 위에 나열한 감정은 여자들에게 보편적인 것이다.

가끔 여자들의 결핍감은 그 바닥이 얼마나 깊고 어두울까 생각해본다. 믿어지지 않지만 한탄하듯 자기 이야기를 꺼내는 여자들은 약속한 듯 동일한 수사법을 사용한다. 누군가 자신에게 아무것도 주지 않았다는 것이다. 엄마 혹은 아빠가 아무것도 해주지 않았고, 남자친구 혹은 남편이 아무것도 해주지 않는다고 하소연한다. 여자는 결핍을 널리 공표함으로써 사랑받으려 하고, 심지어 그 결핍을 소중히 간직한다고 일찍이 프로이트는 제안한 바 있다. 프로이트는 여자의 결핍감 근원에 페니스 엔비가 있다고 설명한다. 여자가 핸드백이나 구두를 목숨처럼 아끼는 것은 그것이 그녀들이 결핍된 것을 대체해주는 사물이기 때문이다.

프로이트 이론이 아니라도 우리나라처럼 남녀 차별이 심한 문화에서 자란 여자의 내면에는 결핍감이 쌓일 수밖에 없다. 여자들은 남자 형제와 차별당한 내용을 칫솔 하나, 옷 한 벌에 이르기까지 세세하게 기억한다. 성인이 된 후에도 상대적으로 여자의 사회 진출 기회가 적은 우리 문화는 다시 한 번 박탈감을 안긴다. 하지만 그 모든 것보다 근원적이고 치명적인 결핍의 감각은 탄생하는 순간 만들어진다. 대부분의 여자들은 출생의 순간 환영받지 못한다는 느낌을 경험한다. 딸이라는 이유 때문에 윗목에 밀쳐지거나 어른들이 침울한 표정으로 고개 돌린 기억을 무의식 깊은 곳에 간직하고 있다. 그 경험은 당사자의 첫 번째 정서가 될 뿐 아니라 세계관의 밑그림이 된다. 환영받지도 사랑받지도 못한 최초의 박탈감은 무의식 깊은 곳에 새겨져 영원히 당사자를 결핍과 불안에 떨게 만든다.

우리나라 텔레비전에는 왜 그토록 먹는 장면이 자주 방영되는지 묻는 이들이 있다. 언제 보아도 텔레비전에서는 입을 크게 벌리고 허겁지겁 음식을 먹는 사람들의 모습이 흔하게 목격된다. 사람들은 입안 그득한 음식을 씹으며 가난해서 굶주리던 시절을 이야기한다. 물로 배를 채우거나 보리쌀 한 줌에 봄나물을 듬뿍 넣어 온 가족이 끼니를 해결했던 이야기. 착한 가격에 푸짐한 음식을 주는 식당을 찬양하기도 한다. '먹방'이라는 신조어는 우리의 결핍감이 또 하나의 문화를 만들어가고 있다는 의미처럼 들린다. 먹방을 의식한다는 것은 우리가 무의식적으로 또 한 가지 사실을 알아차리고 있다는 의미인지도 모른다. 우리가 너무 오래 박탈과 결핍의 자리에 서 있었다는 것을, 이제는 그만 벗어나고 싶어 한다는 것을.

우리의 현대사는 그 자체가 박탈과 결핍의 과정이었다. 지난 100년 동안 우리나라 국민은 누구나 직접적이든 간접적이든 조국과 삶의 터전을 잃고, 가족과 재산을 잃은 경험을 지나왔다. 삶을 통째로 잃은 이도, 목숨을 잃은 이도 있다. 가난했던 시절 역시 불과 얼마 전의 일이며, 마음은 여전히 그 상실의 경험에 머물러 있는 듯 보인다. 여자들이 자신의 결핍감을 소중히 간직한 채 포기하지 않으려 하듯, 우리 사회도 못 받은 사과와 덜 먹은 끼니들에 대해 반복해서 이야기한다. 개인적으로든 사회적으로든 우리는 결핍의 빈 곳을 소중히 간직한 채 박탈의 허공을 디디고 서 있는 게 아닐까 싶다. 아무리 눈부신 경제 성장을 이루고 물질적으로 풍요로워져도 소용없는 일이다. 자본주의는 다시 개인의 결핍감을 자극하며 성장하고 있으므로.

여자들의 결핍감은 그 자체로 아무 잘못이 없다. 심지어 그녀들은 자신의 무의식 속 검은 구멍을 인식하지도 못한다. 모르는 채로 그것을 타인에게 떠넘긴다. 남자친구에게서 게임기를 선물받고 떠난 여자처럼 자기도 모르게 남자에게 박탈감을 넘겨준다. 남자는 이제 결핍 상태를 인식하게 되며, 상실된 것을 보상받기 위해 열정적으로 무엇인가를 찾아 헤맨다. 다른 여자이거나 중독 물질 같은 것을. 그러면서 가끔 중얼거릴 것이다. 아무리 술을 마셔도 취하지 않는다고. 그렇게 우리는 수직으로 수평으로 널리 박탈감, 결핍감을 퍼뜨리는 듯 보인다.

역사적 박탈감도, 개인적 결핍감도 그것을 해결하는 방법은 못 받았다고 생각하는 것을 기어이 받아내는 일이 아니다. 박탈과 결핍감을 보상받으려는 마음을 포기하는 일이다. 그것을 영영 포기해야 한다고 생각할 때 솟구치는 분하고 억울한 마음도 내려놓아야 한다. 그런 다음 어려움 속에서도 우리가 이루어낸 것들에 초점을 맞춰볼 수 있다. 관점을 바꾸면 우리의 성취감, 승리감, 강인함 등이 보일 것이다. 무엇보다 우리 정신에 자연의 신비로움과도 같은 복원력이 있으며, 우리가 경험한 상실이 우리를 더욱 강하고 창조적으로 만들었음을 알 수 있을 것이다. 박탈의 역사가 아니라 승리의 역사를 새롭게 써나갈 수 있을 것이다. 물론, 그렇다고 해서 피해자의 승리가 가해자의 잘못을 없애주는 것은 아니다. 다만 가해자의 죄는 영원히 그들 몫이라는 자명한 사실만으로 충분하지 않을까.

여성 직장인이 치르는 장애물 경주

사십 대 초반의 그녀는 지난봄 회사에서 중요한 직책으로 승진했다. 열심히 일해서 얻은 정당한 성취였고 원했던 일이기에 만족스러웠다. 하지만 최초의 기쁨이 지나가자 막다른 벽에 부딪친 듯한 마음 상태가 되었다. 다행히 그녀는 자기 성찰 능력이 있었기에 자기가 느끼는 막막한 감정이 일종의 불안이라는 것을 알고 있었다. 이해할 수 없는 점은 그 불안의 근거가 없으며, 평소처럼 조절되지 않는다는 것이었다. 그녀는 나름대로 여러 가지 노력을 해 본 듯했다. 그러다가 일면식도 없는 내게 편지를 보내왔다.

그녀처럼 승진 후 혼돈에 빠지는 여성을 더러 만난 일이 있다. 그녀들은 대체로 업무를 스마트하게 해내고, 조직 생활에 잘 적응해온 성격 좋은 이들이다. 상사나 사용자 입장에서 볼 때 믿음직한 부하 직원이었기에 그 자리까지 갈 수 있었다. 하지만 승진 후 관리자가 되면 이전과는 다른 태도를 보인다. 물론 남성도 승진하면 막중한 임무와 무거워진 책임감 앞에서 적응하는 시간이 필요하다. 그럼에도 부하 직원을 관리 감독하는 일 자체를 불편해하지는 않는다. 세상을 수직적 경쟁 구조로 파악하는 남성들에게 그것은 어려운 일이 아니다. 하지만 세상을 수평적 평등 구조로 이해하는 여성들은 권력을 사용하는 일을 불편해한다. 타고난 특성도 아니고, 배운 적도 없는 역량을 한순간에 능숙하게 사용하는 사람은 드물 것이다.

승진한 여성이 혼란에 빠지는 지점은 바로 그곳이다. 그녀들은 그 자리까지 가는 동안 사용했던 역량과는 전혀 다른 것을 요구하는 업무 앞에서 어려움을 느낀다. 누구든 승진했다는 여성을 만나면 나는 이렇게 묻는다. "권력을 사용하기가 쉽지 않지요?" 그러면 그녀들은 다양한 속내 이야기를 들려준다. 부하 직원의 잘못을 지적하기 싫어 뒷수습을 직접 했다고, 업무를 지시할 때마다 내면에서 불편한 감정이 올라온다고, 아무래도 적성에 맞지 않아 사표를 써둔 상태라고. 내가 보기에 열 명의 여성 중 많아야 두 명 정도만이 권력을 잡았을 때 마음껏, 거침없이 사용하는 것으로 보인다. 나머지 80퍼센트의 여성은 혼란 상태에서 천천히 권력 사용법을 배워나가거나, 기어이 그것을 반납한다. 내게 편지를 보낸 여성도 같은 어려움을 안고 있었다.

권력 사용의 어려움 외에도 그녀는 또 한 가지 이상한 감정을 고백했다. 일종의 배신감, 허탈감 같은 걸 느낀다고 했다.

"나는 여기까지만 오면 되는 줄 알았어요. 그런데 더 가라는 거죠. 그토록 열심히 일한 대가가 고작 이건가, 하는 느낌이었어요."

그녀는 스스로도 그 마음이 이상하다는 것을 알고 있었다. 그것은 전형적인 무의식의 목소리였다. 어렸을 때 부모의 인정과 사랑을 받기 위해 부모가 요구하는 일을 모두 해냈으나 늘 더 큰 요구만 받아온 사람의 내면 마음이었다. 좋은 성적표를 가져가면 따뜻한 포옹과 사랑의 말이 있을 거라 기대한 아이가 여전히 내면에 존재하는 거라고 말해주자 그녀는 눈물을 보였다. 아무리 좋은 성적을 받아도 칭찬은커녕 늘 다른 형제와 비교하던 부모에 대해 말했다.

권력 사용법을 배워야 하는 점, 무의식에 도사린 인정 욕구가 현실을 잠식하는 것 외에도 여성의 사회생활을 어렵게 하는 요소가 한 가지 더 있다. 여성의 내면에 상징계가 잘 형성되어 있는 경우가 드물다는 점이다. 상징계란 의식 속에 형성되는 요소로서, 자신이 소속된 사회의 상징체계를 이해하고, 사회에 편성되어 있는 관습과 제도를 수용하고, 사회의 규칙과 질서를 지키는 역량을 말한다. 상징계는 대여섯 살 무렵, 아버지가 지배하는 가정의 규칙과 질서에 순응하면서 만들어진다. 아들들은 아버지의 말에 순응하고 아버지와 잘 지내는 법을 익히는 과정에서 저절로 상징계가 만들어진다. 하지만 딸은 아버지의 권력에 복종하기보다는 아버지의 사랑을 받고 싶어 한다. 성인이 되어 사회생활을 할 때면 권력자의 말에 복종하기보다는 그의 마음에 들고 싶어 하는 태도를 보인다.

상징계의 부재, 현실의 냉정한 질서와 규칙에 대한 인식 결여는 여성의 맹점처럼 보인다. 사적인 삶의 영역에서는 문제되지 않지만 직장에 들어가면 바로 그 지점에서 저항감을 느낀다. 갓 사회생활을 시작한 여성들이 어려움을 호소할 때 사용하는 관용구 중에 "세상이 내 맘 같지 않아요."라는 게 있다. 세상이 어땠으면 좋겠느냐고 물어보면 서슴없이 "온정적이고 평등하고 안전하고 배려하는……." 이렇게 답한다. 그런 세상은 본인의 환상일 뿐, 현실의 실체가 아니지 않느냐고 물으면 "그래서 내가 세상을 바꿀 거예요."라고 대답한다. 세상을 바꾸기 위해서라도 먼저 세상에 대한 그 환상을 버려야 한다. 눈앞의 냉혹한 현실을 수용하고, 그곳에 적응하고, 그 안에서 힘을 얻어야 세상을 바꿀 수 있는 게 아니냐고 물으면 두 가지 태도가 돌아온다. 아프게 그 말을 수용하거나, 비겁한 타협의 언어로 치부하거나.

여성의 사회생활은 쉬운 일이 아니다. 양성 평등을 말하지만 우리 사회는 여전히 남성의 법칙으로 움직이는 남성 중심 사회이며 여성이 그 속에서 일하기 시작한 지 채 100년도 되지 않았다. 남다른 공감 능력, 수평적 관계 맺기, 돌보는 기능 등을 여성 리더십의 특성이라고 칭송하지만 그것은 여성에 대한 편견이 적은 사회에서나 통용되는 자질이 아닐까 싶다. 여성 직장인들은 안으로 남성 조직에 적응할 수 있는 역량을 키우면서 밖으로는 그들의 트랙 안에 놓인 특별한 허들을 넘어야 한다.

남성들은 여성이 일에서 평등하기를 바라면서도 동료가 아닌 여자로 바라보기 좋아한다. 예쁜 여자는 착할 뿐 아니라 유능하다고 믿고 싶어 한다. 여성 상사가 부임해도 우선 "예뻐?" 하고 묻는다. 또 하나의 허들은 남성 우월감에서 비롯되는 편견의 시선을 받아내야 한다는 점이다. 남자가 화를 내면 당연한 일로 여기면서 여자가 화를 내면 감정 조절을 못 한다고 평가한다. 남자가 침묵하면 깊은 숙고에 들어갔다고 여기고 여자가 침묵하면 토라져서 말이 없다고 평가한다. 무엇보다 남자들은 결코 여자가 권력을 갖기를 원하지 않는다. 위험한 자리, 끝이 빤히 보이는 자리가 아니면 여자에게 내어주지 않는다. 그런 자리에서라도 여자가 오래 머무를까 봐 간간이 흔들기를 멈추지 않는다.

남녀가 화해롭게 지내는 세상을 위하여

한 출판 평론가가 사석에서 지난 20년 동안 우리 출판계의 베스트셀러를 통해 본 남성과 여성의 변화에 대해 이야기했다. 1990년대 초부터 우리 사회를 강타한 베스트셀러는 대체로 여성 작가들의 소설이었으며 그 내용은 이랬다고 한다. 남자가 가져다줄 행복을 꿈꾸며 수동적으로 희생하는 삶을 살지 않겠다고 결심하는 여자, 더 이상 남편을 위해 아침상을 차릴 수 없다고 선언하는 여자, 욕망을 원만히 충족시키기 위해서는 애인이 세 명은 있어야 한다고 생각하는 여자 이야기.

남성인 그는 이렇게 이야기를 마무리했다.

"여성들의 이야기가 쏟아지던 시기에 남성의 삶을 다룬 작품은 김정현의 《아버지》 단 한 편이었습니다. 그것을 끝으로 더 이상 남성 서사의 베스트셀러는 나오지 않았죠."

사실 지난 20년 동안 여성들의 삶은 많이 변화했다. 재산 분할권, 상속권, 사회 진출도, 성 평등 교육, 가사노동 분담 등 전에는 상상도 하지 못했던 세상을 만들어냈다. 그것은 모두 여성들이 주도해서, 여성들의 노력으로 이루어낸 성과였다. 거기에는 조금도 잘못된 점이 없었고, 지금도 변화는 진행 중이다.

하지만 변화를 주도할 때 우리 여성들이 간과한 점이 있었다. 그동안 경험한 삶의 부당함, 불공평함에 대해 이야기하면서 남자들을 그런 불편과 불만을 준 존재로 취급했다는 점이다. 예전에 남성들이 여성을 미성숙한 존재로 여겼듯이, 이제는 여성들이 남성을 무감각하고 이기적인 존재로 치부하곤 한다. 무엇보다 여성이 주도하는 변화에 대해 남성이 어떻게 느끼는지 물어보지 않았다. 여자들은 막연히 남자들이 따라서 바뀌기를 기대했던 것 같다. 하지만 그것은 비현실적인 꿈이다.

"여자가 바뀐다고 해서 전체가 저절로 변화하는 것은 아니다. 실제로 남성들은 여성들이 이루어낸 변화에 본능적으로 적응하기보다는 오히려 두려워한다. 변화된 사회 구조와 남성으로서의 자아 사이에 존재하는 불확실성을 두려워한다. 여성이 주도하는 변화의 소용돌이 속에서 균형을 잡아보려고 안간힘 쓰고 있다."

오스트레일리아의 심리학자 D. 로즈 킹마 박사가 1993년에 출간한《우리가 몰랐던 남성(The Man We Never Knew)》의 한 대목이다. 서구 페미니즘 운동과 여성 권리 찾기가 30년쯤 진행된 시점에서 나온 성찰이며, 현재 우리 사회에 적용되는 말이 아닐까 싶다.

그동안 남성들은 여성이 주도하는 변화를 멀찍이 물러서서 지켜보는 입장이었다. 간혹 사석에서 여성들의 변화에 대해 불편한 감정을 드러내는 이도 있었고, 여성의 사회적 성취에 예리한 비판의 칼날을 들이대는 이도 있었다. 하지만 변화는 물 흐르듯 진행되었고 남자들은 점점 더 혼돈 상태에 빠져들었다. 전과 같은 남성 정체성을 유지할 수 없게 되었고, 여자들의 요구에 부응하느라 힘이 부친 상태가 되었다.

1990년대 미국 대중 매체에는 '남자 두들기기'라 불리는 현상이 있었다. 광고에서 얼간이나 바보 역할, 연인 중 차이는 역할, 분노와 폭력의 대상은 100퍼센트 남자였다. 오락 프로그램이나 시트콤에서 익살과 조롱의 대상은 늘 남자였다. 팬시 용품에도 남자를 비하하는 문구가 인기를 끌었다. '남자에 대해 알면 알수록 강아지를 더 사랑하게 돼.'

심리학자 스티브 비덜프는《남성 심리학자가 말하는 남자의 생(Manhood)》에서 남자를 두들기는 풍조는 여성 소비자들을 겨냥하는 것이라고 진단한다. 소비 주체인 여성들의 마음을 상하게 하면 업체가 존폐의 위기까지 맞을 수 있기 때문이다.

지금 우리나라에서도 비슷한 현상이 보인다. 대중 미디어에서 남자 캐릭터는 크게 두 가지로 나뉜다. 여성들이 정당하게 분노를 표출할 수 있는 지질한 악당이거나, 여성들의 판타지를 충족해주는 백마 탄 왕자. 한편에서는 남자와 관계 맺는 방법으로 '남자 사용법'이 회자되고 있다. 남자에게 일을 시킬 때는 양자택일을 하게 하라, 바람기 있는 남자는 적은 용돈으로 관리하라 등등.

이런 이야기들은 남자들을 불편하게 한다. 월급봉투를 아내에게 주고 39만 원의 용돈을 받으며 몰래 비상금을 챙기는 남편 마음에 불평이 일지 않는다면 그게 더 이상한 일이다. 적은 용돈을 쪼개어 아내의 생일 선물까지 마련해야 한다니, 분노가 일지 않는다면 거짓말일 것이다. 하지만 남자들은 그런 일로 화를 내면 자기만 못난 사람이 된다는 사실을 알고 있다. 모든 불편하고 부정적인 감정들을 참으면서 남자들은 간접적이고 수동적인 방식으로 공격성을 표출한다.

아내의 부탁을 깜빡 잊는다든가, 머리와 허리가 아프다고 불평하면서 퇴근 후 텔레비전만 본다든가, 낮 동안 밖에서 있었던 일을 집에서 전혀 말하지 않는다든가, 아내와 눈길 마주치기를 피하거나, 사소한 일에 벌컥 화를 내거나, 늘 따분한 기분인 채 먼 곳으로 떠나고 싶어 한다.

그 행동들에 담긴 메시지는 하나라고 비덜프 박사는 말한다. "나는 내가 진실로 바라는 걸 하기 두렵고, 내가 진실로 느끼는 걸 표현하기가 두려워." 남편의 신호를 이해하지 못한 아내는 다시 남편에게 잔소리한다. 남자들은 아직 멀었다고, 남자들이 더 많이 변해야 한다고.

남녀 사이의 갈등에 대해 더 나쁜 전망도 있다. 뉴욕대 정치사회학과 교수인 앤드류 해커 박사는《어울리지 않는 짝: 남녀 사이의 격차(The Growing Gulf between Woman and Man)》에서 이렇게 말한다.

"여자들이 점점 자립적이 되고, 남자에 대해 비판적인 자세를 갖게 됨에 따라 그들은 데이트 상대자나 배우자가 되기에 자격 미달인 남자들이 많다고 느낀다. 남녀 사이에는 역사상 유례없는 격차가 생겨나고 있다. 그들은 더 많이 갈등하고 비난하며 헤어지게 될 것이다."

하지만 남녀가 서로 갈등하면서 은근히 비난하는 풍조는 오히려 희망적인 신호로 읽힌다. 여전히 상대 성에게 관심이 있으며 생의 동반자나 협력자로서 동행하겠다는 의지가 밑바닥에 깔린 행동이기 때문이다. 더 깊이 절망하면 상대 성에게 무관심해지면서 관계를 단절해버리는 지점으로 갈지도 모른다.

개인적인 생각이지만, 지난 20년 동안 여성이 변화를 주도해온 것처럼 남성과 여성이 조화롭게 지내기 위한 변화도 여성이 시도해야 하지 않을까 싶다. 여성에게는 유전적으로 자신과 타인을 돌보는 기능이 있고, 자신의 감정뿐 아니라 타인의 감정을 잘 느끼고 공감하는 역량이 있기 때문이다.

변화의 첫 번째 시도로서 남녀 각각 어른이 되어야 하지 않을까 생각된다. 물론 무의식에 있는 '내면 아이'를 치유하고 성장시켜야 한다는 의미이다. 한발 물러선 자리에서 남녀 사이의 갈등을 바라보면 그것은 대체로 의존성에서 비롯된 문제로 보인다. 갈등의 핵심은 늘 상대가 무엇인가 해주기를 기대했다가 좌절당했다는 호소이다. 사랑, 지지, 금전, 혹은 핸드백. 연인이나 배우자는 두 어른이 만나 친밀하고 협력적인 관계를 이어가는 사람이라는 인식이 먼저 자리 잡아야 할 것이다.

다음으로는 남녀 모두 서로의 입장을 배려하는 마음이 필요할 것이다. 남편 입장을 한 번만 헤아린다면 출근하는 손길에 쓰레기 봉투를 쥐여 내보낼 수 없을 것이다. 출근길 만원 지하철을 한 번만 타본다면 그런 일을 시킬 수 없을 것이다. 그것은 혹시 남편이 자기를 사랑한다는 신호를 아파트 단지 전체에 자랑하고 싶은 마음이 아닌가. 사석에서 그런 말을 하자 한 여성이 이렇게 답했다.

"그런 말을 공식적으로 했다간 여성의 공공의 적이 될 거예요."

하지만 나는 늘 그렇게 생각했다. 아내가 남편 직장에서 일주일만 근무해보면 퇴근하는 남편에게 바가지를 긁을 수 없을 거라고.

마지막으로, 지금이라도 남성들이 속내 이야기를 털어놓기 시작하면 좋을 것이다. 앞서 언급한 출판 평론가가 "남성 서사를 다룬 이야기는 2000년 이후 없었다."라고 말할 때 그는 그 점을 안타까워하는 듯했다. 남성들도 가정과 사회가 요구하는 슈퍼맨이나 맥가이버가 되려고 애쓰면서 얼마나 힘든지 말하고 싶어 한다고 짐작되었다. 말하는 것만으로도 내적 압박감이 해소되고, 깊은 무의식에서 치유와 변화가 이루어진다는 사실을 경험했으면 싶다.

여성과 남성이 조화로운 공동의 삶을 이어갈 유일하고 절대적인 조건은 상대에 대해 진심으로 깊이 이해하고 돕는 마음일 것이다. 남자들도 여자 못지않게 불안정하고 의존적이며, 쉽게 상처받고 성숙하려 애쓰는 존재이다. 여성의 권리를 찾는 변화를 여자가 주도했듯이, 남녀가 화해롭게 지내는 삶을 만드는 과제도 여자들에게 달려 있는 게 아닐까 싶다.

차별과 모욕의 문화를 넘어서

일전에 푸른역사 아카데미에서 김찬호 교수의 《모멸감》에 대한 서평회가 있었다. 그 책의 토론자로 요청받았을 때, 책을 읽기 전이어서 그런지 '모멸감'이라는 단어가 낯설었다. 정신분석이나 심리학 책 어디에서도 모멸감을 주제로 연구한 글을 본 적이 없었다. 모멸감이란 타인이 나를 모욕하거나 멸시한다고 느끼는 마음일 텐데, 그렇다면 그 마음의 배면에 있는 감정이 무엇일까 먼저 생각해보았다.

모멸감은 우선 병리적 나르시시즘의 다른 얼굴이 아닐까 싶다.

자신이 특별하고 우월한 존재라 여기며 남들이 그렇게 대해주기를 바라는 사람은 상대방의 태도가 자기 기준에 미치지 못할 때 상대가 자신을 모욕했다고 느끼기 쉽다. 또한 모멸감은 낮은 자기 존중감과 관련 있는 게 아닐까 싶었다. 자기 존중감이 낮은 사람은 남들이 특별한 의도 없이 건네는 말이나 시선에서도 무시당한다는 느낌을 갖기 쉽다.

다음으로 모멸감은 자아가 약하고 자기 경계가 확고하게 형성되지 않는 사람의 특성이 아닐까 싶었다. 자신과 타인의 경계가 분명하고 타인에 대한 의존성이 없는 사람은 남의 말이나 행동에 쉽게 흔들리지 않는다. 누군가 의도적으로 모욕, 음해하는 언행을 하더라도 그것은 분노나 시기심을 조절하지 못하는 상대방의 문제일 뿐이라고 치부할 수 있다. 마지막으로 모멸감은 당사자가 은밀하게 느끼는 수치심이나, 마음 깊이 숨겨둔 죄의식이 상대방에게 투사되어 작용하는 방식이 아닐까 싶었다.

하지만《모멸감》이라는 책을 펼쳤을 때, 허방을 디디는 느낌이었다. 그 책은 사회학자의 관점에서 쓴 책이었다. 아무리 '멘탈 갑(甲)' 인 사람이라도 휘청거릴 수밖에 없는 모욕적 외부 조건에 대해 고찰하고 있었다. 감정 노동자, 사회적 약자, 여성 등이 겪는 사회적 차별과 상대적 비하 사례 들을 광범위하게 연구하고 있었다. 인간 심리를 이해하기에는 프로이트만으로 부족하다고 생각해 심리학에 사회학을 도입한 에리히 프롬이나 에릭 에릭슨과 같은 관점이었다.

앞에서 식민지, 전쟁, 가난의 경험이 남긴 박탈과 결핍의 문화를 넘어서고 싶다고 말한 적이 있다. 반복하자면, 나는 우리 사회의 정신적 붕괴, 심리적 파행이 식민지 시대에 기원을 두고 있다고 생각하는 입장이다. 조선시대까지는 계급 사회이기는 해도 개인이 개인에 대해 그토록 파괴적이고 모욕적인 대상은 아니었다. 하지만 35년에 걸친 식민지 피지배자로서 사는 동안 분노, 모욕, 멸시, 결핍, 슬픔 등의 감정이 국민의 마음 깊숙이 스며들지 않았나 싶다.

인간 심리를 공부하기 시작했을 때, 식민지 피지배 경험은 어떤 느낌일까 혼자 상상해본 적이 있다. 가장 작은 단위로, 가령 누군가 내 집을 함부로 침범해서 내 행동을 규제하고, 내 물건을 함부로 내어가고, 사랑하는 가족을 전쟁터나 공장으로 끌고 가고……. 잠시 상상했을 뿐인데 머리로 피가 몰리면서 심장 박동이 거세어졌다. 그런 날들이 35년쯤 지속된다고 상상하자 딱 죽을 것 같은 심정이었다.

해방조차 우리 힘으로 쟁취한 것이 아니어서 우리는 심리적으로 피지배 경험을 제대로 극복한 적이 없다. 해방 이후 곧바로 발발한 한국전쟁도 한동안 이해할 수 없었다. 우리 것도 아닌 이데올로기를 외부에서 들여와 목숨 걸고 그것을 수호하면서 동족을 죽인 행동은 아무리 생각해도 기이할 뿐이었다. 인간 심리에 대해 공부하면서 어렴풋이, 일본을 향했던 분노가 다른 대상을 필요로 했던 것으로 그 전쟁의 실체를 이해하게 되었다.

그럼에도 학창 시절 우리가 일제강점기에 대해 배운 것은 주로 항일운동의 영웅담 위주였다. 피해의 경험에 대해서도 기록하고 기억하지만, 그 시대가 국민에게 어떤 감정을 떠안겼는지는 아무도 말하지 않는다. 오히려 언제부터인가 "우리가 일본의 식민지였다."고 말하기보다 "일본이 우리를 강제로 점령했다."고 말하고 싶어 한다. 두 문장에 내포된 심리적 차이가 아주 크다는 사실에 대해 공감해주는 사람이 있었으면 하고 간절히 바란 적도 있다.

심리학이 식민지 지배자들의 학문이어서 그런지, 식민지 피지배 경험이 공동체 구성원의 감정에 미치는 영향을 연구한 글은 본 적이 없다. 국내 학자 누군가 그 분야를 연구해서 책으로 써줬으면 소망하기도 했다. 그런 작업들이 선행되어야 우리의 집단 무의식이 된 듯한 모멸과 피해의 경험을 의식화하고, 그 감정들을 인정한 다음, 건강하게 넘어설 수 있을 것이다. 그런 날이 온다면 누가 어디를 참배한다고 해도 예민하게 반응하지 않을 수 있다. 그들의 행동을 냉철한 마음으로 지켜보면서, 우리가 더욱 강한 나라가 되는 쪽으로 마음을 모아, 다시는 그 경험을 되풀이하지 않도록 지혜와 힘을 쌓으면 그만이다.

역사 사회적 상황에 의해 촉발되는 감정은 외부 환경이 개선되지 않으면 해소할 수 없다. 윗세대가 해결하지 못한 모욕과 멸시의 감정이 오늘도 물 흐르듯 다음 세대로 전해지는 게 보인다. 예전에는 이념이나 사회적 차별 문제로 행해지던 모욕과 멸시가 요즈음은 경제적 상황에서 발생하고 있다. 산업화와 함께 개인은 노동력이나 서비스 상품이 되어 분노나 비하감을 표출해도 괜찮은 물질처럼 보이는 듯하다.

한 주상복합 아파트 주차장에 붙은 공지문을 본 적이 있다. 경제적으로 우월하다고 느끼는 아파트 주민들이 자기보다 열등하다고 믿는 상가 입주자들의 주차 공간을 제한하는 소송을 낸 모양이었다. 주차장 사용을 차별하는 행위는 불법이라는 판결을 받았다는 내용이었다. 하지만 공지문은 종이일 뿐 주차장에는 노란색 선으로 구획을 나눈 '아파트 입주자 전용'이 대부분이었다. 그곳에 주차된 외부 차량에는 경고 스티커까지 붙어 있었다. 차별과 모욕을 주고받는 문제가 개인들의 자기 존중감과 공감 능력에 달려 있다고 생각하면 문제 해결에 한 세대만큼 시간이 필요해 보인다.

그 서평회에서 얼마 전 모욕감 때문에 분신한 경비원을 기리며 "경비원을 존경하는 방법은 없는가?" 질문한 이가 있었다. "아파트 경비원 임금을 의사 연봉만큼 올려주면 된다."고 답했다. 말하고 나니 우리는 틀림없이 작은 성취를 과시하고 싶어 하는 심리적 졸부인 듯했다. 사랑받은 경험이 없는 사람은 사랑할 줄 모르듯, 존중받은 경험이 없는 사람은 존중할 줄 모른다. 자신도 타인도.

분노 처리법을 배우지 못한 사람들

나는 성장기 내내 텔레비전에서 국회의원들이 싸우는 광경을 보며 자랐다. 그들은 맨주먹으로 뒤엉켜 싸우기도 하고, 몽둥이 같은 것을 휘두르기도 하고, 테이블 위로 올라가 상대방을 겨냥해 몸을 날리기도 했다. 목청이 터져라 소리치기도 하고, 문을 잠그거나 때려 부수기도 했다. 그 광경을 볼 때마다 어린 마음에도 생각이 많아졌다. 다 큰 어른들이, 벌건 대낮에, 온 국민이 보는 앞에서, 자신을 밑바닥까지 드러내면서, 부끄러운 줄도 모르고 싸우는 걸까…… 궁금했다. 초등학생들도 고학년만 되면 그런 식으로 싸우는 것을 부끄러워하는데. 더욱 궁금한 사실은 그 난폭한 폭력 장면에 대해 누구도 설명해주지 않았다는 점이다. 그들이 왜 그토록 분노에 차서 싸우는지, 싸우는 방법 말고 다른 해결책은 없는지, 그런 관행을 멈추기 위해 노력해야 하는 건 아닌지.

어리고 어리석은 마음에 그랬을 것이다. 국회의원들이 싸우는 광경을 '국회 액션 누아르'라 이름 짓고 마치 영화를 관람하듯 바라보곤 했다. 오래 보아온 덕에 그것에 대해 몇 가지를 이해하게 되었다. 우리 사회는 그 정도 폭력을 당연한 것으로 여기는 문화라는 것을. 오히려 그런 종류의 폭력을 권력자의 특권이자 권력을 행사하는 방법이라 여긴다는 것을. 무엇보다 우리는 힘으로 밀어붙이는 것 외에 다른 문제 해결법을 알지 못한다는 것을. 그것이 실은 내면의 분노를 외부로 투사하는 미숙한 갈등 처리 방식이라는 것을. 진짜 홍콩 액션 누아르를 관람할 때처럼 애잔하고 쓸쓸한 정서가 가슴 밑바닥에 고이는 듯도 했다.

인생은 갈등을 처리하고 문제를 해결하는 과정의 연속이다. 내면의 불안을 어떻게 처리하느냐에 생의 성패가 달려 있고, 자기 분노를 어떻게 소화시키느냐에 인격의 성숙이 달려 있다. 하지만 우리는 내면 갈등을 처리하고 문제 해결법을 배우기 전에 먼저 국회 액션 누아르와 함께 서로에게 분노를 투사하는 법을 배웠다. 온 국민이 그것을 학습하여 가장은 가족에게 똑같은 방식으로 권력을 행사했고, 형은 동생에게 그렇게 했을 것이다. 우리에게는 이중 삼중으로 물려받은 분노가 쌓여 있는 듯 보인다.

아기 때는 엄마가 아이의 분노를 안아주고 소화시켜주어야 한다. 그래야 아기가 분노를 달래는 법을 배워서 내면의 분노를 통합할 수 있다. 그러나 아기의 불편한 감정을 달래주지 않을 뿐 아니라, 왜 엄마를 귀찮게 하느냐고 짜증 부리는 부모는 그런 방식으로 아이에게 분노를 물려주었다. 또한 우리는 사회적으로 분노를 학습해왔다. 홍콩 액션 누아르는 영화를 감상함으로써 간접적으로 자기를 표현하는 예술 치료의 기능이 있다. 그러나 실제 사건인 국회 액션 누아르는 불안과 공포를 퍼뜨리는 기능이 있다. 온 국민에게 미숙한 갈등 처리법과 폭력적 문제 해결법을 학습시키는 효과도 있었을 것이다.

주변 사람들을 둘러보면 그들이 겪는 불편한 감정 중 으뜸은 분노를 처리하는 문제이다. 건강하게 분노를 해소하는 법을 배우지 못한 이들은 화가 날 때 스스로를 달랠 줄 몰라 고통스러워한다. 쉽게 자기보다 약한 자를 공격하거나, 혹은 자기를 공격하여 우울감에 휩싸인다. 우선은 분노의 정체를 이해하는 것이 중요하다. 분노는 본질적으로 받지 못한 사랑이다. 지금 받지 못한 사랑뿐 아니라 무의식 깊은 곳에서 사랑을 받지 못했다고 느끼는 마음이 분노의 근원이다. 치유는 인식의 변화에서 온다. 실제로 사랑을 못 받은 게 아니라 유아기의 미숙한 인식으로 인해 사랑받지 못했다고 느끼는 무의식이 형성되어 있음을 깨달을 때 분노의 문제가 해결된다.

분노는 또한 울지 못한 울음이다. 화난 아이들을 달래보면 처음에는 버팅기면서 화를 내다가, 그것을 계속 받아주면 어느 순간 분노를 누그러뜨리며 훌쩍이기 시작한다. 혼자 있는 게 무서웠다거나, 동생만 예뻐해서 화가 났다고 속맘을 표현한다. 어른들의 분노 해결법도 같은 과정을 거친다. 박해받았거나 고통스러운 일을 경험한 후 충분히 슬퍼하지 못해 화가 나 있었다는 사실을 알게 된 후 슬픔이 온다. 스스로를 가엾게 여기는 마음이 먼저 오고, 그다음에 부모에 대해 가여운 마음이 깃든다. 분노를 조절하지 못하는 부모 세대가 자기보다 더 불행한 삶을 살아왔으며 그들로서는 최선을 다했다는 사실을 알게 되면서 슬픔과 함께 분노가 녹아내린다.

만약 우리가 성장기에 텔레비전에서 정치인들이 갈등을 성숙하게 해결하고 문제를 순조롭게 풀어나가는 장면을 보고 자랐다면 어땠을까 생각해본 적이 있다. 자기주장만을 밀어붙일 게 아니라 상대 입장을 배려하면서 협상안을 찾아내고, 자기 이익만을 염두에 둔 채 상대를 굴복시킬 게 아니라 상생 전략을 사용하고, 서로 극단으로 치달을 게 아니라 제3의 해결책을 모색하는 것을 보면서 자랐다면. 그 상상을 하는 것만으로도 가슴이 두근거렸다. 서로를 비난하면서 화내고 싸우는 것은 약자의 생존법이다. 자기 삶을 주도할 힘이 없다고 느끼거나, 힘 있는 타인이 자기를 통제한다고 느끼는 자들의 반응이다. 강한 사람은 고요하다. 어떤 상황이 오더라도 갈등을 처리하고 문제를 해결할 수 있다고 믿기에 묵묵히 자기 삶을 살아간다.

국회 액션 누아르에 문제의식을 느끼지 못하는 것처럼 우리는 엉뚱하고 이상하게 관대한 문화를 많이 가지고 있다. 술 취한 채 행한 일에 대해 관대한 문화도 이상하다. 맨정신으로 해결하지 못하는 문제를 술자리에서 취한 채 소리 지르며 해결하는 방식은 이상하다. 지나친 음주 자체가 벌써 문제를 회피한다는 의미이다. 인터넷 공간을 메우는 악플에 관대한 문화도 이상하다. 우리가 폭력에 무감각해서 그런지, 그 문제를 해결할 능력이 없는지, 혹은 서로 이익이 얽혀 있어서 그러는지 알 수 없다. 현직 고등학교 상담 선생님이 들려준 말에 의하면 인터넷이 생기면서 학교 화장실 벽의 낙서가 깨끗하게 사라졌다고 한다. 화장실 벽에 낙서하거나 악플을 쓰는 것 말고는 내면 갈등을 해결할 줄 모르는 청소년들을 처벌하는 것만이 능사는 아니다. 그들에게 감정적 갈등을 처리하는 법, 타인의 입장을 배려하는 태도, 삶의 문제를 해결하는 법을 가르쳐야 하지 않을까. 아니, 어른들이 먼저 그런 모습들을 보여주면 아이들은 저절로 보고 배울 것이다.

죽음의 문화를 해결하는 길 위에서

몇 년 전 여름 한국상담학회의 연차 학술대회에 초대받은 적이 있다. 학술대회는 대학 건물 한 동을 통째로 빌려 여러 강의실에서 세미나, 심포지엄, 워크숍 등으로 개최되었다. 주최 측에 의하면 3,500명이 등록했다고 한다. 그곳에서 독자를 만날 기회가 있었는데, 이런 질문을 받았다. "뉴스를 보기 두렵다. 우리 사회가 대체 어떻게 될 것 같은가?" 그것은 10여 년 전부터 독자들을 만나는 자리에서 꾸준히 받아온 질문이기도 하다. "치유를 이야기하지만 우리 사회가 현상적으로는 더 위험하고 혼란스러워 보이지 않느냐?" 그럴 때마다 서슴없이 대답했다. 그래서 다행이라고. 지금의 이 혼돈은 건강한 사회로 가기 위해 꼭 거쳐야 하는 과정이라고, 불안해할 게 아니라 의미를 이해하면 되고, 낙담할 게 아니라 문제를 해결해나가면 된다고.

심리 치료의 핵심은 양가성을 통합하는 데 있다. 치유 과정에서는 반드시 내면에 억압하고 외면해둔 무의식의 어두운 측면, 아프고 나쁘고 지질한 모습들이 밖으로 드러나게 된다. 자기의 못난 모습을 인정하고, 외면해둔 아픔을 경험하고, 그것까지 자신의 일부로 수용하는 과정이 마음의 건강을 회복하는 핵심이다. 대부분의 우리는 자기가 옳고 정당하고 선하다는 신념에 사로잡혀 내면 깊이 억압해둔 그 반대 성향들을 끊임없이 타인에게 투사하고 있다. 그런 방식으로 자녀를 통제하고, 타인을 판단하고, 자기 문제를 회피하는 것이다. 지금 우리 사회가 더 나빠진 듯 보이는 현상은 지난 세기 동안 억압하고 외면해온 마음의 문제들이 일제히 표면에 드러나기 때문이다. 그것이야말로 우리가 치유 과정에 있다는 반증이다.

새 천 년이 시작되던 첫해, 명문대 출신 청년이 인텔리전트 부모를 살해한 사건이 일어났다. 충격적인 사건 앞에서 우리 사회는 아들의 패륜을 비난했다. 그 후로도 청소년들이 양육자에게 폭행을 저지르는 사건이 일어나곤 했는데 그때마다 손쉽게 자식들의 불효를 비판하곤 했다. 하지만 그런 사건들을 계기로 우리는 부모 세대의 양육 방식에 대해 성찰하는 기회를 갖게 되었다. 그로부터

10년쯤 지난 지금 우리는 부모 세대가 해결하지 못한 심리적 문제들이 자녀에게 대물림되면서 어떻게 다음 세대를 아프게 했는지 이해하게 되었다. 잘못된 양육에 대해 부모가 자녀에게 사과하기도 하고, 새롭게 부모 역할을 배우기도 한다. 이제 우리는 "부모가 항상 옳다."는 이상한 신념도 점검하고 있다.

내게는 고등학생인 조카가 있다. 이따금 용돈을 보내주는데 어느 시기에 자주 많은 액수의 돈을 요구했다. 그래서 물어보았다. "고모가 걱정돼서 하는 질문인데, 혹시 선배 형한테 돈 갖다 줘야 하는 일 있어요?" 아주 조심스럽게 물었는데 저쪽에서 즉각 명쾌한 답이 돌아왔다. "그런 일은 없어요. 만약 그런 형이 있다면 정학 맞게 할 수 있어요." 조카의 편안한 말투에 진짜 안심이 되었다.

집단따돌림이나 학교 폭력으로 자살하는 청소년들의 뉴스가 터져 나오던 시기는 2000년도 중반이었다. 그때는 신문을 펼치기 두려울 정도로 자주 청소년의 죽음과 마주해야 했다. 많은 청소년들을 잃고 나서야 우리는 적극적으로 학교 폭력 문제를 해결하기 위해 노력했다. 조카의 대답으로 미루어보면 이제 안심할 만한 안전 시스템이 갖추어진 듯하다.

우리는 10년쯤 전부터 '죽음의 문화'와 맞닥뜨려왔고, 누군가의 죽음을 계기로 사회 문제를 해결해가는 중이다. 희생자가 생기기 전에 미리 성찰하고 개선할 수 있었으면 좋았겠지만, 그러기에는 한 세기 동안 방치해온 심리적 문제들이 너무나 컸다. 문제가 곪고 곪아서 누군가 비명을 지르며 희생되어야만 그쪽으로 고개

돌리고 무엇인가 잘못되었구나 알아차리곤 했다. 희생양이 되는 이들이 언제나 알토란 같은 청소년, 청년이라는 점은 늘 미안하고 마음 아팠다.

세월호 참사가 일어났을 때 가까운 사람들과의 자리에서 이런 말을 한 적이 있다. "희생된 청소년들은 정말 천사였을 거야. 우리 사회의 가장 깊은 상처 부위를 직면시키기 위해, 우리나라가 건강해지는 계기를 마련해주기 위해, 그렇게 돌아갔을 거야." 그런 생각은 아픈 마음을 달래기 위한 환상적 현실 인식일 수도 있다. 하지만 사고 원인과 함께 우리 사회의 묵은 문제들이 드러나는 것을 보면서, 누군가의 죽음이 있어야만 아픈 곳을 인식하는 관행을 거듭 확인했다. 그 문제를 떠안은 채 우리는 또 군부대에서 쏟아져 나오는 젊은 죽음의 문제들과 마주하기도 했다.

지금 우리에게 필요한 것은 오직 용기일 것이다. 부끄러움과 함께 우리가 잘못되어 있었음을 인정하고, 아프겠지만 구조를 해체해서 재조립할 수 있는 용기이다. 지금 어떤 선택을 하느냐에 따라 미래는 많이 달라질 것이다. 아마도 제2차 세계대전 이후 독일과 일본이 취한 서로 다른 태도를 타산지석으로 삼을 수 있을 것이다. 독일은 전범을 가려서 처벌하고, 부끄러운 역사 시설들을 보존하며 반성하고, 철학과 예술의 나라에서 어떻게 히틀러가 가능했는지 지금도 성찰하고 있다. 일본은 전쟁 중에 저지른 행위에 대해 회피하거나 합리화하는 많은 에너지를 쏟아왔다. 지금도 나르시시즘적인 국가 이미지를 지키기 위해 역사를 왜곡하고 있다.

그 전쟁이 끝난 지 50년이 지난 지금, 처음에는 잘 보이지 않던 두 나라의 차이가 확연히 드러나 보인다. 독일은 유럽 대륙의 정치 중심이며 경제 강국으로 면모를 지켜나가고 있다. 일본은 정치적으로 자충수를 두며 고립되어가고, 30년에 이르는 긴 경제 침체를 겪고 있다.

우리 사회는 성찰하고 개선하며 회복해가는 과정에서, 좀 더 큰 용기가 필요한 고비를 넘고 있다. 국가의 앞날을 걱정하는 이들에게 나는 "한 세대쯤 시간이 필요할 것"이라고 말한다. 지금의 30, 40대들이 스스로 건강해지면서 자녀들을 잘 키워내면, 그들이 사회 주역이 되는 30년이나 40년쯤 후 우리나라는 안정되고 강인하며 관대한 사람들의 나라가 되어 있을 것이다. 그 상담학회 학술대회에서 나도 질문을 해보았다. 현장에 있는 이들은 무엇이 가장 힘든지. "점점 어려운 내담자들이 오는 것"이라는 대답이 돌아왔다. 그것도 다행스러운 현상으로 보였다. 이제는 많이 아픈 사람들조차 자신의 문제를 인식하고 개선하기 위해 노력한다는 뜻이므로.

우리에게 필요했던 '저항'의 시간

✤

꿈 이야기 하나. 그는 바다와 육지의 경계라고 할 만한 곳을 따라 해변을 걷고 있었다. 파도가 밀려올 때마다 발이 젖었지만 피하지 않은 채 앞서 걷는 이와 보폭을 맞추며 걸었다. 앞서 걷는 이는 그의 정신분석가였다. 뒷짐을 진 채 걷는 분석가 앞쪽으로 사라센의 칼날처럼 빛나는 해변이 펼쳐져 있었다. 그는 분석가처럼 뒷짐을 진 채 햇살 부서지는 해변을 먼 곳까지 바라보았다.

정신분석을 받는 이가 분석 석 달 만에 꾼 꿈의 사례이다. 정신분석에서 무의식은 자주 바다에 비유된다. '무의식의 깊은 바다'

라는 비유처럼, 꿈 분석에서도 바다는 전형적으로 무의식이 표출되는 형태로 풀이한다. 분석 석 달 만에 꾼 저 꿈은 당사자가 분석 작업에서 첫 번째 저항을 넘어섰다는 의미로 해석된다.

누군가 마음을 치료해야겠다고 결심할 때는 대체로 큰 사건을 경험한 직후이다. 사랑하는 사람의 죽음, 파경, 자녀의 비행 등을 마주할 때 혼자 처리할 수 없는 심리적 어려움을 느낀다. 대형 사건 앞에서는 우리가 평생 회피하고 억압해둔 모든 감정적 문제들이 한꺼번에 쏟아져 나오기 때문이다. 하지만 막상 치료 현장에 들어선 이들은 문제를 개선하고 싶어 하는 만큼 간절하게, 온 힘을 다해 저항한다. 정신분석학에서 '저항'은 "무의식을 뚫고 들어가려는 분석가의 시도에 대한 환자의 방해"라는 뜻이다.

지난해 사월, 우리는 눈앞에서 배가 가라앉는 것을 지켜보면서 그 안에 있던 아이들을 산 채로 바다에 묻었다. 그 참사가 벌어진 뒤 나는 이런 글을 썼다.

최초의 충격이 지나고, 숨이 잘 쉬어지지 않던 우울의 시기도 지나가고 있다. 슬픔과 함께 밥을 삼키고 묵직한 감정을 내면에 간직한 채 일상을 영위했다. 모든 기능들이 조금씩 둔화되어 있었다. 집중력이 떨어지고 말수가 줄어들고 사람 만나는 일을 피하고 싶어졌다. 동년배 여성이 문자를 통해 "이런 시기를 어떻게 보내고 있는지" 물었다. 그는 뉴스에서 눈을 뗄 수가 없는데, 그러다가 어느 순간 몰아치기로 드라마를 시청한다고 했다. 중년 여성의 판타지를 극대화한 드라마를 보면서 그것이 그동안 사용해온 방어기제였다는 사실을 명백히 인식하게 되었다고 덧붙였다. 나는 아무것도 하지 않은 채 가만히 있다고 대답했다. 슬픔과 우울감이 몸을 관통해 지나가도록 그냥 있는 것, 그것 말고는 할 일이 없었다.

서른 살짜리 후배 여성은 녹초가 된 모습으로 나타났다. 뉴스를 통해 심신을 흠씬 두들겨 맞은 기분이라고 했다. 그녀는 우리나라가 사회적 경제적으로 웬만큼 안정된 환경에서 태어나 성장했다. 대한민국이 꽤 괜찮은 나라라는 나르시시즘적 국가 이미지를 가지고 있을 만했다. 그랬기에 사건의 원인이 하나씩 밝혀질 때마다 그곳에 드러나는 우리 사회의 추악한 이면에 경악했다. 우리나라가 그토록 속속들이 썩어 있다는 사실에, 기성세대가 그토록 미개하고 비겁하며 탐욕스럽다는 데 좌절했다. 그녀는 새롭게 품게 된 어른들에 대한 실망과 분노를 어떻게 해야 할지 몰라 답답해했다. 나는 그녀에게 우리나라가 겉으로 그럴싸하게 보이는 데 치중해 해결하지 못한 많은 문제를 덮어둔 채 달려왔다는 사실을 말하지 못했다.

불행한 일이 생기면 우리는 왜 이런 일이 일어났는지 묻는다. 가장 손쉽게 문제 삼을 수 있는 것은 제도나 시스템일 것이다. 다음에는 조직 책임자나 시스템 작동자에게 비난의 화살을 보낼 수 있다. 문제의 책임을 타인에게 떠넘기면 그 일에 대해 느끼는 책임감과 부담감을 덜어낼 수 있다. 외부에 아무도 비난할 대상이 없으면 우리는 곧잘 운명이나 신까지 끌어다 화를 낸다. 우리도 오래도록 그렇게 해왔다. 사회적으로 큰 사건이 터질 때마다 책임 소재를 따지고 책임자를 찾아내어 문책하는 데 치중했다.

젊은 세대들도 그런 마음인 듯하다. 우리가 겪는 불행에 대해 기성세대를 비난하고 싶어 하는 듯 보인다. 분향소를 다녀온 중년 여성은 노란 리본에 적힌 글에서 젊은이들의 분노를 보고 놀랐다고 했다. 기성세대들이 자신의 감정을 어떻게 처리해야 할지 모르는 채 회피 방어기제를 사용하는 동안 젊은이들은 어른들을 비난하면서 이 나라를 떠나고 싶어 했다. 기성세대들이 제도와 시스템을 문제 삼으면서 미안하다고 말할 때 젊은이들은 그 말을 영혼 없는 사과처럼 느꼈다. 기성세대들이 위로의 말을 건넬 때 젊은이들은 "빈말이라도 따뜻하게 하는 게 낫다."고 믿는 그들의 관행을 떠올리며 마음이 싸늘해졌다.

이번 사건을 계기로 세대 간의 갈등이 심화되는 듯 보인다. 젊은이들은 이제 겉으로 그럴싸하게 보이는 데 치중하면서 기성세대가 만들어낸 신화의 본질을 간파해버렸다. 방금 한국을 방문한 외국인에게 우리나라가 어떻게 보이는지 묻는 기성세대들의 마음에 깃든 약한 자존감도 알아차렸다. 기성세대가 자기들이 이루어낸 성과에 나르시시즘적으로 도취되어 있었던 진짜 이유도 실은 내면에 숨겨둔 열등감 때문이라는 사실도 알아차렸을 것이다. 젊은이들이 기성세대의 본질을 알아차리고 그들을 부정하는 것은 바람직한 현상일 수 있다. 사실 그동안 그들이 어른들의 신화를 비판 없이 받아들이는 일이 더 조심스러워 보였다. 어른들의 세계에 의존하여 안락한 삶을 영위하면서 자기만의 삶을 만들어 가려는 의지가 없는 듯 보였다. 이번 사건을 계기로 우리 젊은이들이 어른들을 비판적으로 수용하기 시작한 것은 어쩌면 우리 사회가 또 한 번 새로운 차원의 변화를 꾀하기 위한 발판이 될지도 모른다. 돌연변이가 자연의 건강을 지켜가듯이.

다만 그 과정에서 젊은이들이 한 가지만 기억해주었으면 싶다. 기성세대들은 여러분이 상상해본 적도 없는 가난과 전쟁과 폭력의 기억을 내면에 간직하고 있는 이들이라는 것을. 해결하지 못한 심리적 문제가 당사자의 마음속에서 현재처럼 생생하게 경험되고 있다는 것을. 자기 마음에 대해서조차 무지했던 이유는 고통스러운 내면을 차마 들여다볼 용기가 없어서 그랬다는 것을. 그들의 사과가 빈말처럼 들릴 때는 그들이 미안하다는 말조차 당당하게 하지 못할 정도로 마음이 약하다는 사실을. 황무지를 개간하듯 이 나라를 이끌어온 그들의 추진력이 비록 불안과 강박증이었다고 해도, 그들에게도 틀림없이 배울 만한 지혜가 있다는 사실을. 무엇보다 이 사실을 꼭 기억했으면 싶다. 그들이 젊은이들에게 주지 못한 배려, 관용, 안전한 환경 등을 그들도 받아본 적이 없다는 것을. 인간은 누구나 자기가 경험한 것만을 내면화시켜 자신의 일부로 만들 수 있으며, 내면에 있는 자질만을 타인에게 건네줄 수 있다는 것을.

슬픔과 우울감이 우리 사회를 뒤덮고 있는 현상은 불행 중 다행으로 보인다. 우리가 감정의 문제를 회피하지 않고 정면으로 받아안을 만큼 단단해졌다는 의미일 것이다. 부모 세대가 젊은이들에게 미안하다고 말하게 된 것도 다행스러운 일이다. 그들이 자녀에게 어떻게 나쁜 것을 물려주었는지 세밀하게 알아차리고 개선해나갈 수 있다면 더 좋을 것이다. 이제 남은 일은 "우리가 괜찮지 않다."고 말하는 것이다. 겉으로 보이는 모습을 멋지게 꾸며놓고 우리가 꽤 괜찮다고 믿어온 나르시시즘적인 도취에서 벗어나는 일이다. 우리의 내면에 윤리나 양심 따위가 들어설 자리가 없을 정도로 불안과 결핍이 가득하다는 사실을 이해하는 일이다.

'인재'라는 말의 진짜 의미는 그 재난에 직접적인 원인을 제공한 사람이 정신적 심리적으로 온전하지 못한 상태였다는 의미이다. 그가 이미 심리적 문제를 안고 있는 사람이거나, 위기의 순간 정신이 제 기능을 발휘하지 못했다는 뜻이다. 우선은 제도를 개선하고 시스템을 바꾸어야 할 것이다. 하지만 근본적인 해결책은 우리 사회 구성원이 저마다 심리적으로 건강해지는 일이다. 우리 사회에서 발생하는 사건에 대해 우리는 모두 심리적 공범이다.

세월호 참사는 피해 가족뿐 아니라 사회 구성원 전체에게 치료하지 않으면 안 되는 트라우마였다. 당시 우리는 사고 원인을 낱낱이 규명할 뿐만 아니라 이 일을 계기로 우리나라를 안전하고 건강한 사회로 변화시키자고 다짐했다. 우리 사회를 병들게 한 부정부패와 비리의 몸통을 근본적으로 들어내기로 결심했다.

그로부터 1년이 훌쩍 지난 지금 우리는 아무것도 변화한 게 없다고 입을 모은다. 그것은 '저항의 문제'로 보인다. 한 개인이 자발적으로 정신분석을 받을 때조차 저항은 다양한 방식으로 찾아온다. 어떤 이는 분석가를 믿을 수 없다고 여기면서 자기 이야기를 조금도 털어놓지 못한 채 작업을 중단한다. 분석가에게 자기를 표현할 수는 있어도 분석가가 주는 공감과 지지를 믿지 못해 좋은 것을 받아들이지 못하는 이도 있다. 나르시시즘적 자기 이미지를 유지하기 위해 서슴없이 분석가를 비난하거나 무시하는 이들도 있다.

분석가에게 저항하면서 당사자들이 지키려고 하는 것은 그동안 자신이라고 믿었던 실체, 그만하면 잘 운용해왔다고 믿는 삶의 방식들이다. 그것을 해체해야만 새로운 지평으로 나아갈 수 있다는 것을 알면서도 그것을 놓치면 죽을 것 같은 불안을 느낀다. 앞서 소개한 꿈이 특별한 이유는 비로소 저항을 넘어섰다는 의미이기 때문이다. 편안하게 분석가를 믿고 따를 수 있으며, 무의식이 파도처럼 발을 적셔도 도망치지 않으며, 그 길이 멀더라도 담담히 수용할 마음 상태가 되었다는 뜻이다.

지난 1년 동안 우리는 그 사건과 관련된 다양한 저항의 경험을 지나왔다. 적극적으로 비리를 뿌리 뽑겠다고 했지만 현실적으로는 아무런 실천적 움직임이 없었다. 지연과 회피 행동도 저항의 일부이다. "반드시 그렇게 하겠다."고 다짐하면서 우리가 얼마나 잘해왔는지를 이야기하기도 했다. 어떤 경우에 저항은 열심히, 잘하는 모습에 초점을 맞추어 분석가에게 어필하는 태도로 나타난다. 경제부터 살려야 한다는 대의에 밀려 부정부패 문제는 잠시 덮어두기도 했다. 무의식을 마주 보는 고통으로부터 도망치기 위해 다른 일을 핑계하는 행위는 저항의 흔한 방식이다. 침몰한 배를 인양하는 문제로도 이견이 많았다. 돈이 많이 든다, 또 다른 희생자가 생길 것이다 등의 이야기를 듣고 있으면 그것은 정신분석을 받는 이가 저항 단계에서 하는 말과 똑같이 들렸다.

저항은 당사자에게 꼭 필요한 시간이다. 무의식에 억압해둔 괴물 같은 감정과 마주하기 위해 마음을 준비하는 기간, 조금씩 무의식의 파도에 발을 적시며 마음을 다지는 시간이다. 그동안 부여잡고 있던 자기 이미지와 낡은 생존법을 포기해도 죽지는 않는다는 사실을 거듭 확인하는 시간이다. 그런 시간들 끝에서 우리는 비로소 바닷속에 가라앉아 있는 그 배를 인양하기로 결정할 수 있었다. 집단 무의식의 바닷속으로 뛰어들어 침몰선 주변에 자리 잡고 있는 우리 사회의 부정적 요소들과 직면할 용기를 내었다는 의미일 것이다.

정신분석을 받는 이들이 자주 꾸는 꿈이 또 한 가지 있다. 높은 곳에서 몸을 던져 바닷속으로 뛰어드는 종류의 꿈이다. 산소호흡기 없이 바닷속 깊숙이 헤엄쳐 들어가는 꿈, 발을 삐끗하며 넘어졌는데 하염없이 바닷속으로 빨려드는 꿈 등이다. 이런 꿈들은 저항을 이겨내고 적극적으로 무의식의 바다를 탐험하기 시작했다는 뜻으로 풀이된다. 실제로 이때부터 피면담자는 분석가의 통찰을 수용하면서 적극적으로 내면을 탐사해나간다. 또한 이 지점부터 본격적인 고통과 갈등의 시간이 시작된다. 외면해온 자신의 부정적 실체를 인정하는 고통, 낯선 감정들이 나타나 내면에서 들끓는 혼돈의 시간을 통과해야 한다.

정신분석과 심리 치료는 유년기의 미숙한 상태에서 만들어 가진 생존법에 상호의존성, 신경증, 강박적 요소가 배어 있다는 사실을 알아차리고 그것을 개선하는 일이다. 그 과정에서 세상을 보는 관점, 개별적 생존법이 변화해나간다. 궁극적으로 세계관과 비전, 생존 방식 등이 성숙하고 건강한 형태로 변화되는 작업이다.

저항을 이겨내고 침몰선을 인양하기로 결정한 지금 우리는 집단 무의식을 한 꺼풀 들춰내는 경험을 하고 있다. 서로 묵인하며 사용해온 상호의존적 생존법이 사회 문제가 되어 드러난 현장과 마주하고 있다. 누구의 잘못이냐를 따지는 것보다 중요한 일은 우리의 잘못된 생존법을 알아차리는 일이다. 만약 이 지점에서 계속 나아갈 수 있다면 우리는 앞으로도 신경증적이거나 강박 성향의 생존법에서 비롯된 많은 문제와 맞닥뜨릴 것이다. 인정하기 어려운 우리의 실체를 꺼내 마주 보는 고통의 시간을 통과해야 할 것이다. 그때마다 도망치고 싶은 저항을 만날 것이고, 저항을 이겨내는 용기를 내어야 할 것이다.

자기 역사로부터 도망치는 사람들

그는 사십 대 초반의 직장인 남성이었다. 진심으로 사랑하는 여자와 결혼했는데 결혼 후 그들 관계는 급전직하로 변화했다. 부부는 늘 갈등상태에 있었고 자주 격렬한 싸움을 벌였으며 더 이상 이렇게 살 수 없다고 생각되는 지점에 도달했다. 그들은 무모하게 헤어지기보다는 함께 문제를 진단하고 해법을 모색해보기로 했다. 두 사람은 우선 삶의 모델이 되어줄 것 같은 선배들의 강의를 들으러 다녔다. 그러면서 저마다 자기 문제를 보는 눈을 갖게 되었다.

그들은 결혼하면서 처음으로 부모를 떠나 자립했고, 어른의 삶을 살기 시작했는데, 그것을 해내기 어려울 때마다 상대방을 탓하고 있음을 알았다. 또한 아기처럼, 혼자 해결할 수 없는 감정 문제를 상대방이 돌봐주기 바랐으며, 그 욕구가 충족되지 않을 때마다 떼쓰는 아이처럼 굴곤 했다는 사실을 알았다. 부부는 저마다 적합하다고 생각되는 방식으로 문제를 해결하기 시작했다. 남편 되는 이는 자기를 알기 위한 방편으로 '자기 역사 쓰기'를 시작했다.

마음을 치유한다는 것은 우선 '자기 이야기를 하는 것'이다. 상담 전문가들은 내담자의 이야기를 들어주고 문제를 진단하고 지지와 격려를 보낸다. 정신분석이란 '성인이 되어 다시 하는 인생 이야기'이다. 성인의 입장에서 과거를 돌아보면 성장기의 미숙한 인식에서 비롯된 상처, 부모에게 물려받은 잘못된 자기 이미지, 어린 시절에 만들어 가진 비효율적인 생존법 들을 알아차릴 수 있다. 프로이트 학파, 융 학파 심리학자들 모두 심리 치료의 기본으로 자기 이야기 다시 하기, 이야기 회복하기 등의 작업을 제안한다. 전문가를 찾아가 상담을 받을 여건이 되지 못하는 이들에게는 혼자 할 수 있는 치유 작업으로 '자기 역사 쓰기'를 권한다.

학자들은 자기 역사 쓰기를 할 때 '삼대 삼차원'의 관점에서 기록해야 한다고 제안한다. 부모와 조부모가 살아온 역사부터 이해해야 그 연장선상에서 자신의 현재 모습을 짚어낼 수 있다. 또한 개인사와 가족사뿐 아니라 사회적 차원에서도 역사를 기록해봐야 한다. 가령 1930년대 우리나라에서 '아내에 의한 남편 살해율이 세계 최고였다'는 사실을 이해하려면 당시 우리나라가 일본강

점기 하에 있었다는 사실을 염두에 두어야 하는 것처럼. 삼대 삼차원의 관점에서 자기 역사를 쓸 때는 또한 삼단계의 글쓰기 깊이가 있다. 객관적 사실들에 대해 쓰기, 그 사실들에 대한 생각 쓰기, 생각보다 더 깊은 곳에서 느껴지는 감정 쓰기가 그것이다.

우연한 기회에 나는 앞서 말한 이의 자기 역사 쓰기 원고를 검토하게 되었다. 500매쯤 되는 그의 원고에는 객관적 사건과 그에 대한 관념들이 잘 기록되어 있었다. 하지만 감정 쓰기 영역은 비어 있었다. 그는 자신의 감정 영역을 세세하게 탐사하면서 기존의 원고 위에 다시 한 번 감정의 역사를 덧쓰기 시작했다. 그 과정에서 자신이 느끼는 마음의 불편함 속에 불안과 죄의식이 있다는 것을 알아차렸다. 부부싸움을 할 때조차 자기가 잘못했다고 여겨 매번 물리적 심리적 패배자가 된다는 사실을 알게 되었다.

삶 앞에서 머뭇거리는 태도를 취한다는 사실도 알 수 있었다. 자기 역사 쓰기 끝에 그는 마침내 아버지를 찾아가 가족의 역사를 들려달라고 청했다. 온 가족이 함구해온 비밀이 있다는 것을 알고 있었다. 그의 아버지는 거절하다가, 망설이다가, 마침내 아들에게 "네가 이 이야기를 감당할 수 있겠느냐." 물었다. 그런 다음 아버지가 해준 이야기는 빨치산의 역사와 거기에 얽혀 있는 삼촌과 고모들의 가족사였다.

아버지 이야기를 듣고 집을 나온 후 그는 버스 터미널에 도착해 엉엉 울었다고 기록하고 있다. 늑골보다 더 깊은 곳에서 올라오는 울음을, 몸이 녹는 느낌으로 오래 토해냈다. 평생토록 자신을 위축되게 했던 불안과 죄의식의 뿌리가 환하게 보였고, 울음과 함께 그 모든 감정에서 풀려나는 느낌이었다. 한편으로는 안심이 되었고 한편으로는 허탈했다. 알지도 못하고 경험하지도 않은 그 사건 때문에 평생토록 불편했다는 사실도 마저 소화시켜야 했다. 이후 그는 새롭게 탄생한 듯한 경험을 했으며 생에 대해 건강한 비전을 갖게 되었다.

부모 세대가 해결하지 않은 문제, 회피하고 봉인해온 기억들로 인해 젊은 세대들이 고통받는 모습을 다양한 방식으로 목격하곤 한다. 이십 대 후반의 여성은 늘 불안과 수치심 때문에 방어적인 태도를 취하곤 했는데, 그녀가 찾아낸 불편한 감정의 뿌리는 자신이 혼전 임신된 아기였다는 사실이었다. 요즈음이야 혼전 임신을 축복받은 혼수처럼 여기지만 불과 얼마 전만 해도 쉬쉬하는 부끄러운 일이었다. 풍족한 환경에서 귀하게 자란 삼십 대 중반 여성은 가끔 내면에서 올라오는 "돈이 참 무섭다."라는 목소리를 듣곤 했다. 그녀는 가난에 대한 불안 때문에 인간적으로 괜찮은 남자들을 떠나보내곤 했다. 내면을 깊이 탐사해본 후에야 그것이 억척스럽게 자수성가한 아버지 목소리였음을 알게 되었다.

개인의 비밀이든 가족의 비밀이든 그것은 당사자가 너무 고통스럽기 때문에 차마 입에 올리지 못한 사실을 일컫는다. 프랑스 정신분석학자 세르주 티스롱은《가족의 비밀》이라는 책에서 이렇게 말한다.

"비밀은 삶의 기쁨을 해치고, 생각의 자유와 관용, 나아가 자기 자신이 되고자 하는 용기를 파괴한다. 가족의 비밀은 정치계나 조직 내에서 행해지는 비밀주의와 차원만 다를 뿐, 모든 전체주의 체제와 다를 바 없는 해악을 구성원들에게 끼친다."

지금이라도 부모 세대가 묻어둔 기억을 꺼내고 회피해온 감정을 경험해서 자기 것으로 끌어안으면 더 이상 자녀에게 아픈 것들을 물려주지 않을 수 있다. 하지만 고통스러운 기억을 잘 봉인할수록 잘해왔다고 믿는 부모 세대의 신념은 변화를 기대하기 어려워 보인다. 아프고 부끄러운 역사를 회피해온 이들은 다음 세대에게 한국사를 가르치려 하지 않고, 국사 속에서 근현대사의 비중을 축소하려 한다. 지금 우리 젊은 세대가 힘들어하는 이유와 해법이 모두 그곳에 있는데, 그것을 더 깊이 묻으려 한다. 그렇게 되면 우리 젊은이들은 부모를 이해하는 길도, 불편을 해결하는 방법도 잃어버리고, 마침내 자기가 누구인지도 모르는 사람이 될 것이다.

우리가 읽은 책들

도서 목록은 네 부분으로 구성되어 있다.
개별 심리에 관한 책, 프로이트 학파 정신분석학 책,
융 학파 심리학 책이 각각 한 파트씩을 차지한다.
네 번째 파트에는 그 밖의 심리학 영역 책들과, 정신분석학이 주변 학문과
융합하여 폭넓게 인간과 사회를 탐구하고자 하는 책들을 소개하고 있다.
책을 선정한 기준은 읽는 사람의 자기 치유 노력에 활용될 만한가였다.
치유 사례가 많은 책, 이론이 쉽게 설명된 책을 주로 골랐다.
같은 범주의 책을 두 권씩 짝지어 소개하고 있는데,
그렇게 하면 학문의 발달 과정이나 다양한 관점을
이해하는 데 도움이 될 거라 생각했다. 소개된 순서에 따라
책을 읽으면 그 학문의 큰 얼개를 짐작할 수 있도록 안내했다.

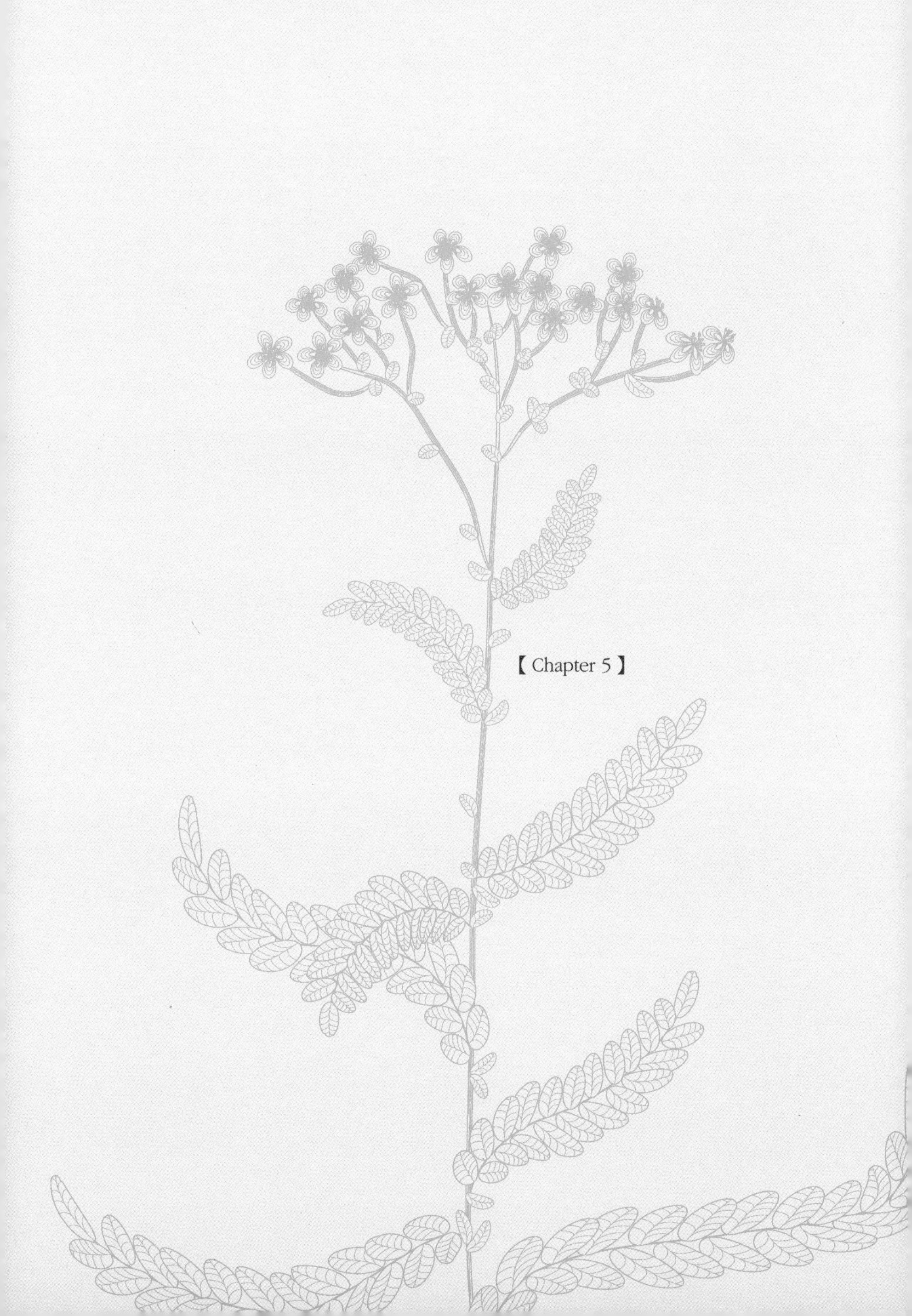

【 Chapter 5 】

자기 마음 세세히 알아가기

【 개별 감정 책 읽기 】

독서 모임에서 처음 읽는 책은 개별 감정에 대한 이해를 돕는 책이다. 마음속에서 마구잡이로 들끓는 감정들을 세세하게 구분해서 알아차릴 수 있도록 하는 과정을 밟는다. 의존성, 시기심, 질투, 나르시시즘 등 개별 감정들을 하나씩 점검하게 되면 뭉뚱그려서 답답하고 혼돈스럽다고 느끼던 감정이 분노인지, 시기심인지, 의존성인지 알아차릴 수 있다. 감정의 본질을 구체적으로 이해해야만 각각의 감정을 실제적으로 돌보는 작업을 해낼 수 있다.

첫 모임이 두 달에 한 번씩 만났기 때문에 책을 두 권씩 짝지어 소개했다. 같은 범주의 책 두 권을 나란히 읽으면 이론의 전개 과정, 서로 다른 관점 등을 포괄적으로 이해할 수 있다. 둘 중 한 권만 읽어도 상관없다. 그저 같은 범주에도 여러 종류의 책이 있다는 사실을 아는 것만으로 충분하다. 사실 이 파트에 소개된 책만 잘 읽어도 자기 마음에 대해 많은 것을 이해하고 돌보는 방법을 가질 수 있다.

《내면 아이의 상처 치유하기》 마거릿 폴, 소울메이트.

《내 안의 어린아이》 에리카 J. 초피크 · 마거릿 폴, 교양인.

첫 번째 읽는 책은 누구나 내면에 덜 자란 아이가 있으며, 그 아이가 여전히 울고 있다는 사실을 알아차리게 하는 책이다. 우리가 성격이라고 부르는 것, 별다른 의식 없이 사용하는 생존법들이 부모 환경에 적응하기 위해 어린 시절에 만들어 가진 낡은 방식임을 알아차리도록 돕는다. 마음에서 경험하는 불편함의 유래를 짚어나가면서 성인이 된 자신이 여전히 징징거리는 내면 아이를 돌봐야 한다는 사실을 인식하고 실천해본다.

《독이 되는 부모》 수잔 포워드, 푸른육아.

《좋은 부모의 시작은 자기 치유다》 비벌리 엔젤, 책으로여는세상.

특별한 내면 아이를 만드는 부모 역할에 대해 이해할 수 있는 책이다. 여전히 부모를 사랑한다는 것은 여전히 부모에게 의존하고자 하는 감정임을 알아차릴 수 있도록 돕는다. 부모가 항상 옳은 것은 아니고, 부모 역할이 잘못되었을 수도 있다는 사실을 이해하게 된다. 심지어 내면에 있는 부모 이미지가 왜곡되어 있다는 사실을 알아차리고 부모를 객관적인 존재로 인식하면서 부모에 대한 이상화나 반감을 벗는 과정을 밟는다.

> **《가족》** 존 브래드쇼, 학지사.
>
> **《가족의 비밀》** 세르주 티스롱, 궁리.

가족 내 심리 역동에 대해 이해할 수 있는 책이다. 성장기에는 부모뿐 아니라 형제자매와 함께 가족 내에서 다양한 감정 역동을 경험하면서 성장한다. 그 과정에서 특별한 성격과 정서가 형성되며, 심지어 부모가 안고 있는 트라우마까지 자녀에게 대물림된다는 사실을 알려주는 책이다. 형제들이 가족 내에서 나누어 맡는 역할, 부모가 숨기는 비밀이 가족 내에서 에너지를 소모시키는 방식들을 이해할 수 있다.

> **《너무 사랑하는 여자들》** 로빈 노우드, 북로드.
>
> **《신데렐라 콤플렉스》** 콜레트 다울링, 나라원.

의존성, 특히 여성의 의존성에 대한 책이다. 《신데렐라 콤플렉스》는 미국에서 1970년대에 출간되어 큰 화제를 불러일으켰다. 순종적으로 굴면서 왕자와 같은 남자를 찾아내어 생을 통째로 업혀가려는 여성의 심리에 대해 처음 말한 책이다. 《너무 사랑하는 여자들》은 병리적 의존성을 사랑이라 착각하여, 거듭 삶에 오류를 범하며 고통받는 여성들의 증상과 임상을 담고 있다. 주체적으로 자신을 돌보려면 먼저 의존성을 알아차려야 한다.

《나르시시즘의 심리학》 샌디 호치키스, 교양인.

《여자의 심리학》 베르벨 바르데츠키, 북폴리오.

나르시시즘의 뿌리는 유아적 전능감이어서, 유아기 생존법을 포기하지 못한 이들이 가장 어려움을 느끼는 감정이다. 개인주의를 숭배하는 현대인들이 특히 넘기 어려운 지점이며, 자기애적 분노로 인해 극단적 오류를 범하게 되는 감정이다. 나르시시스트들은 세상이 자기를 중심으로 돌아야 한다고 믿는다. 《나르시시즘의 심리학》은 저자의 임상 경험을 통한 생생하고 풍부한 사례가 돋보이고, 《여자의 심리학》은 특별히 여성의 나르시시즘에 대해 고찰하고 있는데 "내 일기 같더라."는 독후감이 많았다.

《그들은 협박이라 말하지 않는다》 수잔 포워드, 서돌.

《잡았다, 네가 술래야》 폴 메이슨 · 랜디 크리거, 모멘토.

경계성 인격 장애에 관한 책이다. 자기애적 분노를 느끼는 사람은 화나는 이유를 알고 조절할 수 있다. 경계성 인격 장애 분노는 이유가 모호하고 통제하기 어려울 정도로 극단적인 형태를 띤다. 그들은 늘 "모든 잘못은 네게 있다."고 말하면서 격한 분노를 표출한다. 이 책들은 경계성 인격 장애 부모로부터 나쁜 양육을 받은 자녀가 그 해악을 알아차리고 스스로를 돌볼 수 있도록 돕는 관점에서 기술되어 있다.

《시기심》 롤프 하우블, 에코리브르.

《신데렐라와 그 자매들》 앤 율라노프 · 배리 율라노프, 한국심리치료연구소.

시기심에 관한 책이다. 《시기심》은 시기하는 사람의 심리에 관한 책이다. 시기심은 자기보다 좋고 아름답고 선한 것을 성취한 사람을 향해 느끼는 감정으로 그 대상을 파괴하고 싶을 정도로 강렬하다. 《신데렐라와 그 자매들》은 시기하는 사람뿐 아니라 시기당하는 사람의 감정까지 다루고 있다. 시기하는 사람이 투사하는 분노에도 불구하고 시기당하는 사람은 선함과 아름다움을 포기하지 않아야 한다고 제안한다.

《아동 자폐증과 정신분석》 로제 페롱, 한국심리치료연구소.

《자폐 아동을 위한 심리 치료》 프랜시스 터스틴, 한국심리치료연구소.

아동 자폐증에 대한 책이다. 성인들의 내면에 존재하는 자폐 성향을 알아차리는 데 참고할 수 있는 내용이다. 트라우마가 깊은 곳(더 어린 시절)에 있는 사람일수록 자폐증에 관한 책이 도움이 되었다고 말한다. 내면 감정에 닿을 수 없어 감정 언어를 말할 줄 몰랐던 여성이 이 책을 읽으며 경험한 내면을 처음으로 표현했다. "소용돌이의 중심에 서 있는 동안 주변으로 검게 회오리치는 텅 빔이 있었다."라고.

《한낮의 우울》 앤드류 솔로몬, 민음사.

《보이는 어둠》 윌리엄 스타이런, 문학동네.

우울증에 관한 책이다. 단순한 우울감이 아니라 정신이 붕괴되고 존재를 상실할 정도의 혼돈과 무기력 상태를 동반하는 중증 우울증에 대한 책이다.《한낮의 우울》은 실제로 중증 우울증을 겪어 죽음의 유혹에 사로잡히기까지 했던 저자가 방대한 인터뷰와 자료 조사를 통해 '멜랑콜리'의 실체와 사회, 문화, 역사적인 고찰을 총망라하여 연구한 내용을 담고 있다. 국내에 출간되며 우울증에 관한 관심을 환기시키며 지금도 꾸준히 읽히고 있는 책이다. 《보이는 어둠》은《소피의 선택》의 저자가 갑작스러운 중증 우울증 발병과 혼돈의 날들, 치료 과정까지를 회고하는 내용이다.

《폭력의 기억, 사랑을 잃어버린 사람들》 앨리스 밀러, 양철북.

《불행의 놀라운 치유력》 보리스 시륄리크, 북하우스.

아동 폭력에 관한 책이다. 체벌과 폭력은 나쁘지만 그렇다고 해서 아동 폭력을 경험한 이들의 삶이 모두 망가지는 것은 아님을 고찰하고 있다.《폭력의 기억》은 카프카, 니체, 랭보, 프루스트 등 부모의 부적절한 돌봄으로 인해 상처입었지만 훌륭하게 자기를 살려낸 이들의 사례를 보여준다.《불행의 놀라운 치유력》은 같은 주제를 훨씬 폭넓게 적용시켜 인간 내면에 스스로를 회복시키는 '복원력'이 존재한다고 제안한다.

《히틀러의 정신분석》 월터 C. 랑거, 솔.

《부시의 정신분석》 저스틴 프랑크, 교양인.

한 인간의 삶을 정신분석적으로 고찰한 책이다.《히틀러의 정신분석》은 제2차 세계대전 당시 미국 정보기관이 전쟁의 미래를 예측하기 위해 전문가 그룹에게 히틀러의 정신분석을 의뢰한 결과물이다. 기밀문서로 분류되어 있다가 전후 30년 만에 해제되었다.《부시의 정신분석》은 미국 정신분석학자가 자국 대통령을 정신분석한 내용이다. 두 권은 공통적으로 강력한 권력 의지의 배경에서 작동하는 감정이 불안감임을 보여준다.

《폴라와의 여행》 어빈 얄롬, 시그마프레스.

《치료의 선물》 어빈 얄롬, 시그마프레스.

같은 저자가 쓴 두 권의 책이다. 그동안 소개된 책이 임상 사례와 이론 중심으로 기술된 데 반해 위의 책에는 치료자의 입장에서 그의 목소리를 담고 있다. 치료자가 치료 과정에서 경험하는 감정과 정서, 환자와의 상호작용을 상세히 보여준다.《폴라와의 여행》은 여섯 가지 치료 사례를 소설처럼 기록한 책이고,《치료의 선물》은 상담가가 지녀야 할 태도와 임상 노하우를 구체적 사례와 함께 제시한다.

무의식 깊이 들어가기

【 프로이트 학파 책 읽기 】

아나톨 프랑스는 "문학사는 걸작들을 징검다리로 해서 형성된다."고 말했다. 모든 학문 분야가 그러할 것이다. 정신분석학의 역사에도 그 학문의 개념이나 틀을 혁명적으로 확장시킨 학자들의 책이 징검다리처럼 이어지고 있다. 개별 감정에 대한 책 읽기가 끝나면 프로이트 학파 책 읽기로 들어간다.

프로이트의 정신분석학은 지난 100년 동안 후대 학자들에 의해 변혁적으로 확장되고 보완되었다. 《프로이트 이후》는 현대 정신분석학자들이 어떻게 프로이트의 학문을 발전시켜왔는지 정리한 책이다. 인간 정신 영역에서 새로운 자리와 기능들을 찾아내고, 새로운 개념과 이론을 창안해온 과정을 보여준다. 비밀스러운 소수 종파처럼 보이던 학문에서 일반인이 쉽게 접할 수 있는 학문으로 변모한 과정, 치료에 실제적으로 유용한 치료 도구들을 개발해온 과정을 보여준다. 철학, 언어학, 사회학 등 주변 학문과 융합하면서 더 큰 세계를 이해하는 도구가 되는 측면도 이해할 수 있다. 그럼에도 프로이트 학파 학자들은 자기 이론이 프로이트의 틀을 벗어날까 봐 두려워하며 프로이트의 전통을 잇는다는 입장을 표명하려 애쓰는 점이 인상적이다.

이 파트에서 소개하는 책은《프로이트 이후》를 참고하였다. "현대 정신분석학에 크게 기여한 사람들의 중심적인 개념들을 소개한다."고 밝힌 그 책 저자의 관점을 참고하였다.

《정신분석 강의》 프로이트, 열린책들.

《새로운 정신분석 강의》 프로이트, 열린책들.

독서 모임에서는 프로이트를 많이 읽지 않는다.《정신분석 강의》는 프로이트가 학생들에게 강의한 내용을 정리한 것으로 정신분석학 기본 개념을 이해하기 좋다.《새로운 정신분석 강의》는 연구가 진척되며 앞의 책에서 빠뜨렸다고 생각한 내용을 보충했다. 프로이트를 더 읽고 싶다면《정신분석 강의》,《정신분석학의 근본 개념》,《일상생활의 정신 병리학》,《성욕에 관한 세 편의 에세이》를 권한다. 프랑스 정신분석학자 로제 페롱이 권하는 책 읽기이다.

《프로이트 이후》 스테판 밋첼 · 마가렛 블랙, 한국심리치료연구소.

프로이트 이후 프로이트 학파 정신분석학의 발전과 전개 과정을 이해할 수 있는 책이다. 이 단계에서 읽으면 개념이 낯설고 어려울 수 있지만 그래도 정신분석학의 큰 틀과 발달 과정을 머리에 넣어두면 좋다. 자아심리학, 대상관계 심리학, 자기 심리학 등의 발달 과정을 이해할 수 있고, 정신분석학이 어떻게 문학, 사회학, 기타 인문학 영역과 접점을 넓혀가면서 발달해왔는지 알 수 있다. 앞으로 읽을 책들의 지형적 위치를 파악하는 데 도움이 된다.

《안나 프로이트의 하버드 강좌》 안나 프로이트, 하나의학사.

《멜라니 클라인》 한나 시걸, 한국심리치료연구소.

《안나 프로이트의 하버드 강좌》는 프로이트의 딸 안나 프로이트가 하버드대학에서 강연한 내용을 녹취한 책이다. 유아기 아동들의 심리 역동이 잘 정리되어 있다. 안나 프로이트는 5, 6세 이전의 아동은 미숙하고 감정 언어를 말할 수 없어 분석이 불가능하다는 입장이었다. 멜라니 클라인은 연구 초기에 안나 프로이트와 공동 작업을 했으나 아동 분석에서 학문적 입장이 갈리면서 그녀와 결별했다. 멜라니 클라인은 정신분석을 2, 3세 어린이들에게 적용하여 그들의 놀이나 행동을 관찰함으로써 아동 심리를 연구했다. 《멜라니 클라인》은 그의 제자가 쓴 책으로 클라인의 연구가 어떻게 프로이트 이론을 깊고 넓게 확장시켰는지 보여준다.

《임상적 클라인》 R. D. 힌쉘우드, 한국심리치료연구소.

《유아의 심리적 탄생》 마가렛 말러, 한국심리치료연구소.

모임에서는 멜라니 클라인 책을 두 권 읽는다. 《임상적 클라인》은 클라인 학문의 임상적 측면을 중심으로 고찰한 책이다. 유아의 욕동이 엄마를 향해 발현된다는 클라인의 편집 분열적 자리, 우울적 자리 개념은 편집증적 분노를 통제하기 어려워하는 이들이 자기를 이해하는 도구가 되어준다. 또한 그의 개념은 욕동이 대상을 향해 발현된다는 대상관계 이론의 뿌리가 되었다. 《유아의 심리적 탄생》은 미국 정신분석학자의 책이다. 저자가 15년에 걸쳐 유아의 심리 발달을 관찰하고 추적한 연구 결과물이다. 말러는 공생, 분리, 개별화, 재접근 단계 등의 용어로 유아가 엄마와의 관계 속에서 자기만의 세계를 인식해나가는 과정을 설명한다.

《존 볼비와 애착 이론》 제레미 홈즈, 학지사.

《애착 이론과 심리 치료》 마리오 마론, 시그마프레스.

존 볼비의 애착 이론에 대한 책이다. 애착 이론 역시 유아가 초기 발달 단계에서 맺는 양육자와의 관계에 의해 정신 기능이 발달된다는 내용이다. 1950년대 존 볼비가 '어머니의 양육 방식이 아동의 정신 건강에 미치는 영향'이라는 논문을 유엔에서 발표한 후 '모성과 어린이'에 대한 관심이 높아지게 되었다. 존 볼비는 유아기의 애착, 분리, 상실 등을 주제로 책을 썼지만 국내에 번역 소개된 것은 없다. 소개된 책들은 후대 학자들이 존 볼비의 학문을 연구한 책이다. 《존 볼비와 애착 이론》은 저자가 존 볼비의 가족과 그를 아는 정신분석학자들과의 인터뷰를 토대로 그의 학문이 발전한 경로를 보여주고, 《애착 이론과 심리 치료》는 애착 이론을 바탕으로 하는 치료 실제와 기법을 담고 있다.

《성숙 과정과 촉진적 환경》 도널드 위니캇, 한국심리치료연구소.

《놀이와 현실》 도널드 위니캇, 한국심리치료연구소.

도널드 위니캇은 멜라니 클라인의 이론을 참고하여 어린이 치료에 획기적인 기법을 발견했다. 그의 스퀴글 놀이 치료 기법은 형태가 불분명한 도형을 아이에게 보여주면 아이가 연상되는 그림을 그리면서 자기 이야기를 하도록 유도한다. 다음 차례에서는 순서가 뒤바뀐다. 그렇게 반복하면서 아이의 내면 문제를 더듬어 들어간다. 독서 모임에서는 도널드 위니캇의 책을 두 권 더 읽는다. 그의 《박탈과 비행》은 비행 청소년의 반사회적 행동에 대한 정신분석을 담고 있다. 교육자, 시설 관리자, 경찰관 등에게 어떻게 청소년을 돌볼 것인가를 강연한 내용을 모아 책으로 엮었다. 《그림놀이를 통한 어린이 심리 치료》는 도널드 위니캇의 마지막 저작인데 모든 경험과 노하우가 녹아 있는, 어린이 심리 치료 역사의 명작으로 꼽힌다. 책을 읽으면 분석의 기술이 따로 있는 게 아니라 관대함, 인내심, 따뜻한 마음이라는 것을 알게 된다.

《여성 심리학》 카렌 호니, 이화여자대학교출판부.

《자기 분석》 카렌 호르나이, 민지사.

카렌 호니는 베를린 출신인데 제2차 세계대전 때 미국으로 이주했다. 카렌 호르나이, 카렌 호나이 등 여러 이름으로 번역되는 이유가 거기 있다. 미국 정신분석학계 주요 인물로《여성 심리학》은 여성만의 특별한 심리를 연구하여 거세 콤플렉스, 남성 콤플렉스, 불감증의 문제 등을 다루고 있다.《자기 분석》은 그의 정신분석 임상을 소개하는 책으로 주로 신경증에 대한 연구가 담겨 있다. 이 책 속의 '자기'는 하인즈 코헛의 자기 심리학파에서 말하는 자기의 개념이 아니라, 음식점 물컵 옆에 붙어 있는 '셀프 서비스'의 자기이다. 원제목이 '스스로 분석하기(Self-Analysis)'라는 의미이다. 분석 현장에서 환자가 스스로를 분석할 수 있는 역량이 치료에 미치는 영향을 고찰한다.

《자기의 회복》 하인즈 코헛, 한국심리치료연구소.

《참자기》 제임스 매스터슨, 한국심리치료연구소

자기 심리학은 미국 정신분석학계에서 발전한 학문이고 하인즈 코헛은 그 맨 앞에 있는 인물이다. 과대 자기, 위축된 자기, 참자기 등의 개념이 이 학파의 것이다. 하인즈 코헛과 자기 심리학에 대한 책은 다양하게 출간되어 있는데 그중《자기의 회복》이 상대적으로 쉽고 임상 사례도 풍부하다.《참자기》는 하인즈 코헛의 후대 학자가 자기 심리학을 확장시키며 적극적으로 치료에 적용한 사례를 담고 있다. 자기애적 성격장애와 경계선 성격장애의 변별점, 그 치료법이 상세하게 제시되어 있다. 한 여성은 이 책 속 자기애적 성격장애 임상 사례를 읽고 "칼로 심장이 베이는 것 같았다."는 독후감을 말했다.

《대상관계 이론과 임상적 정신분석》 오토 컨버그, 한국심리치료연구소.
《내면세계와 외부 현실》 오토 컨버그, 한국심리치료연구소.

멜라니 클라인 이후 대상관계 이론은 유럽과 미국에서 동등하게 발전했다. 오토 컨버그는 미국 학자이고 그의 책 중에는《대상관계 이론과 임상적 정신분석》이 가장 앞에 놓인다. 대상관계 이론을 소개하고 임상에서 적용한 사례를 담고 있다.《내면세계와 외부 현실》은 대상관계 이론을 더 깊이 연구하여 멜라니 클라인, 마가렛 말러, 도널드 페어베언 등의 이론을 검토하고 있다. 임상 과정에서 발견한 대상관계 심리 치료 기법에 대해서도 소개하고 있다. 모임에서는 오토 컨버그의 책도 두 번 읽는다.《인격 장애와 성도착에서의 공격성》과《남녀 관계의 사랑과 공격성》은 두 권 모두 1990년대 초기에 출간된 책이며 남녀 간의 사랑 속에 어떻게 공격성이 섞여드는지를 연구한 책이다. 성적 흥분과 성애적 열망의 근원, 가학성 피학성의 심리, 성도착의 정신 역동, 남성 동성애 등을 고찰한다. 쉽지 않은 내용이지만 임상 사례가 풍부하여 읽기에 부담스럽지 않다.

《자크 라캉》(전 2권) 엘리자베트 루디네스코, 새물결.

프랑스 정신분석학자 자크 라캉의 책은 국내에 다양하게 번역 출판되어 있다. 하지만 대체로 난해하고 이론 중심이어서 독서 모임에서 읽기에는 적합하지 않다. 라캉은 누군가 자기 학문을 표절할까 봐 두려워 일부러 난해한 표현을 썼다는 주장이 있을 정도다. 독서 모임에서는 그의 제자가 쓴 두 권짜리 평전《자크 라캉》을 읽는다. 1권은 그가 살았던 시대와 생애, 2권은 학문 발전 과정을 담고 있다. 라캉을 읽으면서 그의 용어 상상계·상징계·실재계, 아버지의 이름, 은유와 환유 등의 개념 정도를 이해하면 된다.

《윌프레드 비온 입문》 조안 · 네빌 시밍턴, 눈.

《에릭슨의 인간 이해》 박아청, 교육과학사.

윌프레드 비온은 라캉만큼 독특하고 난해하다. 새로운 개념을 많이 제안하고, 이론을 도표로 만들고, 언어를 비틀기 좋아하는 습관도 비슷하다. 라캉이 인문학 쪽으로 프로이트의 지평을 넓혔다면 비온은 신비주의나 현실 너머로 정신분석의 지평을 밀어붙인다는 느낌이 든다.《윌프레드 비온 입문》은 입문서라는 제목이 붙었지만 역시 어렵다. 그럼에도 정신 작용의 중요한 지점들을 이해하게 된다.《에릭슨의 인간 이해》는 우리나라 학자가 그의 학문을 한눈에 볼 수 있도록 집대성한 책이다. 에릭슨은 자기 정체성 개념과 인간 발달 단계 이론 등으로 유명하다. 특히 인간 정신이 소속된 사회, 문화의 영향을 받는다는 측면을 진지하게 고찰했다.

《지금-여기에서의 전이 분석》 그레고리 바우어, 학지사.

《환자에게 배우기》 패트릭 케이스먼트, 한국심리치료연구소.

위 두 권은 패러다임을 전환하여 읽어야 하는 책이다. 그동안 소개된 책이 피분석자의 사례들에 공감하면서 읽었다면 위 책들은 분석가의 입장에서 읽어야 한다. 저자들은 임상 치료 경험을 토대로 현장에서 통찰한 정신분석 기법과 과정들을 세밀하게 기록하고 있다. 《지금-여기에서의 전이 분석》은 환자와 분석가의 전이를 각각 어떻게 다루어야 하는가에 초점을 맞춘다. 《환자에게 배우기》는 정신분석 과정에서 두 사람 사이에 일어나는 감정 역동을 세밀하게 알아차리면서 역전이, 투사 등을 처리하는 방법을 다루고 있다.

집단 무의식과 접속하기

【 융 학파 책 읽기 】

칼 구스타프 융은 프로이트의 제자로 정신분석학에 발을 들여놓았다. 후에 프로이트와 이론적 결별을 하는데 이유는 프로이트가 인간의 모든 문제를 오직 리비도와 그에 대한 억압으로만 보고, 정신적 문제의 모든 근원이 오이디푸스 시기에 있다고 보는데 반대하는 입장을 갖게 되었기 때문이다.

융은 리비도나 욕동 이론 대신 그림자, 콤플렉스, 아니마/아니무스, 원형 이론을 발전시키고 자신의 학문에 분석 심리학이라는 명칭을 붙였다. 그는 또 인간의 창조성이 신경증의 원인인 억압된 무의식에서 나온다는 가설에 대해서도 의심하면서 '집단 무의식(Collective Unconsciousness)'을 제안한다.

프로이트의 무의식이 개인의 정신 구조 내부에 억압된 덩어리들을 일컫는 개념이라면 융의 집단 무의식은 보다 깊고 넓은 인간 정신 영역을 의미한다. 인간 내면에는 직접 경험하지 않았으나 인류가 고대로부터 축적하고 계승해온 정신의 힘이 존재한다고 제안한다. 그 영역에 공동체를 관통하는 공통의 감성·정서·이야기가 존재하며, 그곳에서 통찰과 창의성이 나온다는 주장이다. 융은 인간이 병리적 존재가 아니라 자기실현을 추구하는 존재라고 정의한다.

융의 학문은 특히 이성과 합리, 증명할 수 있는 과학만을 신봉하는 서구 사회에 숨통을 틔워주는 역할을 했다. 그의 상징과 원형 이론은 이후 신화학, 사회학 등의 발전에 크게 기여했다. 신비적이고 혼돈스러운 정신 역역에 대한 규명 노력은 물리학, 양자역학, 천문학에 영향을 주었고 1960년대 뉴에이지 운동의 주요 개념으로 채택되기도 했다.

융은 과학의 세계(경험적, 임상적 관찰을 통한 이론 검증)와 신비의 세계(예지, 영혼, 징후, 신화적 상상) 사이의 다리를 놓은 업적으로, 이성과 과학의 시대가 외면한 직관, 통찰, 신비주의의 세계를 되살리는 데 기여했다는 평가를 받는다.

《카를 융, 기억 꿈 사상》 카를 구스타프 융, 김영사.

《인간과 상징》 칼 구스타프 융 편저, 까치.

인문학 전공자라면 칼 융 전집을 읽어볼 만하다고 생각한다. 독서 모임에서는 융의 책 중 위의 두 권을 읽는다. 《카를 융, 기억 꿈 사상》은 융이 구술하고 그의 비서 야페가 기록한 자서전 형식의 책이다. 《융의 생애와 사상》이라는 제목으로 번역된 책이 오래 읽혔는데, 얼마 전 소설가 조성기 선생님의 번역으로 다시 출간되었다. 제목처럼 융의 생애가 세밀하게 소개되어 있는데, 그가 독특한 관점을 가진 분석가가 되는 과정을 이해할 수 있다. 《인간과 상징》은 융의 마지막 저작으로, 그가 자신의 이론을 한눈에 개괄할 수 있도록 후배 학자들과 공동 저술한 책이다. 무의식, 개별화, 신화와 상징 등 융 심리학의 바탕이 되는 개념들을 하나씩 주로 잡아 해설해두고 있다. 이 책은 특히 세계의 숨은 체계와 의미를 이해하고 싶은 사람에게 유용하다.

《나를 창조하는 콤플렉스》 베레나 카스트, 푸르메.

《어머니 콤플렉스, 아버지 콤플렉스》 베레나 카스트, 푸르메.

융은 인간의 정신 구조가 여섯 층짜리 피라미드 구조로 이루어져 있다고 제안한다. 제일 위쪽에 사회적 얼굴인 페르소나가 있고, 그 아래쪽에 콤플렉스, 그림자, 아니마/아니무스, 원형, 자기 등이 차례로 자리 잡고 있다고 설명한다. 융의 개념들은 후배 학자들에 의해 깊이 있게 연구되고 임상에서 활용되어왔다. 위 두 권은 동일한 저자가 콤플렉스 영역을 연구하여 쓴 책이다. 《나를 창조하는 콤플렉스》는 콤플렉스를 이해하고 통합하는 과정과 함께 한 개인이 자기실현의 단계로 나아가는 여정을 보여준다. 융 심리학이 치료를 넘어 전인적 완성을 추구한다는 사실을 이해할 수 있다. 《어머니 콤플렉스, 아버지 콤플렉스》는 프로이트 학파 이론을 참고한다. 인간 내면에는 부모에게 양육되던 생애 초기에 부모와의 관계에서 만들어 가진 콤플렉스가 있다는 전제에서 출발한다. 그 콤플렉스를 점검하는 것이 성장의 첫걸음이라고 제안한다.

《그림자》 이부영, 한길사.

《당신의 그림자가 울고 있다》 로버트 존슨, 에코의서재.

융의 그림자 개념에 관한 책이다. 콤플렉스보다 더 깊은 곳에 억압해둔 부정적인 감정 영역을 그림자라 한다. 우리가 편을 가르면서 타인을 미워하는 심리를 그림자 투사 작용으로 설명한다. 《그림자》는 국내의 융 권위자인 저자가 쓴 책으로 그림자 개념, 그림자 투사 현상, 그림자를 인식해가는 과정 등을 상세히 설명하고 있다. 특히 우리 문화 속 그림자 투사 현상을 현실감 있게 이해시킨다. 《당신의 그림자가 울고 있다》는 외면해둔 그림자를 의식 속으로 통합하여 실제적인 치유와 성장에 유익함을 얻도록 돕는 관점에서 씌어졌다. 당사자에게 인식되지 못하는 그림자는 곧 잃어버린 자기의 일부이며 생의 황금이라고 말한다.

《아니마와 아니무스》 에마 융, 동문선.

《우울한 남자의 아니마, 화내는 여자의 아니무스》 존 샌포드, 아니마.

아니마/아니무스 개념을 다룬 책이다. 타인을 미워하는 심리가 그림자 투사라면 첫눈에 열렬한 사랑에 빠지는 심리는 아니마, 아니무스가 상대에게 투사되는 현상이라고 설명한다.《아니마와 아니무스》는 융의 아내 에마 융의 저술로, 그 학문 초기 저작인 까닭에 개념을 해설하고 납득시키는 데 초점을 맞추고 있다. 인류에게 전해지는 민담, 동화를 동원하여 여성 인물 속의 남성적 측면과 그 반대 경우를 설명한다.《우울한 남자의 아니마, 화내는 여자의 아니무스》는 그 개념을 현대인의 임상 차원에서 전개한다. 부정적인 아니마에 사로잡힌 남자는 우울 성향을 보이고, 부정적인 아니무스에 포획된 여자는 거칠게 분노하는 성향을 보인다.

《우리 속에 있는 여신들》 진 시노다 볼린, 또하나의문화.

《우리 속에 있는 남신들》 진 시노다 볼린, 또하나의문화.

융의 원형 이론을 현대인의 심리에 적용한 책이다. 개인의 내면에는 인류 초기 신화 속 신들이 원형으로 자리 잡고 있다는 가설을 세우고 그것을 임상에 적용한 사례들을 기록하고 있다. 모성 본능이 강한 데미테르 원형, 남편과의 관계를 중시하는 헤라 원형, 예술과 사랑에 치중하는 아프로디테 원형 등이 여성들의 내면에 살아 있음을 알아차리는 것이 먼저이다. 그다음에는 성격에서 부족한 부분, 삶을 통해 활성화되어야 하는 부분을 돌보면서 인성의 모든 영역이 고루 발현되도록 돕는 것을 목표로 한다.《우리 속에 있는 여신들》이 먼저 쓰였는데 책이 나온 후 남성 독자들의 요청에 의해《우리 속의 남신들》도 쓰게 되었다. 현대 남성 인격 내면에 존재하는 아폴론, 아레스, 헤파이스토스 등 남신 원형을 알면 남자들의 기질을 좀더 잘 이해할 수 있다.

《자기와 자기실현》 이부영, 한길사.

《에덴 프로젝트》 제임스 홀리스, 리더스하이.

융의 자기(Self) 개념에 관한 책이다. 융은 자기라는 개념 속에 초월성, 내면 영성 등의 개념까지를 포함시켰다. 불교에서 말하는 '모든 이의 내면에 존재하는 불성(佛性)' 개념, 기독교에서 말하는 '우리 내면의 신을 닮은 자' 힌두교에서 "당신 안의 신께 경배합니다."라고 할 때의 그 개념과 상통한다. 융은 인간 성장의 궁극적 지향점을 '자기실현'이라 표현한다. 그것은 페르소나를 벗은 뒤, 콤플렉스, 그림자, 아니마/아니무스, 원형 등을 차례로 내면에 통합한 다음에 이를 수 있는 지점이다.《자기와 자기실현》은 이론적 배경 설명과 임상 사례가 상세하다. 특히 우리의 민담, 신화, 종교에서 읽어내는 자기실현의 상징들을 묘사한 대목이 인상적이다.《에덴 프로젝트》는 현대적 임상 사례를 담고 있다. 현대인이 관계 맺기가 어려운 이유는 자기 그림자나 부정적 아니마를 투사하기 때문이라는 전제 하에 그런 심리 요소를 내면에 통합하도록 안내한다. 그렇게 해서 궁극적으로 자기실현에 이르도록 한다.

《꿈으로 들어가 다시 살아나라》 제레미 테일러, 성바오로.

《사람이 날아다니고 물이 거꾸로 흐르는 곳》 제레미 테일러, 동연.

융 심리학은 꿈 분석을 주요 치료 기법으로 사용한다. 프로이트 학파는 꿈이 개인 무의식이 발현되는 통로라 여기지만 융 심리학은 꿈속에 개인의 무의식뿐 아니라 집단 무의식, 원형적 지혜와 접촉하는 길이 있다고 제안한다. 현대 분석심리학 학자들은 일련의 꿈을 분석하여 치유와 자기실현을 돕는 작업을 '꿈 작업'이라 표현한다. 같은 저자의 책 두 권을 소개한다. 먼저 씌어진《꿈으로 들어가 다시 살아나라》는 꿈 작업이 왜 필요한지, 어떤 방법으로 하는지 구체적으로 설명한다. 꿈에서 만나는 인물들의 상징을 알아차릴 수 있도록 원형 이론도 상세히 소개하고 있다.《사람이 날아다니고 물이 거꾸로 흐르는 곳》은 10년간 꿈 작업을 해온 경험을 토대로 쓴 책이다. 집단에서 꿈 작업을 하면서 축적된 통찰과 노하우, 사례 들이 풍부하게 수록되어 있다. 독서 모임에서는 꿈 분석에 대한 책을 비교적 모임 초기에 읽는다. 자기분석 노트에 꿈 일기도 함께 쓰면 훨씬 내면을 잘 이해할 수 있다.

《융 심리학적 그림 해석》 루트 암만, 분석심리학연구소.

《융 심리학적 모래놀이 치료》 테오도르 압트, 분석심리학연구소.

융은 불편하고 위험한 정서를 언어로 표현할 수 없는 이들에게 그것을 이미지로 표현하는 길을 안내했다. 말할 수 없는 정서 뒤편의 이미지를 표현할 수 있다면 그것으로도 치료 효과가 있다고 제안한다. 인류가 사용해온 모든 이미지, 형상 등에는 집단 무의식이 깃들어 있다고 설명한다.《융 심리학적 그림 해석》은 그림치료 임상 사례들을 다루고 있다. 주로 내담자의 그림을 해석하는 방법과 도구 쪽에 초점을 맞추었다. 무심히 사용해온 숫자에도 집단 무의식적 상징들이 깃들어 있다는 통찰이 인상적이다.《융 심리학적 모래놀이 치료》는 긴 시간 치료 현장에서 활동한 모래놀이 치료사가 경험을 토대로 모래놀이 치료법을 안내하는 책이다. 치료법의 학문적 배경과 방법, 치료적 적용법, 임상 사례 들을 소개하고 있다.

《성격의 재발견》 마이어스 브릭스, 부글

《에니어그램의 지혜》 돈 리처드 리소, 러스 허드슨, 한문화.

융 심리학에서 발전해 나온 인간 이해의 기법들이다. 위 책들은 인간을 특정 유형들로 구분하여 범주화한다는 특성을 가진다.《성격의 재발견》은 마이어스 브릭스의 성격 유형 이론을 다루고 있다. 외향/내향, 감각/직관, 사고/감정, 판단/인식 등 상반되는 정신 기능을 도식화하여 성격 유형을 구분한다.《에니어그램의 지혜》는 현대 심리학과 고대 문명 속 인류 지혜를 통합하여 아홉 가지 성격 유형을 제안한다. 개인적으로는 도식화된 틀로 인간을 이해하는 방식에 한계가 있다고 생각하는 편이다. 하지만 내면으로 시선을 돌려 자기가 어떤 사람인가를 알아차리는 데 어려움을 겪는 이들에게는 이런 종류의 책이 도움이 된다는 사실을 알게 되었다. 기술된 유형 중 하나에 자기를 맞춰 그곳에 규정된 특성들을 내면에서 찾아보는 방법으로 내면을 더듬어갈 수 있었다. 무엇보다 세상에는 자기와 다른 마음을 가진 사람이 무수히 많다는 사실을 이해하는 도구로 유용하다. 이 책들도 비교적 모임 초기에 읽는다.

《무쇠 한스 이야기》 로버트 블라이, 씨앗을뿌리는사람.

《늑대와 함께 달리는 여자들》 클라리사 에스테스, 이루.

분석 심리학 관점에서 옛이야기를 분석하여 그 속에 깃든 상징과 지혜를 현대인의 삶에서 살려내는 치료 기법을 제안하는 책이다.《무쇠 한스 이야기》는 북유럽 민담을 해석하는 것으로 시작한다. 소년이 부모의 왕궁을 떠나 무쇠 한스를 만나면서 새로운 관계를 맺고 지혜롭고 용감한 성인으로 자라나는 과정을 그리며 이야기 단계마다 개인이 성취해야 할 심리 기능을 제안한다. 의존성 넘어서기, 경쟁적 관계 벗어나기, 좌절과 패배 수용하기, 생의 도구 갖기 등등. 무엇보다 현대 남성의 정신 건강을 위해서는 무쇠 한스로 상징되는 인물의 야성과 지혜를 회복해야 한다고 제안한다.《늑대와 함께 달리는 여자들》은 같은 주제의 여성 판이다. 남성 중심 사회가 여성에게 부여한 순응과 무기력의 인습을 벗고 옛이야기 속에 등장하는 여성 주인공들의 지혜, 용기, 야성을 회복해야 한다고 제안한다.

《융, 중년을 말하다》 대릴 샤프, 북북서.

분석 심리학은 중년기에 심리적 위기를 맞는 이들에게 유용한 치료 도구라고 한다. 중년 이후의 삶을 성취하기 위해서는 개인적 무의식 영역을 돌보는 일을 넘어 보다 큰 차원의 소명을 인식해야 한다. 《융, 중년을 말하다》는 융 심리학이 어떻게 중년의 위기에 처한 개인을 치료해나가는지 소설 형식으로 그린 책이다. 피면담자와 분석가의 관점이 동등하게 묘사되어 있어, 치료가 진행되는 과정과 치료 도구가 사용되는 방식을 함께 볼 수 있다. 치료 현장에서 융의 이론이 어떻게 사용되는지, 어떤 회복의 스토리텔링을 전개해나가는지 알 수 있다.

마음 그 너머의 세계로 확장하기

【 심리학과 주변 학문이 만난 책 읽기 】

이 파트에서는 프로이트와 융의 정신분석학 이외의 심리학, 혹은 심리학이 주변 학문들과 융합 발전되어가는 분야의 책들을 소개한다. 다종다양한 심리학 이론과 저술들이 있지만 그중에서 대중 독자가 읽을 때 피부에 와 닿을 수 있는 내용, 현실의 삶에 적용될 수 있는 내용을 기준으로 골랐다.

심리학과 정신분석학이 주변 학문과 융섭하면서 사회와 문화를 이해하는 도구가 되어주는 책도 포함시켰다. 프로이트 정신분석학은 사회 문화 현상을 진단하는 데 유용하고, 융 심리학은 인간 정신의 더 깊은 곳을 탐구하는 신화나 종교 쪽으로 확장되는 경향이 있다. 특히 정신분석과 심리학이 종교의 기능을 새롭게 발견해내고, 종교가 가진 심리 치료 전통을 현대 학문 속으로 통합하고자 노력하는 책들을 골랐다. 혼자서 책을 읽고 스스로를 돌볼 때 종교가 인간 정신을 돌보는 기능을 참고하면 유익할 것이라 믿기 때문이다.

《자유로부터의 도피》 에리히 프롬.

《소유냐 삶이냐》 에리히 프롬.

에리히 프롬은 사회주의 관점에서 인간의 삶과 마음을 고찰한다. 그는 프로이트 정신분석학을 맹렬히 비판한 까닭에 프로이트의 맥을 잇는 정통 정신분석학계에서는 존재하지 않는 사람쯤으로 취급한다. 우리나라에는 70, 80년대에 사회주의, 유물론 등과 함께 소개되어 많이 읽혔고 지금도 다양한 번역본이 있다. 특별한 관점만큼 유익한 점이 있다. 특히 자본주의 사회에서 개인이 경험하는 심리적 균열을 점검해볼 수 있는 도구가 된다.

《존재의 심리학》 아브라함 매슬로, 문예출판사.

《죽음의 수용소에서》 빅터 프랭클, 청아출판사.

실존주의 심리학으로 분류되는 책들이다. 실존주의 철학을 심리학에 접목시켜 인간 정신의 병리적 측면이 아니라 건강한 정신 영역에 대해 고찰한다. 매슬로는 의미 있는 삶을 살다 간 위인들을 연구하여 인간의 자기실현 욕구의 단계를 설명한 이론으로 유명하다. 빅터 프랭클은 로고 테라피라는 개념을 제안했다. 로고스와 테라피를 합성한 용어로 '신에 의한 치료'라는 의미이다. 그는 나치 수용소에서 살아남은 경험을 토대로 인간 심리를 연구했고, 인간을 살게 하는 더 높은 정신의 힘에 주목한다.

《위험한 열정, 질투》 데이비드 버스, 추수밭.

《이타적인 유전자》 매트 리들리, 사이언스북스.

진화 심리학 관점에서 인간 정신을 이해하는 책이다. 질투는 남녀가 사랑하는 대상을 유혹하는 기술로 사용해온 기술이지만 잘못하면 죽음에 이르는 폭력을 유발할 정도로 위험한 감정이다. 이 책은 시기심에 관한 책을 읽을 때 두 감정을 비교하면서 읽기도 한다. 《이타적인 유전자》는 리처드 도킨스의 《이기적인 유전자》와 비교하면서 읽는다. 진화 과정에서 뼛속까지 이기적인 선택을 하는 인간이 어떻게 사회적 동물로 살아갈 때는 이타적인 행위를 하게 되는지를 이해하는 과정을 돕는다. 유아적 의존 단계에 있는 이들에게 이타성이 가장 유익한 사회적 생존법이라는 사실을 인식하도록 하는 책이다.

《자기를 찾아가는 현대인》 롤로 메이, 사람풍경(예정).

《현대성과 자아 정체성》 앤서니 기든스, 새물결.

현대인의 자기 정체성 상실에 대해 고찰한 책이다. 에릭 에릭슨이 자기 정체성 개념을 제안한 이후 그 관점에서 현대인의 문제를 읽어낸 결과물이다. 《자기를 찾아가는 현대인》은 심리학의 관점에서 현대인의 불안과 위축감을 점검하고 있다. 동시에 위인들의 지혜를 살펴 자기 내면의 힘을 발견하고 불안의 시대에 믿고 의지할 만한 가치와 목표를 찾아간다. 《현대성과 자아 정체성》은 사회학자의 관점으로 쓴 책이다. 현대인의 불안과 고통의 배경에는 사회의 변화가 자리 잡고 있다고 제안한다. 전통 사회의 해체, 분절되는 개인의 삶, 권위의 부재, 경험으로부터의 소외 등. 1990년대에 출간된 책인데 오늘날도 유용한 키워드 위험, 불안, 신체, 소외, 위기 등이 제시되어 있다.

《교육, 허무주의, 생존》 데이비드 홀브룩, 한국심리치료연구소.
《현대 사회의 성 사랑 에로티시즘》 앤서니 기든스, 새물결.

정신분석학 관점에서 사회를 분석한 책이다. 《교육, 허무주의, 생존》은 '대상관계 이론과 현대 문화'라는 부제가 붙어 있다. 실존주의 철학에서부터 현대 대중 심리까지를 정신분석적 관점에서 점검한다. 《현대 사회의 성 사랑 에로티시즘》은 현대인이 친밀감을 나누는 문제에서 겪는 어려움을 고찰한다. 남녀 관계의 권력 재편, '플라스틱 섹스', 동성애, 결혼의 미래 등을 이야기한다. 남녀 관계가 이토록 어려워진 원인으로 나르시시즘, 병리적 의존성, 여성의 전통적 역할 거부, 남성의 책임감 벗어내기 등을 꼽는다.

《여자가 겪는 인생의 사계절》 대니얼 레빈슨, 이화여자대학교출판부.

《남자가 겪는 인생의 사계절》 대니얼 레빈슨, 이화여자대학교출판부.

사회학자가 사회학 연구 기법을 차용해서 인간의 삶의 과정을 연구한 결과물이다. 우리의 삶이 자연처럼 봄, 여름, 가을, 겨울의 과정을 밟는다는 생애 주기론을 제안하면서 각 단계에 적절하게 획득해야 하는 정신 기능에 대해 설명한다. 정신분석학이 생애 초기에 집중하는 데 반해 저자는 성인이 된 이후의 삶에 초점을 맞춘다. 성인이 된 후에도 우리는 거듭 생의 전환기를 맞으며 각 삶의 단계마다 그에 적합한 발달을 이루어야 한다고 제안한다. 사례 연구를 바탕으로 했기 때문에 타인의 경험에서 배울 수 있는 지혜가 많다. 사회가 개인의 삶에 영향을 미친다는 에릭슨의 전통을 잇는다.

《모성의 재생산》 낸시 초도로우, 한국심리치료연구소.

《우리 속에 숨어 있는 힘》 미리암 그린스핀, 또하나의문화.

페미니즘 관점에서 여성을 위한, 여성에게 적합한 심리 상담을 표방하는 책이다.《모성의 재생산》은 프로이트 정신분석학의 가부장적, 남근 중심적 측면을 비판하면서 프로이트가 기술한 여성 비하적인 문장들을 제시한다. 여자아이가 전(前)오이디푸스 단계에서 어머니와 특별한 애착 관계를 맺으며 그것을 바탕으로 어머니 역할을 재생산하는 과정을 고찰한다.《우리 속에 숨어 있는 힘》은 여성주의 심리 상담의 새로운 모델을 제시하고자 한다는 집필 의도를 밝히고 있다. 여성이 경험하는 고통 중에는 남성의 시각으로 자신을 비하하거나, 가부장제에 상처받고 내면에 억압해둔 분노의 문제가 있다는 사실을 들춘다. 앞의 책은 1970년대에, 뒤의 책은 1980년대 초에 출간되었다.

《신화의 힘》 조셉 캠벨 · 빌 모이어스, 이끌리오.

《신화와 함께 하는 삶》 조셉 캠벨, 한숲.

신화학자 조셉 캠벨은 세계의 신화들을 총망라하여 연구 집대성했다. 그 연구의 끝에서 융 심리학을 도구로 신화가 현대인의 삶에 여전히 살아있는 스토리텔링이자 지혜의 보고라는 사실을 설명한다.《신화의 힘》은 텔레비전 대담 내용을 책으로 엮은 것인데 신화라는 상징 속에 숨겨진 세계의 비밀을 열어 보인다. 왜 사는가, 라고 자문하는 이들에게 답을 줄 수 있는 책이다.《신화와 함께 하는 삶》은 위 책보다 앞서 신화를 주제로 강연한 내용 모음이다. 인류가 신화 속에 숨겨둔 삶의 지혜를 풀어 보여주는데 특히 정신분열증에 대한 독특한 관점이 있다. 분열증 환자의 내면 여행이 신화 속 영웅들의 여행과 같은 궤적이라는 것, 그 여행을 잘 이행하도록 도와야 한다는 것이다.

《현대 정신분석과 종교》 제임스 존슨, 한국심리치료연구소.

《영성과 심리 치료》 앤 율라노프, 한국심리치료연구소.

정신분석학과 종교의 관계를 연구한 책이다. 프로이트와 융도 종교에 대한 관심이 많았는데 프로이트는 종교를 제거하려 했고 융은 종교를 회복시키고자 했다. 후대 학자들 중에도 자기 학문이 맞닥뜨린 한계에서 종교 쪽으로 외연을 확장시키고자 한 이들이 적지 않다. 심리학과 종교가 상호 포섭된 저술도 적지 않다.《현대 정신분석과 종교》는 프로이트 학파 학자인 저자가 정신분석학이 종교를 어떻게 이해하고 수용해왔는지 역사적으로 고찰하고 있다. 특히 대상관계 정신분석 관점에서 종교가 가진 중간 공간 기능, 변형적 대상관계 측면을 제시한다.《영성과 심리 치료》는 융 심리학자인 저자가 심리 치료 과정에서 영성이 작용하는 방식에 대해 고찰한다. 저자는 영성의 개념부터 제시하는데, 자기실현을 추구할 때 염두에 두는 '우리 안의 신'과 같은 것을 의미로 사용한다.

《붓다의 심리학》 마크 앱스타인, 학지사.

《명상의 정신의학》 안도 오사무, 민족사.

정신분석과 심리학이 서양의 기독교 전통 위에 세워진 학문이어서 두 분야를 융합시킨 연구가 많은 것은 당연하다. 그럼에도, 그에 못지않게 동양의 불교 가르침과 정신 치료 혹은 심리 상담을 통합하려는 시도도 적극적으로 이루어지고 있다. 프로이트 제자 중에도 불교 수행에 관심을 보인 이들이 많았다고 한다. 정신분석이 추구하는 지점과 불교 수행자가 도달하고자 하는 곳이 언뜻 같아 보이기 때문인 듯하다.《붓다의 심리학》은 불교 수행법 중 명상이 갖는 정신 치료 효과를 정신분석적 도구로 해석해 보인다. 우선 붓다의 수행법을 제시한 다음, 그것이 어떤 작용과 단계를 거쳐 정신 통합을 돕는지 증명하는 방법을 사용한다.《명상의 정신의학》은 일본 정신과 의사의 저술이다. 그는 과학적, 정신의학적, 심리학적 연구를 총동원하여 명상의 본질과 가치를 파악하고자 노력한다. 결론 부분에서는 명상을 자아초월적 정신의학과 접목시켜 앤 율라노프가 제안하는 영성 치료와 비슷한 지점으로 나아간다.

《현대 심리학과 고대의 지혜》 샤론 미잘레스, 시그마프레스.

《자아 초월적 정신치료》 세이무어 부르스타인, 하나의학사.

현대에 종교와 심리 치료에 대한 연구가 활발해졌지만 인류의 오랜 문화 전통에서 종교는 이미 그 근본부터 인간 정신을 보살펴 주는 장치였다.《현대 심리학과 고대의 지혜》는 세계의 모든 종교가 지닌 치유와 성장의 기능을 고찰한다. 기독교, 불교, 유대교, 이슬람뿐 아니라 힌두교의 요가 치료, 인디언의 영성 치료, 도교의 심신 수련, 여신 이야기에 담긴 정신 치료의 은유성 등을 소개한다.《자아 초월 정신치료》는 자아 초월 심리학에서 제시하는 정신 치료의 기법과 실제를 보여준다. 자아 초월이란 정신분석학이 철저히 개인의 자아 측면만을 뚫어지게 바라보는 것과 대조되는 관점에서 출발한다. 불교 수행의 '내가 없다'는 개념의 연장, 빅터 프랭클의 로고 테라피 개념과 비슷한 자리에 서 있다. 자아 초월 정신 치료는 영적 진화의 개념을 추구하는데, 책에는 그러한 치료 도구로 신경증, 경계성, 정신증 증상들을 치료한 사례들이 수록되어 있다.

소중한 경험

초판 1쇄 발행 | 2015년 7월 25일
초판 12쇄 발행 | 2017년 7월 15일

지은이 | 김형경
펴낸이 | 김정숙
펴낸곳 | 사람풍경

등록 | 2011년 9월 20일 제 300-2011-167호
주소 | 110-719, 서울특별시 종로구 내수동 74번지 광화문시대 920호
전화 | 02)739-7739
팩스 | 02)739-6739
이메일 | sarampungkyung@daum.net

978-89-98280-09-3 04800
978-89-967732-2-1 04800(세트)